派文庫 11

島崎藤村

新学社

装幀　友成　修

カバー画
パウル・クレー『赤のフーガ』一九二一年
個人蔵（スイス）

協力　日本パウル・クレー協会

河井寛次郎　作画

目次

藤村詩集（抄）

合本詩集初版の序

遂《つひ》に、新しき詩歌の時は来りぬ。

そはうつくしき曙のごとくなりき。あるものは古《いにしへ》の預言者の如く叫び、あるものは西の詩人のごとくに呼ばはり、いづれも明光と新声と空想とに酔へるがごとくなりき。

うらわかき想像は長き眠りより覚めて、民俗の言葉を飾れり。

伝説はふたゝびよみがへりぬ。自然はふたゝび新しき色を帯びぬ。

明光はまのあたりなる生と死とを照せり、過去の壮大と衰頽とを照せり。

新しきうたびとの群の多くは、たゞ穆実《ぼくじつ》なる青年なりき。その芸術は幼稚なりき、不完全なりき、されどまた偽りも飾りもなかりき。青春のいのちはかれらの口唇《くちびる》にあふれ、感激の涙はかれらの頰をつたひしなり。こころみに思へ、清新横溢《おういつ》なる思潮は幾多の青年をして殆ど寝食を忘れしめたるを。また思へ、近代の悲哀と煩悶とは幾多の青年をして狂せしめたるを。

われも拙《つたな》き身を忘れて、この新しきうたびとの声に和しぬ。

詩歌は静かなるところにて思ひ起したる感動なりとかや。げにわが歌ぞおぞき苦闘の告白なる。

なげきと、わづらひとは、わが歌に残りぬ。思へば、言ふぞよき。ためらはずして言ふぞよき。いさゝかなる活動に励まされてわれも身と心とを救ひしなり。

誰か旧《ふる》き生涯に安んぜむとするものぞ。おのがじし新しきを開かんと思へるぞ、若き人々のつとめなる。

生命は力なり。力は声なり。声は言葉なり。新しき言葉はすなはち新しき生涯なり。

われもこの新しきに入らんことを願ひて、多くの寂しく暗き月日を過しぬ。

芸術はわが願ひなり。されどわれは芸術を軽く見たりき。むしろわれは芸術を第二の人生と見たりき。また第二の自然とも見たりき。

あゝ詩歌はわれにとりて自ら責むるの鞭《むち》にてありき。わが若き胸は溢れて、花も香もなき根無草《ねなしぐさ》四つの巻とはなれり。われは今、青春の記念として、かゝるおもひでの歌ぐさかきあつめ、友とする人々のまへに捧げむとはするなり。

明治三十七年の夏　四巻合本成るの日

藤　村

改刷詩集のはしがき

仏蘭西《フランス》の旅にある頃、私はこの詩集の編み直しを思ひ立つた――若かりし日のおもひでにもと。全部の改刷《かいさつ》を機として今ここに公にするのが即《すなは》ちそれである。

この詩集の旧本は順を追ふて出版した巻々の合本であつた。したがつて一冊の集としては不完全なところが多かつた。この新本では歌の順序も成るべく創作の時に随《したが》ひ、題目もあるものは改めあるものは加へ、すべてこの詩集を書いた時の心持に近づけることを主とした。

旧本は分けて四巻としてあつた。この詩集の改刷に際し「一葉舟」を「春やいづこに」と改めて、第二巻の「夏草」のうちに納めた。新本は「若菜集」、「夏草」、「落梅集」の三巻である。

大正六年春

著　者

若菜集

こゝろなきうたのしらべは
ひとふさのぶだうのごとし
なさけあるてにもつまれて
あたゝかきさけとなるらむ

ぶだうだなふかくかゝれる
むらさきのそれにあらねど
こゝろあるひとのなさけに
かげにおくふさのみつよつ

そはうたのわかきゆゑなり
あぢはひもいろもあさくて

おほかたはかみてすつべき
うたゝねのゆめのそらごと

秋

秋は来ぬ
　秋は来ぬ
一葉《ひとは》は花は露ありて
風の来て弾く琴の音に
青き葡萄は紫の
自然の酒とかはりけり
秋は来ぬ
　秋は来ぬ
おくれさきだつ秋草も
みな夕霜のおきどころ
笑ひの酒を悲みの

盃にこそつぐべけれ

秋は来ぬ
　秋は来ぬ
くさきも紅葉するものを
たれかは秋に酔はざらめ
智恵あり顔のさみしさに
君笛を吹けわれはうたはむ

初恋

まだあげ初《そ》めし前髪の
林檎のもとに見えしとき
前にさしたる花櫛《はなぐし》の
花ある君と思ひけり

やさしく白き手をのべて

林檎をわれにあたへしは
薄紅《うすくれなゐ》の秋の実に
人こひ初めしはじめなり

わがこゝろなきためいきの
その髪の毛にかゝるとき
たのしき恋の盃を
君が情に酌みしかな

林檎畑の樹《こ》の下に
おのづからなる細道は
誰《た》が踏みそめしかたみぞと
問ひたまふこそこひしけれ

狐のわざ

庭にかくるゝ小狐の

人なきときに夜いでて
秋の葡萄の樹の影に
しのびてぬすむつゆのふさ

恋は狐にあらねども
君は葡萄にあらねども
人しれずこそ忍びいで
君をぬすめる吾心

髪を洗へば

髪を洗へば紫の
小草《をぐさ》のまへに色みえて
足をあぐれば花鳥《はなとり》の
われに随《したが》ふ風情あり
目にながむれば彩雲《あやぐも》の

まきてはひらく絵巻物
手にとる酒は美酒《うまざけ》の
若き愁をたゝふめり

耳をたつれば歌神《うたがみ》の
きたりて玉の簫《ふえ》を吹き
口をひらけばうたびとの
一ふしわれはこひうたふ

あゝかくまでにあやしくも
熱きこゝろのわれなれど
われをし君のこひしたふ
その涙にはおよばじな

君がこゝろは

君がこゝろは蟋蟀《こほろぎ》の

風にさそはれ鳴くごとく
朝影《を》清き花草に
惜しき涙をそゝぐらむ

それかきならす玉琴の
一つの糸のさはりさへ
君がこゝろにかぎりなき
しらべとこそはきこゆめれ

あゝなどかくは触れやすき
君が優しき心もて
かくばかりなる吾こひに
触れたまはぬぞ恨みなる

傘のうち

二人してさす一張《ひとはり》の

傘に姿をつゝむとも
情の雨のふりしきり
かわく間《ま》もなきたもとかな

顔と顔とをうちよせて
あゆむとすればなつかしや
梅花の油黒髪の
乱れて匂《にほ》ふ傘のうち

恋の一雨ぬれまさり
ぬれてこひしき夢の間や
染めてぞ燃ゆる紅絹《もみ》うらの
雨になやめる足まとひ

歌ふをきけば梅川よ
しばし情を捨てよかし
いづこも恋に戯れて

それ忠兵衛の夢がたり

こひしき雨よふらばふれ
秋の入日の照りそひて
傘の涙を乾《ほ》さぬ間に
手に手をとりて行きて帰らじ

秋に隠れて

わが手に植ゑし白菊の
おのづからなる時くれば
一もと花の暮陰《ゆふぐれ》に
秋に隠れて窓にさくなり

知るや君

こゝろもあらぬ秋鳥の

声にもれくる一ふしを
知るや君
深くも澄める朝潮の
底にかくるゝ真珠《しらたま》を
知るや君
あやめもしらぬやみの夜に
静にうごく星くづを
知るや君
まだ弾きも見ぬをとめごの
胸にひそめる琴の音を
知るや君

秋風の歌

さびしさはいつともわかぬ山里に
尾花みだれて秋かぜぞふく

しづかにきたる秋風の
西の海より吹き起り
舞ひたちさわぐ白雲の
飛びて行くへも見ゆるかな

暮影《ゆふかげ》高く秋は黄の
桐の梢の琴の音に
そのおとなひを聞くときは
風のきたると知られけり

ゆふべ西風吹き落ちて
あさ秋の葉の窓に入り
あさ秋風の吹きよせて

ゆふべの鶉巣《うづら》に隠る

ふりさけ見れば青山も
色はもみぢに染めかへて
霜葉をかへす秋風の
空の明鏡《かがみ》にあらはれぬ

清《すず》しいかなや西風の
まづ秋の葉を吹けるとき
さびしいかなや秋風の
かのもみぢ葉にきたるとき

道を伝ふる婆羅門《ばらもん》の
西に東に散るごとく
吹き漂蕩《ただよは》す秋風に
飄《ひるがへ》り行く木の葉かな

朝羽《あさば》うちふる鷲鷹《わしたか》の
明闇天《あけくれそら》をゆくごとく
いたくも吹ける秋風の
羽に声あり力あり

見ればかしこし西風の
山の木の葉をはらふとき
悲しいかなや秋風の
秋の百葉《ももは》を落すとき

人は利剣《つるぎ》を振へども
げにかぞふればかぎりあり
舌は時世《ときよ》をのゝしるも
声はたちまち滅ぶめり

高くも烈し野も山も
息吹まどはす秋風よ

世をかれ〴〵となすまでは
吹きも休《や》むべきけはひなし

あゝうらさびし天地《あめつち》の
壺の中《うち》なる秋の日や
落葉と共に飄《ひるがへ》る
風の行衛《ゆくへ》を誰か知る

雲のゆくへ

庭にたちいでたゞひとり
秋海棠《しうかいだう》の花を分け
空ながむれば行く雲の
更に秘密を闡《ひら》くかな

小詩二首

一

ゆふぐれしづかに
　ゆめみんとて
よのわづらひより
　しばしのがる

きみよりほかには
　しるものなき
花かげにゆきて
　こひを泣きぬ

すぎこしゆめぢを
　おもひみるに
こひこそつみなれ

つみこそこひ

いのりもつとめも
　このつみゆゑ
たのしきそのへと
　われはゆかじ
なつかしき君と
　てをたづさへ
くらき冥府《よみ》までも
　かけりゆかん

二

しづかにてらせる
　月のひかりの
などか絶間なく
　ものおもはする

さやけきそのかげ
　こゑはなくとも
みるひとの胸に
　忍び入るなり

なさけは説くとも
　なさけをしらぬ
うきよのほかにも
　朽ちゆくわがみ
あかさぬおもひと
　この月かげと
いづれか声なき
　いづれかなしき

強　敵

一つの花に蝶と蜘蛛

小蜘蛛は花を守り顔
小蝶は花に酔ひ顔に
舞へども〳〵すべぞなき

花は小蜘蛛のためならば
小蝶の舞をいかにせむ
花は小蝶のためならば
小蜘蛛の糸をいかにせむ

やがて一つの花散りて
小蜘蛛はそこに眠れども
羽翼《つばさ》も軽き小蝶こそ
いづこともなくうせにけれ

別離

人妻をしたへる男の山に登り其
女の家を望み見てうたへるうた

誰かとゞめん旅人の
あすは雲間に隠るゝを
誰か聞くらん旅人の
あすは別れと告げましを

清き恋とや片し貝
われのみものを思ふより
恋はあふれて濁るとも
君に涙をかけましを

人妻恋ふる悲しさを
君がなさけに知りもせば
せめてはわれを罪人と

呼びたまふこそうれしけれ

あやめもしらぬ憂しや身は
くるしきこひの牢獄《ひとや》より
罪の鞭責《しもと》をのがれいで
こひて死なんと思ふなり

誰かは花をたづねざる
誰かは色彩《いろ》に迷はざる
誰かは前にさける見て
花を摘まんと思はざる

恋の花にも戯るゝ
嫉妬《ねたみ》の蝶の身ぞつらき
二つの羽もをれ〳〵て
翼の色はあせにけり

人の命を春の夜の
夢といふこそうれしけれ
夢よりもいや〳〵深き
われに思ひのあるものを

梅の花さくころほひは
蓮《はす》さかばやと思ひわび
蓮の花さくころほひは
萩さかばやと思ふかな

待つまも早く秋は来て
わが踏む道に萩さけど
濁りて待てる吾恋は
清き怨《うらみ》となりにけり

望　郷

寺をのがれいでたる僧のうたひしそのうた

いざさらば
これをこの世のわかれぞと
のがれいでては住みなれし
御寺《みてら》の蔵裏《くり》の白壁の
眼にもふたたび見ゆるかな

いざさらば
住めば仏のやどりさへ
火炎《ほのほ》の宅《いへ》となるものを
なぐさめもなき心より
流れて落つる涙かな

いざさらば

心の油濁るとも
ともしびたかくかきおこし
なさけは熱くもゆる火の
こひしき塵にわれは焼けなむ

おえふ

処女《をとめ》ぞ経ぬるおほかたの
われは夢路を越えてけり
わが世の坂にふりかへり
いく山河をながむれば

水静かなる江戸川の
ながれの岸にうまれいで
岸の桜の花影に
われは処女となりにけり

都鳥浮く大川に
流れてそゝぐ川添の
白菫さく若草に
夢多かりし吾身かな

雲むらさきの九重《ここのへ》の
大宮内につかへして
清涼殿の春の夜の
月の光に照らされつ

雲を彫《ちりば》め濤《なみ》を刻《ほ》り
霞をうかべ日をまねく
玉の台《うてな》の欄干《おばしま》に
かゝるゆふべの春の雨

さばかり高き人の世の
耀くさまを目にも見て

ときめきたまふさま〲の
ひとのころもの香をかげり

きらめき初《そ》むる暁星《あかぼし》の
あしたの空に動くごと
あたりの光きゆるまで
さかえの人のさまも見き

天つみそらを渡る日の
影かたぶけるごとくにて
名の夕暮に消えて行く
秀でし人の末路《はて》も見き

春しづかなる御園生《みそのふ》の
花に隠れて人を哭《な》き
秋のひかりの窓に倚《よ》り
夕雲とほき友を恋ふ

ひとりの姉をうしなひて
大宮内の門《かど》を出で
けふ江戸川に来て見れば
秋はさみしきながめかな

桜の霜葉黄に落ちて
ゆきてかへらぬ江戸川や
流れゆく水静かにて
あゆみは遅きわがおもひ

おのれも知らず世を経れば
若き命に堪へかねて
岸のほとりの草を藉《し》き
微笑みて泣く吾身かな

おきぬ

みそらをかける猛鷲《あらわし》の
人の処女《をとめ》の身に落ちて
花の姿に宿かれば
風雨《あらし》に渇き雲に饑《う》ゑ
天翅《あまかけ》るべき術《すべ》をのみ
願ふ心のなかれとて
黒髪長き吾身こそ
うまれながらの盲目《めしひ》なれ

芙蓉《ふよう》を前《さき》の身とすれば
泪《なみだ》は秋の花の露
小琴《をごと》を前の身とすれば
愁《うれひ》は細き糸の音
いま前の世は鷲の身の
処女にあまる羽翼《つばさ》かな

あゝあるときは吾心
あらゆるものをなげうちて
世はあぢきなき浅茅生《あさぢふ》の
茂れる宿と思ひなし
身は術もなき蟋蟀《こほろぎ》の
夜の野草にはひめぐり
たゞいたづらに音をたてて
うたをうたふと思ふかな

色にわが身をあたふれば
処女のこゝろ鳥となり
恋に心をあたふれば
鳥の姿は処女にて
処女ながらも空の鳥
猛鷲ながら人の身の
天《あめ》と地《つち》とに迷ひゐる

身の定めこそ悲しけれ

おさよ

潮《うしほ》さみしき荒磯の
巌陰《いはかげ》われは生れけり
あしたゆふべの白駒と
故郷遠きものおもひ
をかしくものに狂へりと
われをいふらし世のひとの
げに狂はしの身なるべき
この年までの処女とは
うれひは深く手もたゆく

むすぼほれたるわが思
流れて熱きわがなみだ
やすむときなきわがこゝろ
乱れてものに狂ひよる
心を笛の音に吹かん
笛をとる手は火にもえて
うちふるひけり十の指
音にこそ渇け口唇の
笛を尋ぬる風情あり
はげしく深きためいきに
笛の小竹《をだけ》や曇るらん

髪は乱れて落つるとも
まづ吹き入るゝ気息《いき》を聴け

力をこめし一ふしに
黄楊《つげ》のさし櫛落ちてけり

吹けば流るゝ流るれば
笛吹き洗ふわが涙

短き笛の節の間も
長き思のなからずや

七つの情《こころ》声を得て
音をこそきかめ歌神も

われ喜を吹くときは
鳥も梢に音をとゞめ

怒をわれの吹くときは
瀬を行く魚も淵にあり
われ哀を吹くときは
獅子も涙をそゝぐらむ
われ楽を吹くときは
虫も鳴く音をやめつらむ
愛のこゝろを吹くときは
流るゝ水のたち帰り
悪《にくみ》をわれの吹くときは
散り行く花も止りて
慾の思を吹くときは

心の闇の響あり
うたへ浮世の一ふしは
笛の夢路のものぐるひ
くるしむなかれ吾友よ
しばしは笛の音に帰れ
落つる涙をぬぐひきて
静かにきゝね吾笛を

おくめ

こひしきまゝに家を出で
こゝの岸よりかの岸へ
越えましものと来て見れば
千鳥鳴くなり夕まぐれ

こひには親も捨てはてて
やむよしもなき胸の火や
鬢《びん》の毛を吹く河風よ
せめてあはれと思へかし

河波暗く瀬を早み
流れて巌《いは》に砕くるも
君を思へば絶間なき
恋の火炎《ほのほ》に乾くべし

きのふの雨の小休《をやみ》なく
水嵩《みかさ》や高くまさるとも
よひ〳〵になくわがこひの
涙の瀧におよばじな

しりたまはずやわがこひは

花鳥の絵にあらじかし
空鏡《かがみ》の印象《かたち》砂の文字
梢の風の音にあらじ

しりたまはずやわがこひは
雄々しき君の手に触れて
嗚呼口紅をその口に
君にうつさでやむべきや

恋は吾身の社《やしろ》にて
君は社の神なれば
君の祭壇《つくゑ》の上ならで
なににいのちを捧げまし

砕かば砕け河波よ
われに命はあるものを
河波高く泳ぎ行き

ひとりの神にこがれなん
心のみかは手も足も
吾身はすべて火炎《ほのほ》なり
思ひ乱れて嗚呼恋の
千筋の髪の波に流るゝ

おつた

花仄《ほの》見ゆる春の夜の
すがたに似たる吾命
朧々に父母は
二つの影と消えうせて
世に孤児《みなしご》の吾身こそ
影より出でし影なれや
たすけもあらぬ今は身は
若き聖に救はれて

人なつかしき前髪の
処女とこそはなりにけれ

若き聖ののたまはく
時をし待たむ君ならば
かの柿の実をとるなかれ
かくいひたまふうれしさに
ことしの秋もはや深し
まづその秋を見よやとて
聖に柿をすゝむれば
その口唇にふれたまひ
かくも色よき柿ならば
などかは早くわれに告げこぬ

若き聖ののたまはく
人の命の惜《を》しからば
嗚呼《ああ》かの酒を飲むなかれ

かくいひたまふうれしさに
酒なぐさめの一つなり
まづその春を見よやとて
聖に酒をすゝむれば
夢の心地に酔ひたまひ
かくも楽しき酒ならば
などかは早くわれに告げこぬ

若き聖のたまはく
道行き急ぐ君ならば
迷ひの歌をきくなかれ
かくいひたまふうれしさに
歌も心の姿なり
まづその声をきけやとて
一ふしうたひいでければ
聖は魂《たま》も酔ひたまひ
かくも楽しき歌ならば

などかは早くわれに告げこぬ

若き聖ののたまはく
まことをさぐる吾身なり
道の迷となるなかれ
かくいひたまふうれしさに
情も道の一つなり
かゝる思を見よやとて
わがこの胸に指ざせば
聖は早く恋ひわたり
かくも楽しき恋ならば
などかは早くわれに告げこぬ

それ秋の日の夕まぐれ
そゞろあるきのこゝろなく
ふと目に入るを手にとれば
雪より白き小石なり

若き聖ののたまはく
智恵の石とやこれぞこの
あまりに惜しき色なれば
人に隠して今も放たじ

おきく

くろかみながく
　やはらかき
をんなごころを
　たれかしる
をとこのかたる
　ことのはを
まこととおもふ
　ことなかれ

をとめごころの
　あさくのみ
いひもつたふる
　　をかしさや

みだれてながき
　鬢《びん》の毛を
黄楊《つげ》の小櫛に
　　かきあげよ

あゝ月ぐさの
　きえぬべき
こひもするとは
　　たがことば
こひて死なんと
　よみいでし

あつきなさけは
　誰《た》がうたぞ
みちのためには
　ちをながし
くにには死ぬる
　をとこあり
治兵衛はいづれ
　恋か名か
忠兵衛も名の
　ために果《は》つ
あゝむかしより
　こひ死にし
をとこのありと
　しるや君

をんなごころは
　いやさらに
ふかきなさけの
　こもるかな
小春はこひに
　ちをながし
梅川こひの
　ために死ぬ
お七はこひの
　ために焼け
高尾はこひの
　ために果つ
かなしからずや

清姫は
蛇となれるも
　こひゆゑに
やさしからずや
　佐容姫《さよひめ》は
石となれるも
　こひゆゑに

をとこのこひの
　たはぶれは
たびにすてゆく
　なさけのみ
こひするなかれ
　をとめごよ
かなしむなかれ

わがともよ
こひするときと
　かなしみと
いづれかながき
　いづれみじかき

草　枕

夕波くらく啼く千鳥
われは千鳥にあらねども
心の羽をうちふりて
さみしきかたに飛べるかな

若き心の一筋に
なぐさめもなくなげきわび
胸の氷のむすぼれて

とけて涙となりにけり

蘆葉《あしは》を洗ふ白波の
流れて巌《いは》を出づるごと
思ひあまりて草枕
まくらのかずの今いくつ

かなしいかなや人の身の
なきなぐさめを尋ね侘《わ》び
道なき森に分け入りて
などなき道をもとむらん

われもそれかやうれひかや
野末に山に谷蔭に
見るよしもなき朝夕の
光もなくて秋暮れぬ

想も薄く身も暗く
残れる秋の花を見て
行くへもしらず流れ行く
水に涙の落つるかな

身を朝雲にたとふれば
ゆふべの雲の雨となり
身を夕雨にたとふれば
あしたの雨の風となる

されば落葉と身をなして
風に吹かれて飄《ひるがへ》り
朝の黄雲にともなはれ
夜白河を越えてけり

道なき今の身なればか
われは道なき野を慕ひ

思ひ乱れてみちのくの
宮城野にまで迷ひきぬ
心の宿の宮城野よ
乱れて熱き吾身には
日影も薄く草枯れて
荒れたる野こそうれしけれ

ひとりさみしき吾耳は
吹く北風を琴と聴き
悲しみ深き吾目には
色彩《いろ》なき石も花と見き

あゝ孤独《ひとりみ》の悲痛《かなしさ》を
味ひ知れる人ならで
誰にかたらん冬の日の
かくもわびしき野のけしき

都のかたをながむれば
空冬雲に覆はれて
身にふりかゝる玉霰《たまあられ》
袖の氷と閉ぢあへり

みぞれまじりの風勁《つよ》く
小川の水の薄氷
氷のしたに音するは
流れて海に行く水か

啼いて羽風もたのもしく
雲に隠るゝかさゝぎよ
光もうすき寒空の
汝も荒れたる野にむせぶ

涙も凍る冬の日の

光もなくて暮れ行けば
人めも草も枯れはてて
ひとりさまよふ吾身かな

かなしや酔ふて行く人の
踏めばくづる、霜柱
なにを酔ひ泣く忍び音に
声もあはれのその歌は

うれしや物の音を弾きて
野末をかよふ人の子よ
声調《しらべ》ひく手も凍りはて
なに門《かど》づけの身の果ぞ

やさしや年もうら若く
まだ初恋のまじりなく
手に手をとりて行く人よ

なにを隠る、その姿
野のさみしさに堪へかねて
霜と霜との枯草の
道なき道をふみわけて
きたれば寒し冬の海

朝は海辺の石の上《へ》に
こしうちかけてふるさとの
都のかたを望めども
おとなふものは濤《なみ》ばかり

暮はさみしき荒磯の
潮を染めし砂に伏し
日の入るかたをながむれど
湧きくるものは涙のみ

さみしいかなや荒波の
岩に砕けて散れるとき
かなしいかなや冬の日の
潮とともに帰るとき

誰か波路を望み見て
そのふるさとを慕はざる
誰か潮の行くを見て
この人の世を惜まざる

暦もあらぬ荒磯の
砂路にひとりさまよへば
みぞれまじりの雨雲の
落ちて潮となりにけり

遠く湧きくる海の音
慣れてさみしき吾耳に

怪しやもるゝものの音は
まだうらわかき野路の鳥
嗚呼めづらしのしらべぞと
声のゆくへをたづぬれば
緑の羽もまだ弱き
それも初音か鶯の

春きにけらし春よ春
まだ白雪の積れども
若菜の萌えて色青き
こゝちこそすれ砂の上に

春きにけらし春よ春
うれしや風に送られて
きたるらしとや思へばか
梅が香《か》ぞする海の辺に

磯辺に高き大巌の
うへにのぼりてながむれば
春やきぬらん東雲《しののめ》の
潮の音遠き朝ぼらけ

春

一　たれかおもはむ

たれかおもはむ鶯の
涙もこほる冬の日に
若き命は春の夜の
花にうつろふ夢の間と
あゝよしさらば美酒《うまざけ》に
うたひあかさん春の夜を

梅のにほひにめぐりあふ
春を思へばひとしれず
からくれなゐのかほばせに
流れてあつきなみだかな
あゝよしさらば花影に
うたひあかさん春の夜を

わがみひとつもわすられて
おもひわづらふこゝろだに
春のすがたをとめくれば
たもとににほふ梅の花
あゝよしさらば琴の音に
うたひあかさん春の夜を

合唱

四　高楼《たかどの》

わかれゆくひとををしむとこよひより
とほきゆめちにわれやまとはん

妹

とほきわかれに
　たへかねて
このたかどのに
　のぼるかな
かなしむなかれ
　わがあねよ
たびのころもを
　とゝのへよ

姉

わかれといへば
　むかしより
このひとのよの
　つねなるを

ながるゝみづを
　ながむれば
ゆめはづかしき
　なみだかな

妹

したへるひとの
　もとにゆく
きみのうへこそ
　たのしけれ
ふゆやまこえて
　きみゆかば
なにをひかりの
　わがみぞや

姉

あゝはなとりの
　いろにつけ
ねにつけわれを
　おもへかし
けふわかれては
　いつかまた
あひみるまでの
　いのちかも

妹

きみがさやけき
　めのいろも
きみくれなゐの
　くちびるも

きみがみどりの
　くろかみも
またいつかみん
　このわかれ

姉

なれがやさしき
　なぐさめも
なれがたのしき
　うたごゑも
なれがこゝろの
　ことのねも
またいつきかん
　このわかれ

妹

きみのゆくべき
やまかはは
おつるなみだに
みえわかず

そでのしぐれの
ふゆのひに
きみにおくらん
はなもがな

姉

そでにおほへる
うるはしき
ながかほばせを
あげよかし

ながくれなゐの
かほばせに
ながるゝなみだ
われはぬぐはん

かもめ

波に生れて波に死ぬ
情《なさけ》の海のかもめどり
恋の激浪《おほなみ》たちさわぎ
夢むすぶべきひまもなし
闇《くら》き潮の驚きて
流れて帰るわだつみの
鳥の行衛《ゆくへ》も見えわかぬ
波にうきねのかもめどり

白壁

たれかしるらん花ちかき
高楼《たかどの》われはのぼりゆき
みだれて熱きくるしみを
うつしいでけり白壁に

唾にしるせし文字なれば
ひとしれずこそ乾きけれ
あゝあゝ白き白壁に
わがうれひありなみだあり

夏草

鷲の歌

みるめの草は青くして海の潮の香ににほひ
流れ藻の葉はむすぼれて蜑《あま》の小舟にこがるゝも
色をほこりしあさみどり
わかきむかしもありけるを
今はしげれる夏の草
あゝ一時の
春やいづこに

梅も桜もかはりはて
枝は緑の酒のごと
酔うてくづるゝ夏の夢
　あゝ一時の
　　春やいづこに

あしたゆふべのさだめなき大龍神《おほたつがみ》の見る夢の
闇《くら》きあらしに驚けば海原とくもかはりつゝ

とくたちかへれ夏波に友よびかはす浜千鳥
もしほやく火はきえはてて岩にひそめるかもめどり
蜑《あま》は苫《とま》やに舟は磯いそうちよする波ぎはの
削りて高き巌角にしばし身をよす二羽の鷲

いかづちの火の岩に落ち波間に落ちて消ゆるまも
寝みだれ髪か黒雲の颪にふかれつそらに飛び
葡萄の酒の濃《こ》紫《むらさき》いろこそ似たれ荒波の

波のみだれて狂ひよるひゞきの高くすさまじや

翼の骨をそばだててすがたをつゝむ若鷲の
身は覆羽《おほひば》やさごろもや腋羽《ほろば》のうちにかくせども
見よ老鷲《おいわし》はそこ白く赤すぢたてる大爪に
岩をつかみて中高き頭《かしら》静かにながめけり

げに白髪《しらかみ》のものゝふの剣《つるぎ》の霜を払ふごと
唐藍《からあゐ》の花ますらをのかの青雲《あをぐも》を慕ふごと
黄葉《もみぢ》の影に啼く鹿の谷間の水に喘《あへ》ぐごと
眼《まなこ》鋭く老鷲は雲の行くへをのぞむかな

わが若鷲はうちひそみわが老鷲はたちあがり
小河に映る明星の澄めるに似たる眼して
黒雲の行く大空のかなたにむかひうめきしが
いづれこゝろのおくれたり高し烈しとさだむべき

わが若鷲は琴柱尾《ことぢを》や胸に文《あや》なす鴫《しぎ》の斑《ふ》の
承毛《うけげ》は白く柔和《やはらか》に谷の落し羽飛ぶときも
湧きて流るゝ真清水の水に翼をうちひたし
このめる蔭は行く春のなごりにさける花躑躅《はなつつじ》

わが老鷲は肩剛《つよ》く胸腹《むなばら》広く溢れいで
烈しき風をうち凌《しの》ぐ羽は著《しる》くもあらはれて
藤の花かも胸の斑《ふ》や髀《もも》に甲《よろひ》をおくごとく
鳥の命の戦ひにかゝる老の霜

げにいかめしきものゝふの盾にもいづれ翼をば
張りひろげたる老鷲のふたたびみたび羽ばたきて
踴《をど》れる胸は海潮の湧きつ流れつ鳴るごとく
力あふれて空高く舞ひたちあがるすがたかな

黒岩茸《くろいはたけ》の岩ばなに生ふにも似るか若鷲の
巌角ふかく身をよせて飛ぶ老鷲をうかゞふに

紋は花菱舞ひ扇ひらめきかへる疾風《はやかぜ》の
わが老鷲を吹くさまは一葉《ひとは》を振るに似たりけり

たゝかふためにうまれては羽を剣の老鷲の
うたんかたんと小休なき熱き胸より吹く気息《いき》は
色くれなゐの火炎《ほのほ》かもげに悲痛《かなしみ》の湧き上り
勁《つよ》き翼をひるがへしかの天雲を凌ぎけり

光を慕ふ身なれども運命《さだめ》かなしや老鳥《おいどり》の
一こゑ深き苦悶《くるしみ》のおとをみそらに残しおき
金糸の縫《ぬひ》の黒繻子《くろじゆす》の帯かとぞ見る黒雲の
羽袖《はそで》のうちにつゝまれて姿はいつか消えにけり

あゝさだめなき大空のけしきのとくもかはりゆき
闇きあらしのをさまりて光にかへる海原や
細くかゝれる彩雲《あやぐも》はゆかりの色の濃紫
薄紫のうつろひに楽しき園となりけらし

命を岩につなぎては細くも糸をかけとめて
腕羽《ほろば》につゝむ頭《かしら》をばうちもたげたる若鷲の
鈎《はり》にも似たる爪先の雨にぬれたる岩ばなに
かたくつきたる一つ羽《は》はそれも名残か老鷲の

霜ふりかゝる老鷲の一羽《ひとは》をくはへ眺むれば
夏の光にてらされて岩根にひゞく高潮の
砕けて深き海原の巌角に立つ若鷲は
日影にうつる雲さして行くへもしれず飛ぶやかなたへ

天の河

一　七月六日の夕

あすは思へばひととせに
一夜の秋の夕なり

うき世にしげるこひ草を
みそらの星もつまむとや
北斗は色をあらためて
よろづの光なまめきぬ

あふげば清し白銀の
夕波高き天の河
深き泉を湧きいでて
うき世の外にたちさわぐ
つきせぬ恋の河水は
遠くいづくに溢るらむ

西風星の花を吹き
天の河岸秋立ちぬ
かの彦星の牽《ひ》く牛は
しげれる草に喘《あへ》ぎより
ふたつの角《つの》をうちふりて

水の流れを慕ふらむ

げに彦星の履《ふ》みて行く
河辺の秋やいかならむ
高きほとりの通ひ路は
白萩の花さくらむか
人行きなる、岸のごと
紫苑《しをん》の草の満つらむか

ひとり静かに尋《たづ》ねよる
彦星のさまいかならむ
あすの逢瀬を微笑《ほほゑ》みて
かの琴台の美酒《うまざけ》の
盃に酔ふ人のごと
あゆみ危ふく行くらむか

または涙を墨染の

衣の袖につゝむとも
なほ観経《くわんきん》の声曇る
西の聖の夢のごと
恋には道も捨てはてて
袖をかざして行くらむか

または旅寝の夢の上《へ》に
夢をかさぬる草まくら
えにしの外《ほか》のえにしとは
それかよげにも捨てがたく
江口の君をたづねよる
侘人《わびびと》のごと行くらむか

天上の恋しかすがに
ことなるふしはありとても
さもあらばあれ彦星の
たなばたつめの梭《をさ》の音に

望みあふれて慕ひゆく
このゆふべこそ楽しけれ

落梅集

小諸なる古城のほとり

小諸なる古城のほとり
雲白く遊子《いうし》悲しむ
緑なす蘩蔞《はこべ》は萌えず
若草も藉《し》くによしなし
しろがねの衾《ふすま》の岡辺
日に溶けて淡雪《あはゆき》流る

あたゝかき光はあれど
野に満つる香も知らず
浅くのみ春は霞みて
麦の色はつかに青し
旅人の群はいくつか
畠中の道を急ぎぬ

暮れ行けば浅間も見えず
歌哀し佐久の草笛
千曲川いざよふ波の
岸近き宿にのぼりつ
濁り酒濁れる飲みて
草枕しばし慰む

千曲川のほとりにて

昨日またかくてありけり

今日もまたかくてありなむ
この命なにを齷齪《あくせく》
明日をのみ思ひわづらふ

いくたびか栄枯《えいこ》の夢の
消え残る谷に下りて
河波のいざよふ見れば
砂まじり水巻き帰る

嗚呼《ああ》古城なにをか語り
岸の波なにをか答ふ
過《いに》し世を静かに思へ
百年《ももとせ》もきのふのごとし

千曲川柳霞みて
春浅く水流れたり
たゞひとり岩をめぐりて

この岸に愁《うれひ》を繫ぐ

労働

一　朝

朝はふたたびこゝにあり
朝はわれらと共にあり
埋れよ眠行けよ夢
隠れよさらば小夜嵐

諸羽うちふる鶏《くたかけ》は
咽喉《のんど》の笛を吹き鳴らし
けふの命の戦闘《たたかひ》の
よそほひせよと叫ぶかな

野に出でよ野に出でよ

稲の穂は黄にみのりたり
草鞋《わらぢ》とく結《ゆ》へ鎌も執れ
風に嘶《いな》く馬もやれ

雲に鞭《むち》うつ空の日は
語らず言はず声なきも
人を励ます其音は
野山に谷にあふれたり

流る、汗《あせ》と膩《あぶら》との
落つるやいづこかの野辺に
名も無き賤《しづ》のもの、ふを
来りて護れ軍神《いくさがみ》

野に出でよ野に出でよ
稲の穂は黄にみのりたり
草鞋とく結へ鎌も執れ

風に嘶く馬もやれ
あゝ綾絹《あやぎぬ》につゝまれて
為すよしも無く寝《い》ぬるより
薄き襤褸《つづれ》はまとふとも
活きて起つこそをかしけれ

匍匐《はらば》ふ虫の賤《しづ》が身に
羽翼《つばさ》を恵むものや何
酒か涙か歎息《ためいき》か
迷か夢か皆なあらず

野に出でよ野に出でよ
稲の穂は黄にみのりたり
草鞋とく結へ鎌も執れ
風に嘶く馬もやれ

さながら土に繋がるゝ
重き鎖を解きいでて
いとゞ暗きに住む鬼の
笞《しもと》の責をいでむ時

口には朝の息を吹き
骨には若き血を纏ひ
胸に驕慢《けうまん》手に力
霜葉を履みてとく来れ

野に出でよ野に出でよ
稲の穂は黄にみのりたり
草鞋とく結へ鎌も執れ
風に嘶く馬もやれ

二　昼

誰か知るべき秋の葉の

落ちて樹の根の埋むとき
重く声無き石の下
清水溢れて流るとは

誰か知るべき小山田《をやまだ》の
稲穂のたわに実るとき
花なく香《か》なき賤の胸
生命踊りて響くとは

共に来て蒔《ま》き来て植ゑし
田の面《も》に秋の風落ちて
野辺の琥珀《こはく》を鳴らすかな
刈り乾せ刈り乾せ稲の穂を

血潮は草に流さねど
力うちふり鍬をうち
天《てん》の風雨《あらし》に雷霆《いかづち》に

わが闘ひの跡やこゝ

見よ日は高き青空の
端より端を弓として
今し父の矢母の矢の
光を降らす真昼中

共に来て蒔き来て植ゑし
田の面に秋の風落ちて
野辺の琥珀を鳴らすかな
刈り乾せ刈り乾せ稲の穂を

左手《ゆんで》に稲を捉《つか》む時
右手《めて》に利鎌を握る時
胸満ちくれば火のごとく
骨と髄《ずい》との燃ゆる時

土と塵埃《あくた》と泥の上に
汗と膩《あぶら》の落つる時
緑にまじる黄《き》の茎に
烈しき息のかゝる時

共に来て蒔き来て植ゑし
田の面に秋の風落ちて
野辺の琥珀を鳴らすかな
刈り乾せ刈り乾せ稲の穂を

思へ名も無き賤《しづ》ながら
遠きに石を荷ふ身は
夏の白雨《ゆふだち》過ぐるごと
ほまれ短き夢ならじ
生命の長き戦闘《たたかひ》は
こゝに音無し声も無し

勝ちて桂の冠《かんむり》は
はつかに白き頬かぶり

共に来て蒔き来て植ゑし
田の面に秋の風落ちて
野辺の琥珀を鳴らすかな
刈り乾せ刈り乾せ稲の穂を

三　暮

揚げよ勝鬨《かちどき》手を延べて
稲葉を高くふりかざせ
日暮れ労《つか》れて道の辺に
倒るゝ人よとく帰れ
彩雲や
落つる日や
行く道すがら眺むれば
秋天高き夕まぐれ

共に蒔き
共に植ゑ
共に稲穂を刈り乾して
歌ふて帰る今の身に
ことしの夏を
かへりみすれば
嗚呼わが魂は
わなゝきふるふ
この日怖れをかの日に伝へ
この夜望みをかの夜に繋ぎ
門《かど》に立ち
野辺に行き
ある時は風高くして
青草長き谷の影
雲に嵐に稲妻に
行先《ゆくて》も暗く声を呑み
ある時は夏寒くして

山の鳩啼く森の下
たま〳〵虹に夕映に
末のみのりを祈りてき
それは逝き
これは来て
餓《うゑ》と涙と送りてし
同じ自然の業《わざ》ながら
今は思ひのなぐさめに
光をはなつ秋の星
あゝ勇みつゝ踊りつゝ
諸手《もろて》をうちて笑ひつゝ
樹下《こした》の墓を横ぎりて
家路に通ふ森の道
眠る聖も盗賊《ぬすびと》も
皆な土くれの苔《こけ》一重《ひとへ》
霧立つ空に入相《いりあひ》の
精舎《しやうじや》の鐘の響く時

あゝ驕慢と歓喜《よろこび》と
力を息に吹き入れて
勝ちて帰るの勢に
揚げよ楽しき秋の歌

思より思をたどり

思より思をたどり
樹下《こした》より樹下をつたひ
独りして遅く歩めば
月今夜幽かに照らす

おぼつかな春のかすみに
うち煙る夜の静けさ
仄白き空の鏡は
俤《おもかげ》の心地こそすれ

物皆はさやかならねど
鬼の住む暗《やみ》にもあらず
おのづから光は落ちて
吾顔に触るぞうれしき

其光こゝに映りて
日は見えず八重の雲路に
其影はこゝに宿りて
君見えず遠《とほ》の山川

思ひやるおぼろ〳〵の
天《あま》の戸は雲かあらぬか
草も木も眠れるなかに
仰ぎ視て涕《なみだ》を流す

吾胸の底のこゝには

吾胸の底のこゝには
言ひがたき秘密《ひめごと》住めり
身をあげて活ける牲《にへ》とは
君ならで誰かしらまし

もしやわれ鳥にありせば
君の住む窓に飛びかひ
羽を振りて昼は終日《ひねもす》
深き音に鳴かましものを

もしやわれ梭《をさ》にありせば
君が手の白きにひかれ
春の日の長き思を
その糸に織らましものを

もしやわれ草にありせば
野辺に萌え君に踏まれて
かつ靡《なび》きかつは微笑み
その足に触れましものを

わがなげき衾《しとね》に溢れ
わがうれひ枕を浸《ひた》す
朝鳥に目さめぬるより
はや床は濡れてたゞよふ

口唇に言葉ありとも
このこゝろ何か写さん
たゞ熱き胸より胸の
琴にこそ伝ふべきなれ

こゝろをつなぐしろかねの

こゝろをつなぐ銀《しろかね》の
鎖も今はたえにけり
こひもまこともあすよりは
つめたき砂にそゝがまし

顔もうるほひ手もふるひ
逢ふてわかれをゝしむより
人目の関はへだつとも
あかぬむかしぞしたはしき

形となりて添はずとも
せめては影と添はましを
たがひにおもふこゝろすら
裂きて捨つべきこの世かな

おもかげの草かゝるとも
古《ふ》りてやぶるゝ壁のごと
君し住まねば吾胸は
つひにくだけて荒れぬべし

一歩に涙五歩に血や
すがたかたちも空の虹
おなじ照る日にながらへて
永き別れ路見るよしもなし

風よ静かにかの岸へ

風よ静かに彼《か》の岸へ
こひしき人を吹き送れ
海を越え行く旅人の
群にぞ君はまじりたる

八重の潮路をかき分けて
行くは僅に舟一葉
底白波の上なれば
君安かれと祈るかな

海とはいへどひねもすは
皐月《さつき》の野辺と眺め見よ
波とはいへど夜もすがら
緑の草と思ひ寝よ

もし海怒り狂ひなば
われ是岸に仆《たふ》れ伏し
いと〳〵深き歎息《ためいき》に
其《その》嵐をぞなだむべき

楽しき初《はじめ》憶《おも》ふ毎《ごと》
哀しき終堪《た》へがたし

ふたたびみたびめぐり逢ふ
天つ恵みはありやなしや

あゝ緑葉の嘆をぞ
今は海にも思ひ知る
破れて胸は紅《あか》き血の
流るゝがごと滴《したた》るがごと

椰子の実

名も知らぬ遠き島より
流れ寄る椰子の実一つ

故郷の岸を離れて
汝《なれ》はそも波に幾月

旧《もと》の樹は生ひや茂れる

枝はなほ影をやなせる
われもまた渚を枕
孤身の浮寝の旅ぞ

実をとりて胸にあつれば
新なり流離の憂
海の日の沈むを見れば
激《たぎ》り落つ異郷の涙
思ひやる八重の潮々
いづれの日にか国に帰らん

桜の実の熟する時

思はず彼は拾ひ上げた桜の実を嗅いで見て、お伽話の情調を味つた。
それを若い日の幸福のしるしといふ風に想像して見た。

これは自分の著作の中で、年若き読者に勧めて見たいと思ふもの、一つだ。私は浅草新片町にあつた家の方でこれを起稿し、巴里ポオル・ロワイアル並木街の客舎へも持つて行つて書き、仏国中部リモオジュの客舎でも書き、其後帰国してこの稿を完成した。この書は私に取つて長い旅の記念だ。

一

日蔭に成つた坂に添ふて、岸本捨吉《きしもとすてきち》は品川の停車場手前から高輪へ通ふ抜け道を上つて行つた。客を載せた一台の俥《くるま》が坂の下の方から同じやうに上つて来る気勢《けはひ》がした。

石塊《いしころ》に触れる車輪の音をさせて。

思はず捨吉は振返つて見て、

「お繁《しげ》さんぢやないか。」

と自分で自分に言つた。

一目見たばかりで直にそれが覚られた。過ぐる一年あまりの間、成るべく捨吉の方から遠ざかるやうにし、逢はないことを望んで居た人だ。その人が俥で近づいた。避けよう〳〵として居たある瞬間が思ひがけなくも遣つて来たかのやうに。

ある終局を待受けるにも等しい胸のわく〳〵する心地で、捨吉は徐々と自分の方へ近づいて来る俥の音を聞いた。迫つた岡はその辺で谷間《たにあひ》のやうな地勢を成して、更に勾配の急な傾斜の方へと続いて行つて居る。丁度他に往来《ゆきゝ》の人も見えなかつた。彼は古い桑の木なぞの手入もされずに立つて居る路の片側を択《よ》つて歩いた。出来ることなら、そこに自分を隠したいと願つた。進めば進むほど道幅は狭く成つて居る。俥は否でも応でも彼の側《わき》を通る。彼は桑の木の方へ向いて、根元のあたりに生ひ茂つた新しい草の緑を眺めるともなく眺めて、そこで俥の通過ぐるのを待つた。曾《かつ》ては親しかつた人の見るに任せながら、あだかも路傍の人のやうにして立つて居た。

カタ、コトといふ音をさせて俥は徐《ゆる》やかに彼の背後《うしろ》を通過ぎて行つた。

まだ年の若い捨吉は曾て経験したことも無いやうな位置に立たせられたことを感じ

た。眺めて居た路傍の草の色は妙に彼の眼に浸《し》みた。最早彼は倖と自分との間にある可成な隔りを見ることが出来た。深く陥没《おちこ》んだ地勢に添ふて折れ曲つて行つて居る一筋の細い道が見える。片側の藪の根キに寄りながら鬱蒼とした樹木の下を動いて行く倖が見える。繁子は白い肩掛に身を包んで何事かを沈思するやうに唯俯向いたまゝで乗つて行つた。

捨吉から見れば五つばかりも年上な斯《こ》の若い婦人と彼との親しみは凡《およ》そ一年も続いたらうか。彼女の話し掛ける言葉や動作は何がなしに捨吉の心を誘つた。旧《ふる》い日本の習慣に無い青年男女の交際といふものを教へたのも彼女だ。初めて女の手紙といふものを呉れたのも彼女だ。それらの温情、それらの親切は長いこと彼に続いて来た少年らしい頑固《かたくな》な無関心を撫で柔げた。夕方にでもなると彼の足はよく斯の姉らしい人の許《もと》へ向いた。多くの朋輩の学生と同じやうに、彼も霜降の制服のすこし緑色がゝつたのを着て、胸のあたりに金釦《きんボタン》を光らせながら、そよ〳〵と吹いて来る心地の好い風の中を通つて行つた。星の光る空の下には、ある亜米利加《アメリカ》人の女教師が住む建物がある。構内には繁子の監督して居る小さな寄宿舎がある。その寄宿舎の入口で、玄関で、時にはまだ年のいかない女生徒なぞを伴ひながら出て来る繁子とさま〴〵な話をして、わづかばかりの黄昏《たそがれ》時を一緒に送るのを楽みとした。繁子は編物の好きな女で、自分の好みに成つた手袋を造つて呉れると言つて、彼の前で長い毛糸の針を動して、話し

〳〵それを彼に編んで見せたことも有る。

彼は再び繁子に近づくまいと心に誓つて居た。仮令《たとひ》途中で擦れ違ふ機会が有つても成るべく顔を合せないやうにして居た。もし遠くからでも見つけようものなら直に横町の方へ曲つて了ふやうにして居た。斯の避けがたい、しかも偶然な邂逅《めぐりあひ》は再び近づくまいと思ふ婦人に逢つて了つた。

繁子を載せた俥は丁度勾配の急な坂にかゝつて、右へ廻り、左へ廻り、崖の間の細い道を僅かばかりづゝ動いて上つて行つた。

岡の上へ捨吉が出た頃は最早繁子の俥は見えなかつた。その道は一方御殿山《ごてんやま》へ続き、一方は奥平《おくだひら》の古い邸《やしき》について迂回して高輪の通りへ続いて居る。その広い邸内を自由に通り抜けて行くことも出来る。捨吉は後の方の道を取つた。

思ひがけなくも繁子に遇つた時の心地は彼女が見えなくなつた後まで捨吉の胸を騒がせた。彼女を載せた俥が無言のままで背後を通過ぎて行つたことは、顔を見合せるにも勝り、挨拶するにも勝つて一層ヒヤリとさせるものを残した。彼女の身を包んで居た、多分自分で編んだ、あの初夏らしい白い肩掛は深く鮮やかに彼の眼に残つた。葬り去りたい過去の記憶——出来る事なら、眼前の新緑が去年の古い朽葉を葬り隠す様に——それらのさま〴〵な記憶が堪《たま》らなくかれの胸に浮んだ。繁子のことにつれて、もう一人の婦人のことも連《つな》がつて浮んで来た。丁度、繁子と同じ程の年配で、同じやうにある学校で教へて居た人だ。玉子《たまこ》といふのがその人の名だ。玉子は繁子に無いものを補ふやうな、何処《どこ》か邪気《あどけ》ないところを有《も》つ人だつた。彼は斯の若い年長《としうへ》の婦人から自分の才能を褒められたことを思出した。「何卒《どうか》、これから御手紙を寄して下さい。」と言はれたことを思出した。他に二人の婦人の連《つれ》もあつて、玉子と共に品川の海へ船を浮べた時のことを思出した。その帰途《かへり》に玉子と一緒に二人乗の俥に載せられたことを思出した。その俥の上で斯の御殿山の通路を夢のやうに揺られて行つたことを思出した。玉子は間もなく学校を辞めて神戸の方へ帰つて行つたから、斯の婦人との親しみは半歳とは続かなかつたが、神戸から一二度手紙を貰つたことを思出した。その手紙の中《うち》には高輪時代の楽しかつたことを追想し、一緒に品川の海へ出て遊んだ時のことを追想して、女の人から初めて聞く甘い私語《さゝやき》のやうな言葉の書いてあつたことを思出した。

何時の間にか捨吉は奥平の邸の内へ来て居た。その辺は勝手を知つた彼がよく歩き廻りに来るところだ。道は平坦に成つて樹木の間を何処といふことなく歩かれる。黒ずんだ荒い幹肌の梅の樹が行く先に立ちはだかつて居る。うんと手に力を入れたやうな枝の上の方には細い枝が重なり合つて、茂つた葉蔭は暗いほど憂鬱だ。沢山開く口唇のやうな梅の花は早や青梅の実に変る頃だ。捨吉は斯《か》ういふ場所を彷徨ふのが好きに成つた。彼は樹の葉の青い香を嗅《にほ》いで歩いた。

浅い谷を隔て、向ふの岡の上に浅見先生の新築した家が見えた。神田の私立学校で英語を授けて呉れた浅見先生が斯の郊外へ移り住んで居るといふことは捨吉に取つては奇遇の感があつた。新築した家の出来ない前は先生は二本榎の方で、近くにある教会の牧師と、繁子達の職員として通つて居る学校の教頭とを兼ねて居た。捨吉はしばらく二本榎の家の方に置いて貰つた。そこから今の学窓へ通つて居た。捨吉が初めて繁子を知つたのはその先生の家だ。玉子を彼に紹介したのも先生の奥さんだ。

「何時までも置いて進《あ》げたいとは思ふんですけれど、家内はあの通り身体も弱し、御世話が届きかねると思ひますからね——」

それが先生の家を辞する時に、先生に言はれた言葉だつた。

「私のすることは少許《ちつと》も貴方の為に成らないツて、左様《さう》言つて叱られましたよ——私が足りないからです。」

それが奥さんの言葉だつた。

捨吉から見れば浅見先生は父、奥さんは姉、それほど先生夫婦の年齢《とし》は違つて居た。奥さんは繁子や玉子の友達と言ひたいほどの若さで、その美貌は酷く先生の気に入つて居た。一頃は先生も随分奥さんを派手にさして、どうかすると奥さんの頰には薄紅い人工の美しさが彩られて居ることも有つた。亜米利加帰りの先生は洋服、奥さんも薄い色のスカアトを引いて、一緒に日暮方の町を散歩するところを捨吉も見かけたことが有る。新築した家の方へ落着いてから、先生の暮し方は大分地味なものと成って来た。彼は浅い谷の手前から繁茂した樹木の間を通して、向ふに玻璃戸《ガラスど》のはまつて居る先生の清潔な書斎を、客間を、廊下を、隠れて見えない奥さんの部屋までそれを記憶であり〳〵見ることが出来た。

「浅見先生の家へも、最早《もう》しばらく行かないナ。」

と捨吉は言つて見た。

斯の親しい家族の方へも彼の足は遠く成つた。彼は先生の家の周囲《まはり》を歩くといふだけで満足して、やがて金目垣《かなめがき》に囲はれた平屋造りの建物の側面と勝手口の障子とを眺めて通つた。

学窓をさして捨吉は高輪の通りを帰つて行つた。繁子が監督して居る小さな寄宿舎のあるあたり、亜米利加の婦人の住む西洋風の建物を町の角に見て、広い平坦《たひら》な道を歩いて行くと、幾匹かの牛を引いて通る男なぞに逢ふ。まだ新しい制服を着て、学校の徽章《きしやう》の着いた夏帽子を冠つた下級の学生が連立つて帰つて行くのにも逢ふ。

学校へ入つた当座、一年半か二年ばかりの間、捨吉は実に浮々と楽しい月日を送つた。血気壮んな人達の中へ来て見ると、誰も左様《さう》注意深く彼の行動を監督するものは無かつた。まるで籠から飛出した小鳥のやうに好き勝手に振舞ふことが出来た。高い枝からでも眺めたやうに斯の広々とした世界を眺めた時は、何事も自分の為《し》たいと思ふことで為て出来ないことは無いやうに見えた。学窓には、東京ばかりでなく地方からの良家《りやうか》の子弟も多勢集つて来て居て、互に学生らしい流行を競ひ合つた。柔い黒羅《くろら》紗《しや》の外套の色沢《いろつや》、聞き惚れるやうな軟《しな》やかな編上げの靴の音なぞは奈何《いか》に彼の好奇心をそゝつたらう。何時の間にか彼も良家の子弟の風俗を学んだ。彼は自分の好みによつて造つた軽い帽子を冠り、半ズボンを穿き、長い毛糸の靴下を見せ、輝いた顔付の青年等と連立つて多勢娘達の集る文学会に招かれて行き、プログラムを開ける音がそこにもこゝにも耳に快く聞えるところに腰掛けて、若い女学生達の口唇から英語の暗誦や唱歌を聞いた時には、殆んど何もかも忘れて居た。楽しい幸福は到るところに彼を待つて居るやうな気がした。彼は若い男や女の交際する場所、集会、教会の長老の家庭なぞに出入《ではいり》し、自分の心を仕合にするやうな可憐な相手を探し求めた。物事は実に無造作に、自由に、すべて意のまゝに造られてあるやうに見えた。一足飛びに天へ飛び揚らうと思へば、それも出来さうに見えた。あの爵位の高い、美しい未亡人に知られて、一躍政治の舞台に上つた貧しいヂスレイリの生涯なぞは捨吉の空想を刺戟した。彼は自分でも行く〳〵は『エンヂミオン』を書かうとさへ思つた。

儚《はか》ない夢はある同窓の学友の助言《じよごん》から破れて行つた。彼は自分と繁子との間に立てられて居る浮名といふものを初めて知つた。あられもない浮名。何故《なぜ》といふに、其時分の彼の考へでは少くも基督教の信徒らしく振舞つたと信じて居たからである。繁子と彼との交際は若い基督教徒の間に行はる丶青年男女の交際に過ぎないと信じて居たからである。けれども彼は眼が覚めた。曾て彼を仕合せにしたことはドン底の方へ彼を突落した。一時彼が得意にして身に着けた服装なぞは自分で考へても堪らないほど厭味なものに成つて来た。良家の子弟を模倣して居た自分は孔雀の真似をする鴉だと思はれて来た。彼が言つたこと、為たこと、考へたことは、すべて皆後悔の種と変つた。

学窓に近づけば近づくほど捨吉は種々《いろいろ》な知つた顔に逢つた。皆が馴味《なじみ》のパン屋から出て来る下級の生徒なぞがある。一頃教会の方で捨吉と一緒に青年会なぞを起して騒いだ連中が何となく青年の紳士らしい靴音をポク〱とさせて遣つて来るのにも行き逢つた。以前のやうには捨吉の方で親しい言葉を掛けないので、先方《さき》も勝手の違つたやうに一寸挨拶だけして、離れ〲に同じ道を取つて行つた。

界隈の寺院では勤行《おつとめ》の鐘が鳴り始めた。それを聞くと夕飯の時刻が近づいたことを思はせる。捨吉は学校の広い敷地について、亜米利加風な講堂の建物の裏手のところへ出た。樹木の多い小高い崖に臨んで百日紅《さるすべり》の枝なぞが垂下つて居る。その暗い葉蔭に立つて独りで手真似をしながらしきりに英語演説の暗誦を試みて居る青年がある。

捨吉よりはずつと年長《としうへ》の同級生であつた。

捨吉の姿を見ると、その同級生は百日紅の傍を離れて微笑《ほゝゑ》みながら近づいた。そして、むんずと彼の腕を取つた。

「岸本君——今日は土曜日でも家《うち》へ帰らないんですか。」

とその同級生が尋ねた。

「だつて君、どうせもう暑中休暇に成るんだもの。」と捨吉は答へた。

「左様だね。もう直き暑中休暇が来るね。」

遠い地方から来て居る斯の同級生は郷里の方のことでも思出したやうに言つた。

賄《まかなひ》の食はせる晩食《ばんめし》を味はうとして、二人は連立つて食堂の方へ行つた。黙し勝な捨吉は多勢の青年の間に腰掛けて、あの繁子に図らず遭遇《でつくは》したことを思出しつゝ食つた。

捨吉が食堂を出た頃は、夕方の空気が岡の上を包んで居た。すべての情人《じやうじん》を誘ひ出すやうな斯ういふ楽しい時が来ると、以前彼は静止《じつと》して居られなかつた。極く〳〵漠然とした眼移りのするやうな心地でもつて、町へ行つて娘達に逢ふのを楽みにしたり、見知り越しなお嬢さんの家の門《かど》なぞに佇《たゝず》んだり、時には繁子の居る寄宿舎の方へ、あるひは彼女が教へに通ふ学校の窓の見える方まで行つたりして、訳もなしに彷徨《さまよ》ひ歩かずには居られなかつた。その夕方さへ消えた。

捨吉は寄宿舎の方へ帰つた。同室の学生は散歩にでも出掛けたかして、部屋には見えない。窓のところへ行つて見ると、食事を済ました人々が思ひ〳〵の方角をさして広い運動場を過ぎつゝある。英語の讃美歌の節を歌ひながら庭を急ぐものがある。張り裂けるやうな大きな声を出して暗い樹蔭の方で叫ぶものがある。向ふの講堂の前から敷地つゞきの庭へかけて三棟並んだ西洋館はいづれも捨吉が教を受ける亜米利加人の教授達の住居《すまひ》だ。白いスカアトを涼しい風に吹かせながら庭を歩いて居る先生方の奥さんも見える。

夕方の配達を済ました牛乳の空缶を提げながら庭を帰つて行く同級生もあつた。流行歌《はやりうた》の一つも歌つて聞かせるやうな隠芸のあるものは斯の苦学生より外に無かつた。学校に文学会のあつた時、捨吉は一緒に余興に飛出し、夢中に成つて芝居をして騒いだことがある。夢から醒めたやうな道化役者は牛乳の鑵を提げて通る座頭《ざがしら》の姿を見るにも堪へなかつた。

誰が歌つて通るのか、聞き慣れた英語の唱歌は直ぐ窓の下で起つた。捨吉はその歌を聞くと、同じやうに調子を合せて口吟《くちずさ》んで見て、やがて自分の机の方へ行つた。白い肩掛はまだ眼にあつた。彼はそれから引出されて来る譬《たと》へやうの無い心地を紛らさうとして、部屋の隅に置いてある洋燈《ランプ》を持つて来た。そして机の上を明るくして見た。彼はまたその燈火《あかり》の点いた洋燈をかゝげながら自分の愛読する書籍を取出しに行つた。

静かな日曜の朝が来た。寄宿舎に集つた普通学部の青年で教会に籍を置くものは、それ〴〵仕度して、各自の附属する会堂へと急いで行く。食堂につゞいた一棟の建物の中に別に寄宿する神学生なども思ひ〳〵の方角をさして出掛けて行く。人々は一日の安息を得、霊魂《たましひ》の糧《かて》を得ようとして、その日曜を楽しく送らうとした。浅見先生が牧師として働いて居る会堂は学校の近くにあつた。そこに捨吉も教会員としての籍が置いてあつた。その朝、彼はいくらか早めに時間を計つて寄宿舎を出た。そんな風にして会堂で繁子に逢ふことを避け〳〵して居た。若い娘達を引連れて彼女が町を通つて来る時刻は大凡《おほよそ》知れて居た。谷を下りてまた坂に成つた町を上ると、向ふの突当りのところに会堂の建物が見える。十字架の飾られた尖つた屋根にポツと日の映じたのが見える。

町の片隅には特別の世界を形造る二三の人が集つて立話をして居た。いづれも会堂の方で見知つた顔だ。思はず捨吉は立留つて、それらの人の話に耳をとめた。長い髯を生した毛深い容貌の男が種々《いろ〳〵》な手真似をした後で、斯う言つた。

「確かに奇蹟が行はれました。」

その前に立つた男は首を垂れて聞いて居た。

「医者が第一左様言ふんですからね」ともう一人の老人が話を引取つて言つた。老人は眼を輝やかして居た。「とても彼《あ》の娘は吾儕《われ〳〵》の力には及びませんでしたツて。医者がもう見放して了つた病人ですぜ。それが貴方、家族の人達の非常な熱心な祈禱の力で助つたんですからね。」

「確かに奇蹟が行はれたのですよ。主《しゆ》が特別の恩恵《めぐみ》を垂れ給ふたのですよ。」

長い髯の男は手にして居た古い革表紙の手擦れた聖書を振つて言つた。

其時、捨吉は斯の人達の話で、洗礼を受けようとする一人の未信者の娘のあることを知つた。その受洗の儀式が会堂の方にあることをも知つた。

会堂の石垣に近く、水菓子屋の前の方から話し〳〵遣つて来る二三の婦人の連があつた。その中に捨吉は浅見先生の奥さんを見かけた。懐しさうにして彼は奥さんの方へ走り寄つた。

「ちつとも御見えに成りませんね。岸本さんは奈何《どう》なすつたらうツて、御噂してますよ。」

相変らず無邪気な、人の好さゝうな調子で、奥さんは捨吉に言つた。

会堂の内には次第に人々が集りつゝあつた。左右の入口から別れて入つて来る男女の信者達はそこに置並べてある長い腰掛を択《えら》んで思ひ〳〵に着席した。捨吉と同じ学校の生徒でこゝへ来て教を聞かうとするものは可成ある。晴やかな顔付で連立つて来て、ずつと前の方に着席するものも有る。説教壇の前のところに一人特別に腰掛けたは其日受洗する娘と知れた。

執事が赤い小形の讃美歌集を彼方是方《あちこち》と配つて歩いた。ここへ来て霊魂をあづけるかのごとき人達は一番前の方に首を垂れて居る娘の後姿を、その悔改と受洗間際の感動とで震へて居るやうな髪を、霊によつて救はれたといふ肉を、あたかも一《いつ》の黙示に接するかのやうにして眺めて居た。そして、その日行はれる儀式によつて日頃にまさる感激を待受けるかのやうに見えた。左様いふ中で、捨吉はある靴屋と並んで、皆の後の方に黙然と腰掛けた。

浅見先生の姿が説教壇の上にあらはれた。式が始まるにつけて婦人席の中から風琴《オルガン》の前の方へ歩いて行つたのは繁子だ。捨吉は多勢腰掛けて居る人達の間を通して、彼女を見た。彼女が腰掛を引寄せる音や鍵台の蓋を開ける音や讃美歌の楽譜を繰る音はよく聞えた。捨吉はその風琴の前に、以前の自分を見つけるやうな気がした――勿忘《わすれな》草《ぐさ》の花を画《あが》いて、それに学び覚えた英詩の一節なぞを書添へて彼女に贈つた自分を。

捨吉と並んだ靴屋は斯の教会の草分の信徒で、手に持つた讃美歌集を彼の方へ見せて、一緒に歌へといふ意味を通はせた。捨吉は器械のやうに立つたり、腰掛けたりした。

丁度洗礼を受けようとする娘が長老に助けられて、浅見先生の前で信徒として守るべき箇条を読み聞かせられて居る。先生が読み聞かせる度に、娘は点頭《うなづ》いて見せる。

それを眺めると、学校の他の青年と四人ほど並んで一緒に洗礼を受けた時のことが夢のやうに捨吉の胸に浮んだ。矢張、先生の司会で、繁子の音楽で、信徒一同の歌で、斯の同じ会堂で。あの時分のことを思ふと青年会だ親睦会だ降誕祭だと言つて半分夢中で騒いだ捨吉の心は何処へか行つて了つた。会堂風に造られた正面のアーチも、天井も、窓も同じやうにある。十字架形の飾りを施した説教台も、その上に載せた大きな金縁の聖書も同じやうにある。しかし捨吉の眼に映るものは、すべて空虚《うつろ》のやうに成つて了つた。曾て彼の精神を高め、華やかにしたと思はれることは幻のやうに消えた。凱歌を奏するやうな信徒一同の讃美が復《ま》た始まつた。

「ハレルヤ、ハレルヤ――」

病から回復すると同時に受洗の志を起したといふ可憐な小羊を加へたことは、一同の合唱に一層気勢を添へるやうに聞えた。

「ハレルヤ、ハレルヤ
ハレルヤ――アーメン。」

浅見先生の説教、祈禱なぞが有つて、やがて男女《なんによ》の会衆が散じかける頃には、捨吉は逸早く靴屋の側《そば》を離れ、皆なの中を通り抜けて、会堂の出入口にある石の階段を下りた。

安息の無い、悩ましい、沈んだ心地で、捨吉は寄宿舎の部屋の方へ引返した。各《おの〳〵》の部屋は自修室と寝室との二間に分れて居る。寝室の壁によせて畳の敷いた寝台《ねだい》が作りつけてある。そこへ彼は身を投げるやうにして、寝台へ顔を押宛《おしあ》て、祈つた。

第三学年も終《つひ》に近い頃であつた。翌朝教室の方へ集つて見ると、その学年の終《をはり》にある英語の競争演説の噂がしきりとされて居る。下級の学生の羨望の中で、教授達の家庭へ一同招待された夜の楽しさなぞが繰返される。捨吉が同級の中には随分年齢の違つた生徒が混つて居た。「お父《とつ》さん」と言はれるやうな老成な人まで学びに来て居た。エリス教授が教室の戸を開けて入つて来た。教授の受持は主にエロキュウションなぞで有つた。

「Now, Gentlemen――」

とエリス教授は至極鄭重な慇懃《いんぎん》な調子で、一切亜米利加式に生徒を紳士扱ひにするのが癖だ。

「Mr. Kisimoto.」

と教授は人の好さそうな腮《あご》を捨吉の方へ向けて、何か彼からも満足な答を得ようとした。
「前にはよく答へたでは無いか、奈何して左様黙り込んで了つたのだ。」と先生の眼が尋ねるやうに見えた。一度捨吉は眼に見えない梯子から落ちて、毎朝の礼拝にも、文学会にも、他の同窓の人達が我勝に名誉の賞金を得ようとして意気込んで居る華やかな競争演説にまで、ほと〳〵興味を失つて了つた。彼は同級の中でも最も年少なもの、一人ではあつたが、入学して二年ばかりの間は級《クラス》の首席を占めて居た。一時彼は多くの教授の愛を身に集めた。殊に亜米利加から新規に赴任して来たばかりの少壮な教授なぞは、真面《まとも》に彼の方を見て講義を続けたり、時間中に何度となく彼の名を呼んで質問に答へさせたりした。斯の目上の人の愛は、すべての人から好く思はれ、すべての人から愛されたいと思つた彼の心を満足させたのである。それらの日課を励む心すら何処へか失はれて了つた。彼はエリス教授を満足させるほどの果敢々々《はかゞ》しい答もしなかつた。

多くの日課は斯の通りだつた。彼は唯自分の好める学科にのみ心を傾け、同級の中でも僅かの人にしか口を利かないほど黙し勝にのみ時を送つた。

眼に見えない混雑は捨吉の行く先にあつた。午後に彼は以前の卒業生の植ゑた紀念樹のあたりへ出た。ふとその樹の側を通る青年がある。上州の方から来て居る良家の子息《むすこ》で、級は下だが、捨吉と一緒に教会で洗礼を受けた仲間だ。一時はよく一緒に遊んだ生徒だ。揃ひの半ズボンで写真まで取つたこともある。

その生徒は捨吉の顔を覗き込むやうにして、

「白ぱつくれるない。」

といふ声を浴せかけて通つた。

その足で、捨吉は講堂の前から緩漫《なだらか》な岡に添ふて学校の表門の方へ出、門番の家の側を曲り、桜の樹のかげから学校の敷地について裏手の谷間の方へ坂道を下りて行つた。一面の藪で、樹木の間から朽ちかゝつた家の屋根なぞが見える。勝手を知つた捨吉は更に深い竹藪について分れた細道を下りて行つた。竹藪の尽きたところで坂も尽きて居る。彼はよくその辺を歩き廻り、林の間に囀《さへづ》る小鳥を聞き、奥底の知れない方へ流れ落ちて行く谷川の幽かなさゝやきに耳を澄ましたりして、時には御殿山の裏手の方へ、ずつと遠く目黒の方まで独りで歩きに出掛けたことがある。四辺《あたり》には人も見えなかつた。誰の遠慮も無い斯の谷間で彼は堪らなく圧迫《おしつ》けられるやうな切ない心を紛らさうとした。沈黙し鬱屈した胸の苦痛をそこへ泄《もら》しに来た。張り裂けるやうな大きな声を出して叫ぶと、それが淋しい谷間の空気へ響き渡つて行つた。

一羽の鳥が薄明るく日光の射し入つた方から舞ひ出した。彼はそこに小高く持上つた岡の裙《すそ》のやうな地勢を見つけた。その小山へも馳け登つて、青草を踏み散らしながら復《ま》たそこで力一ぱい大きな声を出して怒鳴つた。

二

暑中休暇が来て見ると、彼方《あちら》へ飛び是方《こちら》へ飛びして居た小鳥が木の枝へ戻つて来たやうに、学窓で暮した月日のことが捨吉の胸に集つて来た。その一夏を奈何《いか》に送らうかと思ふ心地に混つて。彼は是から帰つて行かうとする家の方で、自分のために心配し、自分を待受けて居て呉れる恩人の家族——田辺の主人、細君、それから、お婆さんのことなぞを考へた。田辺の家に近く下宿住居《ずまひ》する兄の民助のことをも考へた。それらの目上の人達からまだ子供のやうに思はれて居る間に、彼の内部《なか》に萌《きざ》した若い生命の芽は早筍のやうに頭を持上げて来た。自分を責めて、責めて、責め抜いた残酷《むご》たらしさ——沈黙を守らうと思ひ立つやうに成つた心の悶え——狂じみた真似——同窓の学友にすら話しもせずにある其日までの心の戦ひを自分の目上の人達が奈何《どう》して知らう、繁子や玉子のやうな基督《キリスト》教主義の学校を出た婦人があつて青年男女の交際を結んだ時があつたなぞとは奈何して知らうと想つて見た。まだ世間見ずの捨吉には凡てが心に驚かれることばかりで有つた。今々斯の世の中へ生れて来たかのやうな心持でもつて、現に自分の仕《し》て居ることを考へて見ると、何時の間にか彼は目上の人達の知らない道を自分勝手に歩き出して居るといふことに気が着いた。彼はその心地から言ひあらはし難い恐怖《おそれ》を感じた。

七月らしい夏の雨が寄宿舎の窓へ来た。荷物を片付けて寄宿舎を離れようとして居た青年等はいづれも遽《には》かに夕立の通過ぎるのを待つた。

明治もまだ若い二十年代であつた。東京の市内には電車といふものも無い頃であつた。学校から田辺の家までは凡そ二里ばかりあるが、それ位の道を歩いて通ふことは一書生の身に取つて何でも無かつた。よく捨吉は岡つゞきの地勢に添ふて古い寺や墓地の沢山にある三光町寄の谷間を迂回することもあり、あるひは高輪の通を真直に聖《ひじり》坂《ざか》へと取つて、それから遠く下町の方にある家を指して降りて行く。其の日は伊皿子《いさらご》坂《ざか》の下で乗合馬車を待つ積りで、昼飯を済ますと直ぐ寄宿舎を出掛けた。夕立揚句の道は午後の日に乾いて一層熱かつた。けれども最早暑中休暇だと思ふと、何となく楽しい道を帰つて行くやうな心持に成つた。何か斯う遠い先の方で自分等を待受けて居て呉れるものが有る。斯ういふ翹望《げうばう》はあだかもそれが現在の歓喜《よろこび》であるかの如くにも感ぜられた。彼は自分自身の遽《には》かな成長を、急に高くなつた身長《せい》を、急に発達した手足を、自分の身に強く感ずるばかりでなく、恩人の家の方で、もしくは其周囲《まはり》で、自分と同じやうに揃つて大きくなつて行く若い人達のあることを感じた。就中《わけても》、まだ小娘のやうに思はれて居た人達が遽かに姉さんらしく成つて来たには驚かされる。左様いふ人達の中には大伝馬町の大勝《だいかつ》の娘、それから竈河岸《へつつひがし》の樽屋《たるや》の娘なぞを数へることが出来る。大勝とは捨吉が恩人の田辺や民助の兄に取つての主人筋に当り、樽屋の人達はよく田辺の家と往来をして居る。あの樽屋の内儀《おかみ》さんが自慢の娘のまだ初々しい鬘下地《かつらしたぢ》なぞに結つて踊の師匠の許《もと》へ通つて居た頃の髪が何時の間にか島田に結ひ変へられたその姉さんらしい額《ひなひ》つきを捨吉は想像で見ることが出来た。彼は又、あの大伝馬町辺の奥深い商屋で生長《しとな》つた大勝の主人の秘蔵娘の白いきやしやな娘らしい手を想像で見ることが出来た。

新橋で乗換へた乗合馬車は日本橋小伝馬町まで捨吉を乗せて行つた。日に光る甍《いらか》、黒い蔵造りの家々、古い新しい紺暖簾《こんのれん》は行く先に見られる。その辺は大勝の店のあるあたりに近い。田辺のお婆さんがよく噂して捨吉に話し聞かせる石町《こくちやう》の御隠居、一代の豪奢を極め尽したといふあの年とつた婦人が住む古い大きな商家のあるあたりにも近い。一体、田辺の主人はまだ捨吉が少年であつた頃、石町の御隠居の家の整理を依頼された縁故から、同じ一族の大勝の主人に知られ、それから次第に取付き、商法も手広くやり、芝居の方へも金を廻し、「田辺さん」と言へば大分その道の人に顔を知られるやうに成つたのである。斯の恩人が骨の折れた苦しい時代から少年の身を寄せ、親戚では無いまでも主人のことを小父《をぢ》さんと呼び、細君のことを姉さんと呼び（細君を小母さんと言ふにはあまりに若く、それほど主人と年が違つて居たから、）其様《そん》な風に殆んど家族のものも同様にして捨吉は育つて来た。田辺の家の昔に比べると、今はすべての事が皆の思ひ通りに進みつゝある。それが捨吉にも想像される。人形町の賑かな通を歩いて行つて、やがて彼は久松橋の畔《たもと》へ出た。町中を流れる黒ずんだ水が見える。空樽を担いで陸《をか》から荷舟《にたり》へ通ふ人が見える。竈河岸に添ふて斜《はす》に樽屋の店も見える。何もかも捨吉に取つては親しみの深いものばかりだ。明治座は閉つて居る頃で、軒を並べた芝居茶屋まで夏季らしくひつそりとして居た。

そこまで行くと田辺の家は近かつた。表の竹がこひの垣が結び換へられ、下町風の入口の門まですつかり新しく成つたのが先づ捨吉の心を引いた。

年はとつても意気の熾《さか》んなお婆さんを始め、主人、細君は風通しの好い奥座敷に一緒に集つて居て、例のやうに捨吉を迎へて呉れた。お婆さんが灰色の髪を後へ切下げるやうにして、何となく隠居らしく成つたのも捨吉にはめづらしかつた。そればかりでは無い、久しい年月の間、病気と戦つて臥《ね》たり起きたりして居た細君の床がすつかり畳んで片付けてあつた。田辺の姉さんと言へば年中壁に寄せて敷いてあつた床を、枕を、そこに身を横にしながら夫を助けて采配を振つて来た人を直ぐ聯想させる。その細君が床を離れて居るといふだけでも、家の内の光景《ありさま》を変へて見せた。

細君はまだ自分で自分の身体をいたはるかのやうに、瀟洒な模様のついた芝居茶屋の団扇などを手にしながら、

「姉さんも生命拾ひをしたよ。」

と自分のことを捨吉に言つて見せて、微笑んだ。

「なにしろ、お前さん、彼女《あれ》の病気と来たら八年以来《このかた》だからねえ。」とお婆さんが言つた。「小父さんも骨が折れましたよ……よくそれでも斯様《こんな》に快《よ》くなつたと、あたしは左様思ふよ……木挽町の先生なぞも驚いていらつしやる……彼女《あれ》の床を揚げて見たら、それだけ畳の色がそつくり変つて居るぐらゐだつたよ……」


　自分の孫が夏休で学校の方から帰つて来たかのやうに、お婆さんは捨吉に話し聞かせて、長い羅宇《らう》の煙管《きせる》で一服やつた。斯のお婆さんが細君のことを話す調子には実の娘を思ふ親しさが籠つて居た。主人は他《よそ》の姓から田辺を続《つ》いだ人であつた。

「全く骨が折れましたよ。米《よね》が病気でさへ無かつたら今時分私は銀行の一つ位楽に建てゝます。」


　と主人は心安い調子で言つて笑つた。書生を愛する心の深い斯の主人は捨吉の方をも見て、学校の様子などを尋ねたりして、快活に笑つた。ずつと以前には長い立派な髯を厳《いかめ》しさうに生した小父さんであつた人がそれを剃り落し、涼しさうな浴衣に大《おほ》胡座《あぐら》で琥珀のパイプを啣《くは》へながら巻煙草を燻《ふか》し燻し話す容子《ようす》は、すつかり下町風の人に成りきつて居た。主人の元気づいて居ることはその高い笑声で知れた。全く、田辺の姉さんが長い病床から身を起したといふは捨吉にも一つの不思議のやうに思へた。

「まあ捨吉も精々勉強しろよ。姉さんも快くなつたし、小父さんも是からやれる。今に小父さんが貴様を洋行さしてやる。」

「左様《さう》ともサ。洋行でもして馬車に乗るくらゐのエラいものに成らなけりや捨吉さんも駄目だ。」

「貴様の知つてる通り、吾家《うち》ぢや是迄どのくらゐ書生を置いて見たか解らないが、何時でも是方《こつち》の親切が仇になる——貴様くらゐ長く世話したものも無い——それだけの徳が貴様には具はつてゐるといふものだ。」

斯ういふ主人とお婆さんとの話を細君は側で静かに聞いて居たが、やがて捨吉の方を見て言ふだけのことを言つて聞かせて置かうといふ風に、

「一時はもうお前さんを御断りしようかと思ふ位だつたよ……」

その言葉の調子は優しくも急所に打込む細い針のやうな鋭さが有つた。捨吉は紅くなつたり蒼くなつたりした。


「兄さん。」

と広い勝手の上り口から捨吉を見つけて呼んで入つて来たのは、田辺の家の一人子息だ。弘と言つて、捨吉とはあだかも兄弟のやうにして育てられて来た少年だ。

「このまあ暑いのに帽子も冠らないで、何処へ遊びに行つてるんだねえ。」

と細君は母親らしい調子で言つた。斯の弱かつた細君に奈何《どう》して斯様《こん》な男の児が授

かつたらうと言はれて居るのが弘だ。一頃は弘もよく引付けたりなどしたが、お婆さん始め皆の丹精でずんずん成長《しとな》つて、めつきりと強壮《ちやうぶ》さうに成つた。おまけに、末頼母しい賢さを見せて居る。

お婆さんは茶戸棚のところに行つて、小饅頭などを取出し、孫と捨吉とに分けて呉れた。

「弘、写真を持つて来て兄さんにお目にお掛けな。」

と細君は弘を側に呼んで、解けかゝつた水浅黄色の帯を締直して遣つた。弘が持つて来て捨吉に見せた写真は、父と一緒に取つたのと、一人のとある。界隈の子供と同じやうに弘もいくらか袖の長い着物で写真に映つて居たが、その都会の風俗がいかにもよく似合つて可愛らしく見えた。

「実によく撮れましたネ。」

と捨吉に言はれて、お婆さんから細君へ、細君から主人へと、三人はもう一度その写真を順に廻して見た。主人は眼を細めて、可愛いくて成らないかのやうにその写真に見入つて居た。

「弘さん、被入《いら》つしやい。」

と捨吉が呼んだ。やがて彼は弘を自分の背中に乗せ、部屋部屋を見に行つた。夏らしく唐紙なぞも取除してあつて、台所から玄関、茶の間の方まで見透される。茶の間は応接室がはりに成つて居て、仕切場だとか大札《おほ》だとか芝居茶屋の女将《おかみ》だとか左様いふ座付の連中ばかりでなく其他の客が入れ替り立ち替り訪ねて来る度に、よく捨吉が茶を運ぶところだ。彼は弘を背中に乗せたまゝ、茶の間から庭へ下りて見た。青桐が濃い葉蔭を落して居るあたりに添ふて一廻りすると、庭から奥座敷が見える。土蔵の上り口まで見透される。

細君は捨吉の背にある弘の方を見て、

「おや可笑《をか》しい。大きなナリをして。」

と奥座敷に居て言つた。

奥座敷では、午後の慰みに花骨牌《はな》が始まつた。お婆さんと主人が細君の相手に成つて、病後を慰め顔に一緒に小さな札を並べて居た。

「弘の幼少《ちひさ》い時分にはよく彼様《あゝ》して兄さんに負《おぶ》さつて歩いた。一度なんか深川の方までも――」

とお婆さんが札を取上げながら、庭の方を眺めて、「でも、二人とも大きく成つたものだ。」

「さあ、今度は誰の番です。」と主人が笑ひながら言出した。

「あたいだ。」とお婆さんは手に持つた札とそこに置並べてあるのとを見比べた。

「弘は母さんの傍へお出。」

と細君が呼んだので、捨吉は背中に乗せて居た弘を縁側のところへ行つて下した。弘はまだ子供らしい眼付をして母親の側に坐つた。そして種々《いろ〳〵》な模様のついた花骨牌を見比べて居た。

「桐と出ろ。」と主人は積重ねてある札を捲《めく》つて打ち下した。「おや〳〵、雨坊主だ。」細君の番に廻つて行つた。「どうも御気の毒さま。菅原が出来ました。」と細君は揃ひの札を並べて見せた。それを見た主人は額に手を宛て、笑つた。

間もなく捨吉は庭下駄を脱ぎ捨て、勝手口に近い井戸へ水汲みに行つた。まだ水道といふものは無い頃だつた。素足に尻端折《しりばしをり》で手桶を提げて表門の内にある木戸から茶の間の横を通り、平らな庭石のあるところへ出た。庭の垣根には長春《ちやうしゆん》が燃えるやうに紅い色の花を垂れて居る。捨吉が水を打つ度に、奥座敷に居る人達は皆庭の方へ眼を移した。葉蘭《はらん》なぞはバラバラ音がした。濡れた庭の土や石は饑ゑ渇いた水を吸ふやうに見る間に乾いた。

捨吉は茶の間の方へも手桶を向けて、低い築山風に出来た庭の中にある楓の枝へも水を送つた。幹を伝ふ打水は根元の土の上を流れて、細い流にかたどつてある小石の中へ浸みて行つた。茶の間の前を蔽ふ深く明るい楓の葉蔭は捨吉の好きな場所だ。その幹の一つ〳〵は彼に取つては親しみの深いものだ。楓の奥には一本《ひともと》の楠の若木も隠れて居る。素足のま、捨吉は静かな緑葉からポタ〳〵涼しさうに落ちる打水の雫を眺めた。

復《ま》た捨吉は庭土を踏んで井戸の方から水の入つた手桶を提げて来た。茶の間の小障子の側には乙女椿などもある。その乾いた葉にも水を呉れ、表門の内にある竹の根にも灑《そゝ》ぎかけた。彼はまた門の外へも水を運んで行つた。熱い、楽しい汗が彼の額を流れて来た。最後に、客の出入《ではひ》りする格子を開けて庭の夕、キをも洗つた。そこには白い滑かな方形の寒水石《かんすゐせき》がある。その冷い石の上へ足を預けて上框《あがりがまち》のところに腰掛けながら休んだ。玄関の片隅の方を眺めると、壁によせて本箱や机などが彼を待受け顔に見えた。

花骨牌《はな》にも倦《う》んだ頃、細君は奥座敷の縁側の方から玄関の通ひ口へ来て佇立《たゝず》んだ。まだ捨吉は上り框へ腰掛けたなり素足のまゝで居て、自分の本箱から取出した愛読の書籍を膝の上に載せ、しきりとそれに読み耽つて居た。見ると細君が来て背後《うしろ》に立つて居たので、捨吉はきまり悪げに書籍を閉ぢ、すこし顔を紅めた。

病後の細君が腰を延ばし気味に玄関から茶の間と静かに家の内《なか》を歩いて居るその後姿を捨吉はめづらしいことのやうに思ひ眺めた。やがて格子戸の外に置いた手桶を提げて井戸の方へ行かうとした。ふと、樽屋の内儀さんが娘を連れながら、表門の戸を開けて入つて来るのに逢つた。

「捨さん、何時御帰んなすつたの。学校はもう御休みなんですか。」
と河岸の内儀さんは言葉を掛けた。女ながらに芝居道の方では可成幅を利かせて居る人だ。娘も捨吉に会釈して、母親の後から、勝手口の方へ通つた。一度捨吉は田辺の細君の口から、「捨さんは養子には貰へない方なんですか。」と樽屋の内儀さんが尋ねたといふ話を聞いてから、妙に斯の人達に逢ふのが気に成つた。

捨吉は井戸端で足を拭いてから、手桶の水を提げ、台所から奥座敷と土蔵の間を廂《ひ》間《あはひ》の方へ通り抜けた。田辺の屋敷に附いた裏の空地が木戸の外にある。そこが一寸花畠のやうに成つて居る。中央には以前に住んだ人が野菜でも造つたらしい僅かの畠の跡があつて、その一部に捨吉は高輪の方から持つて来た苺を植ゑて置いた。同窓の学友で労働会といふものへ入つて百姓しながら勉強して居る青年がその苺の種を分けて呉れた。それを捨吉は見に行つた。

幾株かの苺は素晴らしい勢で四方八方へ蔓を延ばして居た。長い蔓の土に着いた部分は直ぐそこに根を生した。可憐な繁殖はそこでもこゝでも始つて居た。

「ホ。何物《なんに》も呉れなくても可《い》いんだ。」

と捨吉は眼を円くして言つて見て、青々とした威勢の好い葉、何処まで延びて行くか分らないやうな蔓の間などに、自分の手を突込むと、そこから言ふに言はれぬ快感を覚える。手桶に入れて持つて来た水を振舞顔に撒いて居ると、丁度そこへ主人も肥満した胸のあたりを涼しさうにひろげ、蜘蛛の巣の中形のついた軽い浴衣で歩きに来た。

「小父さん、御覧なさい――斯様《こんな》に苺が殖えましたよ。」

と捨吉が声を掛けた。

主人は大人らしい威厳を帯びた容子で捨吉の立つて居る側を彼方是方《あちこち》と歩いた。どうかすると向ふの花畠の隅まで歩いて行つて、そこから母屋の方を振返つて見て、復た捨吉の方へ戻つて来た。行く行くは斯の空地へ新しい座敷を建増さうと思ふといふ計画などを捨吉に話して聞かせた。それからまた自分の事業の話などもして、大勝の大将と共同で遠からず横浜の方にある商店を経営しようとして居ることなどを話した。

何かにつけて主人は捨吉の若い心を引立てようとするやうに見えた。この「小父さん」が好い時代に向ひつゝあることは捨吉の身にとつても何より心強い。八年以来《このかた》煩ひ煩ひして居た細君が快くなつたといふだけでも大したことであるのに、家はます〱隆盛《さかん》な方だし、出入するものも多くなつて来たし、好い事だらけだ。主人の眼は得意に輝いて見える時だ。その眼はまたいろいろな物を言つた。「小父さんが苦しかつた時代のことに比べて見よ。捨吉、貴様は斯ういふ家屋と庭園を自分のものとして住むといふことを何とも思はないか。書生を置き、女中を使ひ、人は『田辺さん、田辺さん』と言つて頼つて来るし、髪結の娘で芸を商売にするものまで出入することを誉のやうにして小父さんが脱いだ着物まで畳んで呉れるといふことを何とも思はないか。小父さんの指に光る金と宝石の輝きを見ても何とも思はないか。捨吉、捨吉、どうして貴様は左様だ――何故小父さんの後へ随いて来ないか。」それを主人は種々《いろ〳〵》なことで教へて見せて居た。

細君が床揚げの祝ひの日には、主人も早く起きて東の空に登る太陽を拝んだ。竈河岸の名高い菓子屋へ注文した強飯《こはめし》が午前のうちに届いた。「行徳《ぎやうとく》！」と呼ばつて入つて来て勝手口へ荷をおろす出入の魚屋の声も、井戸端で壮んに魚の水をかへる音も、平素《ふだん》に勝つて勇ましく聞えた。奥座敷の神棚の下には大勝始め諸方からの祝ひの品々が水引の掛つたまゝで積重ねてあつた。

強飯を配るために捨吉は諸方へと飛んで歩いた。勝手に続いて長火鉢の置いてあるところで、お婆さんが房州出の女中を指図しながら急しさうに立働いた。菓子屋から運んで来た高い黒塗の器の前には細君まで来て坐つて、強飯をつめる手伝ひをしようとした。

「米《よね》、何だねえ。お前がそんなことをしなくつても可《い》いよ。」

とお婆さんは叱るやうに言つて見せて、大きな重箱を細君の手から引取つた。南天の実の模様のついた胡摩塩の包紙、重たい縮緬の袱紗《ふくさ》、それをお婆さんの詰めて呉れた重箱の上に載せ、風呂敷包にして、復た捨吉は河岸の樽屋まで配りに行つて来た。

其日は捨吉の兄も大川端の下宿の方から呼ばれて来た。宿は近し、それに大勝の大将は田辺の主人の旦那でもあれば斯の民助兄に取つての旦那でもあつて、そんな関係からよく訪ねて来る。田辺の主人と民助とは同郷の好《よし》みも有るのである。

「民助さん、まあ見て遣つて下さいよ。捨さんの足は斯ういふものですよ。」とお婆さんは捨吉の兄に茶をす丶めながら話した。

「捨さん、一寸そこへ出して兄さんにお目にお掛けな。」と細君は捨吉を見て言つた。

「此節は十文半《もんはん》の足袋が嵌《はま》りません。莫迦《ばか》に甲高と来てるんですからねえ。」

「奈何《どう》だ。俺の足は。」と主人はセルの単衣《ひとへ》を捲《まく》つて、太い腰の割合に小さく締つた足を捨吉の方へ出して見せた。

「父さんの足と来たら、是はまた人並外れて小さい。」と細君が言つた。

民助は奥座敷の縁先に近く主人と対ひ合つて坐つて居た。こん〳〵咳払ひするのが癖で、「自分等の年をとつたことは左程にも思ひませんが、弘さんや捨吉の大きく成つたのを見ると驚きますよ。」と言つて復た咳《せ》いた。

「なにしろ、『お婆さん、霜焼が痛い』なんて泣いた捨吉が最早《もう》これだからねえ。」と主人は肥満した身体を揺るやうにして笑つた。

内輪のものだけの祝ひがあつた。昔を忘れないお婆さんも隠居らしい薄羽織を着て、まだ切下げたばかりの髪の後部《うしろ》を気にしながら皆と一緒に膳に就いた。

「弘は兄さんの側へ御坐りなさい。」

と母親に言はれて、弘は自分の膳を捨吉の隣へ持つて来る。捨吉もかしこまりながら好きな強飯を頂戴した。

食事が終つて楽しげな雑談《ざふだん》が始まる頃には、そろ〳〵主人の仮白《こわいろ》などが出る。芝居の方に関係し始めてから、それが一つの癖のやうに成つて居る。主人のは成田屋張で、どうかすると仮白を真似た後で、「成田屋」といふ声を自分で掛けた。それが出る時は主人の機嫌の好い時であつた。

「弘、何か一つ遣れ。」

主人は意気の昂つた面持で子息にも仮白を催促した。

「お止しなさいよ。」と細君は手にした団扇で夫を制する真似して、「父さんのやうに仮白ばかり仕込んで、困つちまふぢや有りませんか。今に弘はお芝居の方の人にでも成つて了ひますよ。」

「これがまた巧いんだからねえ。」と主人は子息《むすこ》の自慢を民助に聞かせた。

「民助さん、貴方《あなた》の前ですが、」とお婆さんも引取つて、「奈何《どう》もあたしは斯の児のあんまり記憶《おぼえ》の好いのが心配で成りません。米も左様言つて心配してるんです。まあ百人一首なぞを教へませう、すると二度か三度も教へるともうその歌を暗《そら》で覚えてしまひます……貴方の前ですが、恐しいほど記憶の好い児なんですよ……」

「弘さんはなか〳〵悧巧ですから。」と民助が言つた。

「しかし、あんまり記憶の好いのも心配です。」と細君が言つた。「私の兄の幼少《ちひさ》い時が丁度是だつたさうですからねえ。」

「彼女《あれ》の兄といふのは二十二か三ぐらゐで亡くなりましたらう。学問は好く出来る人でしたがねえ。」と主人は民助に言つて聞かせた。「実は、私《わし》もお婆さんや米のやうに思はないでも有りません。どうかすると私は弘の顔を見てるうちに、斯の児にはあんまり勉強させない方が好い、田舎へでも遣つて育てた方が好い、左様《さう》思ふことも有りますよ。」

「そのくせ、父さんは一番物を教へたがつてるくせに——一番甘やかすくせに。」と言つて細君は笑つた。

夭死した細君の兄の話から、学問に凝つたと言はれた人達のことが皆の間に引出されて行つた。田辺の親戚で、田舎に埋《うも》れて居る年とつた漢学者の噂も出た。平田派の国学に心酔した捨吉等の父の話も出た。

「捨吉、其様《そん》なところにかしこまつて、何を考へてる。」と主人が励すやうに言つた。

「皆これで奈何いふ人に成つて行きますかサ。」と細君は吾児と捨吉の顔を見比べた。

お婆さんは首を振つて、「捨さんの学校は耶蘇《ヤソ》だつて言ふが、それが少し気に入らない。奈何もあたしは、アーメンは嫌ひだ。」
「お婆さん、左様貴女《さふ》のやうに心配したら際限《きり》が有りませんよ。今日英学でも遣らせようと言ふには他に好い学校が無いんですもの。捨吉の行つてるところなぞは先生が皆亜米利加人です。朝から晩まで英語ださうです。」と言つて主人は捨吉の兄の方を見て、「どうかして、捨吉にも洋行でもさして遣りたいものですな——御店《おたな》の大将も左様言つてるんです——」

民助は物を言ふかはりに咳いたり笑つたりした。

記念すべき細君の床揚の祝ひにつけても、どうかして主人は捨吉を喜ばさうとして居るやうに見えた。行く〳〵は自分の片腕とも、事業の相続者ともしたいと思ふその望みを遠い将来にかけて。

三

楽しい田辺の家へ帰つても捨吉の心は楽まなかつた。「貴様はそんなところで何を考へてる。」と田辺の小父さんに問はれることがあつても、彼は自分の考へることの何であるやを明かに他に答へることが出来なかつた。しかし、彼は考へ始めた。彼が再び近づくまいと堅く心に誓つて居た繁子に図らず途中で邂逅《めぐりあ》つた時のことは、仮令《たとへ》誰にも話さずにはあるが、深い感動として彼の胸に残つて居た。それが彼から離れなかつた。避けよう〳〵として遂に避けられなかつたあの瞬間の心の狼狽と、そして名状しがたい悲哀とは……あの品川の停車場手前から高輪の方へ通ふ細い人通りの少い抜け路、その路傍の草の色、まだ彼はあり〳〵とそれらのものを見ることが出来た。あの白い肩掛に身を包んで俯向き勝ちに乗つて行つた車上の人までもあり〳〵と見ることが出来た。あの一度親しくした年長《としうへ》の婦人が無言で通り過ぎて行つた姿は、何を見るにも勝り何を聞くにも勝つて、あだかも心の壁の画のやうに過去つた日の果敢《はか》なさ味気なさを深思せしめずには置かなかつた。

夏期学校の開かれると云ふ日も近づいて居た。かねてその噂のあつた時分から、捨吉は心待ちにして居たが、暑中休暇で戻つて来てからまだ間も無し、書生の身ではあり、自分もそこへ出席させて欲しいとは小父さんに願ひかねて居た。

ある日、捨吉は主人が独りで庭を歩いて居るのを見かけた。その側へ行つて斯様《こん》な風に言出して見た。

「小父さん、僕は御願があります。」

主人は、何かまた捨吉めが極りを始めたといふ顔付で、

「何だい。言つて見ろや。」

と笑つて尋ねた。

その時、捨吉は自分の学校の方で特にその夏の催しのあること、すぐれた講演の開

かれることを主人に話した。その間しばらく自分は寄宿舎の方に行つて居たいと願つて見た。

「へえ、夏期学校といふのが有るのかね――」

と主人は言つて、捨吉が水を撒いて置いた庭の飛石づたひに、彼方此方《あちこち》と歩いて見て、やがてまた軽い浴衣の裾をからげながら細い素足のまゝで捨吉の方へ来た。そして未だ年少な、奈様《どう》にでも延びて行く屋根の上の草のやうな捨吉の容子を眺めた。斯の主人は成るべく捨吉を手許に置きたかつた。しかし書生を愛する心の深い人ではあり、日頃いかに気を引立てゝ呉れるやうにしても兎角沈み勝ちな捨吉の為にはあるひは左様いふ夏期学校へ行つて見るのも好からう、といふ風に心配しつゝ許して呉れた。

「済んだら早く帰つて来いよ。小父さんも多忙《いそが》しい身《からだ》に成つて来たからな――」

と附けたして言つた。

捨吉は嬉しくて、主人の前に黙つて御辞儀一つした。その御辞儀が主人を笑はせた。

許しが出た。捨吉はいそ〳〵と立働いた。しばらく書生としての勤めから離れる前に庭だけでも綺麗に掃除して置いて行かうとした。金魚鉢の閼伽《あか》をかへること、盆栽の棚を洗ふこと、蜘蛛の巣を払ふこと、為ようとさへ思へば為ることは何程《いくら》でも出て来た。家の周囲《まはり》に生える雑草は毟《むし》つても〳〵後から〳〵と頭を擡《もた》げつゝあつた。捨吉は表門の外へも出て見て、竹がこひの垣の根にしやがみながら草むしりに余念もなかつた。

井戸端には房州出の若い下女が働いて居た。丁度捨吉が芥取《ごみとり》を手にして草の根を捨てに湯殿の側の塵溜箱《ごみためばこ》の方へ通らうとすると、じつとしては居られないやうなお婆さんも奥の方から来て勝手口のところへ顔を出した。その流許《ながしもと》で、お婆さんは腰を延ばしながら一寸空を眺めて見て、「あゝ、今日も好い御天気だ。」といふ顔付をした。

「捨さん、御洗濯物があるなら、ずん／＼御出しなさいよ。斯の天気だと直ぐに乾いちまふ。」

とお婆さんは捨吉を見て言つて、その眼を井戸端の下女の方へ移した。御主人大事と勤め顔な下女は大きな盥《たらひ》を前にひかへ、農家の娘らしい腰巻に跣足《はだし》で、甲斐々々しく洗濯をして居た。捨吉が子供の時分から、「江戸は火事早いよ」なぞと言つて聞かせて居るお婆さんだけあつて、捨吉の身のまはりのことにも好く気をつけて呉れた。夏期学校の方へ出掛けると聞いて、汗になつた襦袢《じゆばん》や汚れた紺足袋の洗濯まで心配して呉れた。

「捨さんの寝衣《ねまき》は。」

とお婆さんは下女に尋ねた。下女は盥の中の単衣を絞つてお婆さんに見せた。それが絞られる度に捩ぢれた着物の間から濁つた藍色の水が流れた。

捨吉はすご〳〵と井戸端を通りぬけ、復た芥取を提げて草むしりを仕掛けて置いた門前の方へ行つた。

憂鬱——一切のもの丶色彩を変へて見せるやうな憂鬱が早くも少年の身にやつて来たのは、捨吉の寝巻の汚れる頃からであつた。何もかも一時《いつとき》に発達した。丁度彼が毟《むし》つて居る草の芽の地面《ぢべた》を割つて出て来るやうに、彼の内部《なか》に萌したものは恐ろしい勢で溢れて来た。髪は濃くなつた。頬は熱して来た。顔の何《ど》の部分と言はず癢《かゆ》い吹出ものがして、膿み、腫れあがり、そこから血が流れて来た。制《おさ》へがたく若々しい青春の潮は身体中を馳けめぐつた。彼は性来の臆病から、仮令自分で自分に知れる程度にとゞめて置いたとは言へ、自然を蔑視《さげす》み軽侮《あなど》らずには居られないやうな放肆《ほしいまゝ》な想像に一時身を任せた。

斯ういふことが、優美な精神生活を送つた人達の生涯を慕ふ心と一緒になつて起つて来た。捨吉は夏期学校の催しを思ひやり、その当時としては最も進んだ講演の聞かれる楽みを思ひやつて、垣の根に蔓《はびこ》つた草をせつせと毟つた。葉だけ短かく摘み取れるのがあつた。土と一緒に根こそぎポコリと持上つて来るのもあつた。

「御隠居様、斯の御寝衣はいくら洗ひましても、よく落ちません。」

と下女が物干竿の辺で話す声は垣一つ隔て、捨吉のしやがんで居るところへよく聞えて来た。

「ひどい脂肪《あぶら》だからねえ。」

といふお婆さんの声も聞えた。

捨吉は額の汗を押拭つて見て、顔を紅めた。彼は草むしりする手を土の上に置き、冷い快感の伝つて来る地面《ぢべた》に直接《ぢか》に掌を押しつけて、夏期学校の講演を聞かうとして諸方から集つて来る多くの青年のことを思ひやつた。同級の学生でそこへ出席する連中は誰と誰とであらうなどと思ひやつた。


寄宿舎の方へ持つて行く着物も出して置かなければ成らなかつた。高輪へ出掛ける前の日の午後、捨吉は自分の行李を調べるつもりで土蔵の二階へ上らうとした。蔵の前の板の間に、廂間《ひあはひ》の方から涼しい風の通《かよ》つて来るところを択んで、午睡《ひるね》の夢を貪つて居る人があつた。大勝の帳場だ。真勢《ませ》さんといふ人だ、真勢さんは御店《おたな》から用達に来た序《ついで》と見え、隠れた壁の横に肱《ひぢ》を枕にして、ぐつすりと寝込んで居た。狭い板の間で、捨吉がその上を跨《また》いでも、寝て居る人は知らなかつた。土蔵の二階は暗かつた。金網を張つた明り窓の重たい障子を開けて僅かに物を見ることが出来た。そこで捨吉は行李の蓋を開けて居ると、お婆さんも何《なん》かの捜し物に梯子段を登つて来た。

お婆さんは暗い隅の方から取出したものを窓の明りに透かして見て、

「捨さん、これはお前さんの夏服だよ。」

と捨吉に見せた。それは彼が一時得意にして身に着けたものだ。

「これもお前さんのズボンだらう。」

とお婆さんは復た派手な縞柄のを取出して来て捨吉に見せた。窓から射す幽かな弱い光線でも、その薄色のズボン地を見ることが出来た。捨吉は脱ぎ捨てた殼でも見るやうに、自分の着た物を眺めて立つて居た。

「あれも要らない、これも要らない、お前さんは何物《なんに》も要らないんだねえ――まあ、斯の洋服は斯うして蔵《しま》つて置かう――今に弘でも大きく成つたら、着せるだ。」

とお婆さんはその夏服の類を元の暗いところへ蔵ひながら言つた。

斯の土蔵の二階から捨吉が用意するだけの衣類を持つて、お婆さんと一緒に奥座敷の方へ下りた時は、主人も弘も見えなくて細君だけ居た。お婆さんは土蔵から取出して来たものを細君に見せて、

「米、これかい。」

と聞いた。それは細君の好みで病中に造つた未だ一度も手を通さない単衣であつた。

「どうせ斯様《こん》なものを造《こしら》へたつて着て出る時は無いなんて、あの時はお前も左様《さう》言つたつけ。」

とお婆さんは思出したやうに言つた。

「ほんとにねえ。」と細君はまだ新しくてある単衣を膝の上に置いて見て、「これが着

られるとは私も思はなかつた……しかし私がいくら贅沢したつて樽屋のをばさんの足許へも及ばない。あのをばさんと来たら、絽《ろ》の夏帯を平素《ふだん》にしめてます。」

細君はそれをお婆さんに聞かせるばかりでなく、捨吉にも聞かせるやうに言つた。

「お婆さん、済みませんがあの手拭地の反物を一寸こゝへ持つて来て見て下さいな。捨さんにも持たして遣りませう。」

と細君に言はれて、お婆さんは神棚の下の方から新しく染めた反物を持つて来た。

「吾家《うち》では斯ういふのを染めた。」

とお婆さんは水浅黄の地に白く抜いた丸に田辺としたのを捨吉に指して見せた。気持の好い手拭地の反物が長くひろげられたのも夏座敷らしい。細君は鋏を引寄せて、自分でその反物をギヨキ〳〵とやりながら、

「でも、よくしたものだ。前には『捨さん、お前さんの襟首は真黒だよ』つて言つても、まだ垢が着いてた。それが此節ぢや、是方《こつち》から言はなくとも、ちやんと自分で垢を落してる――それだけ違つて来た。」

斯様《こん》なことを言つて笑つて、切取つた手拭は丁寧に畳んで捨吉の前に置いた。細君は出入の者にそれを配るばかりでなく、捨吉にまで持たしてやるといふことを得意の一つとした。

午睡から覚めた真勢さんが顔を洗ひに来た頃、捨吉も井戸端に出て斯の大勝の帳場

と一緒に成つた。真勢さんは田辺の小父さんの遠い親類つゞきに当つて居た。あの御店へ通ふやうに成つたのも小父さんの世話であつた。午睡で皺になつた着物にも頓着せず、素朴で、関《かま》はないその容子は大店の帳場に坐る人とは見えなかつた。

しかし捨吉は田辺の家へ出入する多くの人の中で、斯の真勢さんを好いて居た。

「真勢さん、僕は明日から夏期学校の方へ出掛けます。」

と話して聞かせた。

「ホ、夏期学校へ。」

と真勢さんは汗染みた手拭で顔を拭きながら言つた。

夏期学校と聞いて真勢さんのやうに正直さうな眼を円くする人は、捨吉の身のまはりには他に無かつた。何故といふに、その講演は基督教主義で催さるゝのであつたから。そして、真勢さんは基督教信者の一人であつたから。斯うした十年一日のやうな信仰に生きて来た人を大勝の帳場なぞに見つけるといふことすら、捨吉にはめづらしかつた。真勢さんは一風変つて居るといふところから、「哲学者」といふ綽名で通つて居た。アーメン嫌ひな田辺のお婆さんや細君の前で真勢さんは別に宗教臭い話をするでもなかつた。斯の人の基督教信者らしく見えるのは唯食事の時だけであつた。その食前の感謝も、極く簡単にやつた。真勢さんのは膝を撫で〳〵眼をつぶつて一寸人の気のつかないやうにやつた。

真勢さんは捨吉からしきりに夏期学校の催しを聞かうとした。井戸端から湯殿の側の方へ、白い土蔵の壁の横手の方へ捨吉を誘つて行つて話した。

「なにしろ、そいつは可羨《うらやま》しい。多忙《いそがは》しい身《からだ》でないと一つ聞きに出掛けたい……安息日すら守ることも出来ないやうな仕末ですからな……尤も自分の信仰だけは是で出来てる積りなんですけれど……基督だけはちやんと見失はない積りなんですけれど……」

教会の空気に興味を失つた捨吉にも、斯うした信徒の話は可懐《なつか》しかつた。真勢さんは築地の浸礼教会に籍を置いて居て、浅見先生の教会なぞとは宗派を異にしたが。湯殿の側を離れてから、二人はもう斯様な話をしなかつた。捨吉は玄関の小部屋へ行つて出掛けるばかりに風呂敷包を用意した。何か新しいものが彼を待つて居る。学校のチヤペルの方で鳴る鐘の音は早や彼の耳の底に聞えて来た。

学校まで捨吉は何にも乗らずに歩いた。人形町の水天宮前から鎧橋《よろひばし》を渡り、繁華な町中の道を日影町へと取つて芝の公園へ出、赤羽橋へかゝり、三田の通りを折れまがり、長い聖坂に添ふて高輪台町へと登つて行つた。許されてめづらしい講演を聞きに出掛ける捨吉には、その道を遠いとも思はなかつた。聖坂の上から学校までは、まだ可成あつた。谷の地勢を成した町の坂を下り、古い寺の墓地について復た岡の間の道を上つて行くと、あたりは最早《もう》陰鬱な緑につゝまれて居た。寄宿舎の塔が見えて来た。

高い窓を開けて日に乾してある蒲団も見えて来た。

夏期学校の催しは構内のさまを何となく変へて見せた。寄宿舎の方へ通ふ道の一角で、捨吉は見知らぬ顔の青年が連立つて歩いて来るのに逢つた。聴講者として諸方から参集する外来の客は寄宿舎の廊下をめづらしさうに歩き廻つたり、塔の上までも登つて見たりして居た。心をそゝられて捨吉も暗い階段を高く登つて行つて見た。せゝこましく窮屈な下町からやつて来た彼は四隅に木造の角柱《かくばしら》を配置した塔の上へ出て、高台らしい岡の上の空気を胸一ぱいに呼吸した。品川の海も白く光つて見えた。

舎監から割当てられた部屋へは、捨吉よりすこし後《おく》れて同級の菅《すげ》が着いた。以前遊んだ連中とも遠く成つてから、黙し勝ちに日を送つて来た中で、捨吉は斯の同級生と親しい言葉をかはすやうに成つたのである。菅は築地の方から通つて勉強して居た。夏期学校を機会に、しばらく寄宿舎で一緒に成れるといふことも捨吉にはめづらしかつた。

「どうだらうね、足立君は来ないだらうか。」

と捨吉はもう一人の同級生のことを菅に言つて見た。捨吉は菅と親しくなる頃から足立とも附合ひはじめた。三人はよく一緒に話すやうになつた。

「足立君は来るといふ話が無かつた。しかし来ると可いね。」

と菅も言つて、捨吉と一緒に部屋の窓際へ行つて眺めた。運動場の向ふには、他の学校の生徒らしい青年や、見慣れぬ紳士らしい服装の人も通る。講堂の横手にある草《くさ》地《ち》に集つて足を投出して居る連中もある。仙台からも京都からも神戸からも学校の違ひ教会の違つた人達が夏期学校をさして集つて来て居た。外から流れ込んだ刺戟は同じ学校の内部《なか》を別の場所のやうにした。

講演の始まる日には、捨吉は菅と同じやうに短い袴をはいて、すこし早めに寄宿舎の出入口の階段を下りた。互ひに肩を並べて平坦《たひら》な運動場の内を歩いて行つた。講堂の方で学校の小使が振り鳴らすベルの音は朝の八時頃の空気に響き渡りつゝあつた。運動場の区劃は碁盤の目を盛つたやうな真直な道で他の草地なぞと仕切つてあつて、向ふの一角に第一期の卒業生の記念樹があれば是方《こちら》の一角にも第二期の卒業生の記念樹が植ゑてあるといふ風に、ある組織的な意匠から割出されてある。三棟並んだ亜米利加人の教師の住宅、殖民地風の西洋館、それと相対した位置に講堂の建物と周囲《まはり》の草地とがある。入口の石段について、捨吉が友達と一緒に講堂へ上らうとすると、ポツ〳〵界隈からもやつて来る人があつた。そこで捨吉達はエリス教授にも逢つた。教授はズボンの隠袖《かくし》へ手を差入れて鍵の音をさせながら、図らず亭主側に廻つたやうな晴々とした顔付で居た。

多数の聴講者を容れるチャペルは階上にあつて、壁に添ふた階段は入口に近くから登られる。三年ばかりの間、毎朝の礼拝だエロキュウションの稽古だあるひは土曜の晩の文学会だと言つて、捨吉達が昇降したのもその階段だ。それを上《あが》りきる時分に、菅は滑かな木造の欄《てすり》に手を置いて、捨吉の方を顧みながら、

「岸本君、君は覚えて居るか……僕等が初めて口を利いたのも斯の上り段のところだぜ。」

「さう〳〵。」と捨吉も思出した。「ホラ、演説会のあつた時だつたらう。」

「僕の演説を君が褒めて呉れたあね……あの時、君は初めて僕に口を利いた……。」

「随分僕も黙つて居たからね……」

二人が友情の結ばれ始めた日――捨吉は菅と共にしばらく廊下の欄に倚凭《よりかか》りながら、その日のことを思つて見た。チャペルの扉《と》の間からその広間の内部《なか》の方に幾つも並んだ長い腰掛が見えた。緩い螺旋状を成した階段を登つて来る信徒等はいづれも改まつた顔付で捨吉等の前をチャペルの方へと通り過ぎた。

日本にある基督教界の最高の知識を殆んど網羅した夏期学校の講演も佳境に入つて来た。午前と午後とに幾人《いくたり》かの講師に接し、幾回かの講演を聴いた人達はチャペルを出て休憩する時であつた。

「菅君、こゝに居ようぢやないか。」

と捨吉は友達を誘つて二階の廊下の壁の側に立つた。チャペルの扉《と》の外から階段の

降り口へかけて休憩する人達が集つて居た。折れ曲つた廊下の一方は幾つかの扉の閉つた教室に続いて居る。その突当りに捨吉達が夏まで授業を受けた三年級の室がある。その辺まで壁に添ふて立つ人が続いて居た。捨吉は友達と並んで立つて居て、互ひに持つて居る扇子をわざと交換して使つて見た。そこにも、こゝにも、人々のつかふ扇子が白く動いた。そして思ひ〳〵に夏期学校へ来て見た心持を比べ合つて居た。中には手真似から言葉のアクセントまで外国の宣教師にかぶれてそれが第二の天性に成つて了つたやうな基督教界でなければ見られないお爺さんも話して居た。蒸々《むし〳〵》とした空気と、人の息とで、捨吉達はすこし逆上《のぼ》せる程であつた。

やがて復たベルの音が講堂の階下《した》の入口の方で鳴つた。屋外《そと》へ出て休んで居た聴講者等まで階段を登つて来た。チャペルの方へ行く講師の一人が捨吉達の見て居る前を通つた。文科大学の方で心理学の講座を担当する教授だ。菅とは縁つゞきに当る人だ。

「M——だ。」

と菅は低声《こごゑ》で捨吉に言つた。基督教界には彼様《あゝ》いふ人もあるかと、捨吉も眼をかゞやかして、沈着な学者らしい博士の後姿を見送つた。

続いて、旧約聖書の翻訳にたづさはつたと言はれる亜米利加人で日本語に精通した白髪の神学博士が通つた。同じく詩篇や雅歌の完成に貢献したと言はれ宗教家で文学の評論の主筆を兼ねた一致教会の牧師が通つた。今度の夏期学校の校長で、東北の方にその人ありと言はれ、見るからに慷慨激越な気象を示したある学院の院長が通つた。破鐘《われがね》のやうな大きな声と悲しい沈んだ声とで互ひに夏期学校の講壇に立つて、一方を旧約のイザヤに擬するものがあれば、一方をエレミヤに擬するものがある、声望から経歴から相対立した関西の組合教会の二人の伝道者が通つた。捨吉達が同級生の一人のお父《とつ》さんにあたる人で、新撰讃美歌集の編纂委員たる長い白い髯を生した老牧師が通つた。青山と麻布にある基督教主義の学院の院長が通つた。日本に福音を伝へるため亜米利加の伝道会社から派遣され、捨吉達が子供の時分からあるひは未だ生れない前から斯の国に渡来した古参な、髪の毛色の違つた宣教師達が相続いて通つた。京都にある基督教主義の学校を出て、政治経済教育文学の評論を興し、若い時代の青年の友として知られた平民主義者が通つた。まだその日の講演を受持つS学士が通らなかつた。初めて批評といふものゝ意味を高めたとも言ひ得るあの少壮な哲学者の講演こそ、捨吉達の待ち設けて居たものである。そのうちに、すぐれて広い額にやはらかな髪を撫でつけセンシチイヴな眼付をした学士が人を分けて通つた。

「あゝSさんだ。」

と捨吉は言つて見て、菅と顔を見合せた。学士に続いて、若い女学生が列をつくつて通つた。浅見先生が教へて居る学校の連中だ。つゝましげなお婆さんの舎監は通つたが、その中に繁子は居なかつた。

捨吉は菅の袖を引いた。「行かう」といふ意味を通はせたのである。

天井の高いチャペルの内部には、黄ばんだ色に塗つた長い腰掛に並んで溢れるほどの人が集つた。一致派、組合派の教会の信徒ばかりでなく、監督教会、美以美教会《メソヂスト》に属するものまでも聴きに来た。捨吉等の歴史科の先生で、重いチャペルの扉を音のしないやうに閉め、靴音を忍ばせながら前へ来て着席する亜米利加人の教授もある。その後に捨吉は友達と腰掛けた。S学士の講演にかぎつて、その内容の論旨を列べた印刷物が皆に配布された。そこでもこゝでも紙を開ける音が楽しく聞えて来た。広いチャペルの左右には幾つかの長方形の窓框《まどわく》を按排《あんばい》して、更に太い線に纏めた大きな窓がある。その一方の摺硝子《すりガラス》は白く午後の日に光つて、いかにも岡の上にある夏期学校の思をさせた。

捨吉達のところへも印刷物を配つて来た。菅はそれを受取つて見て、

「希臘《ギリシヤ》道徳より基督教道徳に入るの変遷——好い題目ぢやないか。」

と捨吉にさゝやいた。

恍惚、感嘆、微笑、それらのものが人々の間に伝はつて行く中で、学士は講壇の上から希臘道徳の衰へた所以、基督教道徳の興つた所以を文明史の立場から説き初めた。時とすると学士はフロック、コオトの後の隠袖《かくし》から白い帕子《ハンケチ》を取出し、広い額《やはら》の汗を押拭つて、また講演を続けた。時々捨吉は身内がゾーとして来た。清《すゞ》しい、和かな、

しかも力の籠つた学士の肉声から伝はつて来る感覚は捨吉の胸を騒がせた。それを彼はポーと熱くなつて来たり、また冷めて行つたりするやうな自分の頬で感じた。

夏期学校は三週間ばかり続いた。普通の学校の講義や演説会では聞かれないやうな種々な講師の話が引継ぎ〳〵あつた。いかに多くの言葉がそこで話されたらう。その中にはまたいかに空虚な声も混つて居たらう。いよ〳〵最終の日が来た。講師等の慰労を兼ねて、一同の懇親会が御殿山である筈であつた。

「いよ〳〵御別れだね。」

と捨吉等は互に言ひ合つた。三週間は短か〻つたけれども、その間に捨吉はいろ〳〵なことを考へさせられた。菅との交りは一層隔ての無いものに成つて来た。

御殿山はその頃は遊園として公開してあつた。午後の二時頃のまだ熱い日ざかりの中を捨吉は友達と連立つて懇親会へと出掛けて見た。一頃の花のさかりと違つて山は寂しい。こんもりと茂つた桜の樹蔭は何処でもそれを自分等のものとして好き勝手に歩き廻ることが出来る。紅味をもつた幹と幹の間を通じて更に奥の幽深《ふか》い木立がある。誰に憚るところもなく讃美歌を歌ひながら樹の下を歩き廻る夏期学校の連中が右にも左にも見える。

日は豹の斑《ふ》のやうにところまんだら地面へ落ちて居た。捨吉達は山を一廻りして来て、懇親会の会場に当てられた、ある休茶屋の腰掛の一つを択えらんだ。変色した赤い毛氈《もうせん》の上に尻を落し、そこに二人で足を投出して、楽しい勝手な雑談に耽つた。変色した基督教主義の集りのことで斯ういふ時にも思ひ切つて遊ぶといふことはしなかつた。皆静粛に片付けて居た。捨吉は桜の樹の方へ向いて、幹事の配つて来た折詰の海苔巻《のりまき》を食ひながら、

「菅君、君は二葉亭の『あひゞき』といふものを読んだかね。」

「あゝ。」

と菅も一つ頬張つて言つた。

初めて自分等の国へ紹介された露西亜《ロシア》の作物《さくぶつ》の翻訳に就いて語るも楽しかつた。日本の言葉で、どうして彼様《あんな》柔かい、微細《こまか》い言ひまはしが出来たらう、といふことも二人の青年を驚かした。

涼しい心持の好い風が来て面《かほ》を撫でゝ通る度に、二人は地の上に落ちて居る葉の影の微かにふるへるのを眺めながら、互ひに愛読したその翻訳物の話に時を送つた。

幹事の告別の言葉があり、一同の讃美歌の合唱があり、ある宣教師の声で別れの祝禱《いのり》があつて、菅も捨吉も物のかげに跪坐《ひざま》づいた頃は、やがて四時間ばかりも遊んだ後であつた。御殿山を離れる前に、もう一度捨吉はそこいらを歩き廻つた。山のはづれまで行つて、独りで胸の塞がつた日にはよく其辺から目黒の方まで歩き廻つたことを思

出した。寄宿舎で吹矢などを造《こしら》へてこつそりとそれを持出しながら、其辺の谷から谷へと小鳥を追ひ歩いた寂しい日のあつたことを思出した。ふと、思ひもかけぬ美しいものが捨吉の眼前に展けた。もう空の色が変りつゝあつた。夕陽《せきやう》の美は生れて初めて彼の眼に映じた。捨吉はその驚きを友達に分けようとして菅の居るところへ走つて行つた。友達を誘つて来て復た二人して山のはづれへ立つた頃は更に空の色が変つた。天は焔の海のやうに紅かつた。驚くべく広々とした其日まで知らずに居た世界がそんなところに閃《ひらめ》いて居た。そして、その存在を語つて居た。寂しい夕方の道を友達と一緒に寄宿舎へ引返して行つた時は、言ひあらはし難い歓喜《よろこび》が捨吉の胸に満ちて来た。

四

「捨さん、お帰りかい。」

夏期学校の方から帰つて来た捨吉を見て、田辺のお婆さんは土蔵の内《なか》から声を掛けた。薄暗い明窓のひかりでお婆さんは何か探し物をして居たが、やがて網戸をくゞつて、土蔵前の階段を下りて来た。

家の内にはお婆さんと下女とだけしか見えなかつた。細君は長い間煩つた為、少年時代からの捨吉の面倒を見て呉れたのも主に斯のお婆さんであつた。そんな訳で捨吉は若い姉さんよりも、反つて斯の年とつたお婆さんの方に余計に親しみをもつて居た。

「小父さんも此節は毎日のやうに浜の方サ……姉さんも大勝さんの御店《おたな》まで……彼女《あれ》も、お前さん、左様いふ元気サ……好くなると成つたら、もうずん〳〵好く成つちまつた……まるで嘘《うそ》見たやうに……七年も八年も彼女《あれ》の寝床が敷詰にしたつたことを考へると、あたいは夢のやうな気がするよ……」

お婆さんはいろ〳〵話し聞かせて、小父さんの妹夫婦も捨吉の留守の間から来て掛つて居ることなどを話した。玉木さんの小母さんといふ人には捨吉も田辺の家でちよい〳〵逢つたことが有る。その夫婦だ。例の大勝の帳場を勤めて居る真勢さんとは縁つゞきに当る人達だ。

「玉木さん達は何処に居るんです。」

と捨吉が聞くと、お婆さんは奥座敷の二階の方を指して見せた。

霜焼が痛いと言つて泣いた時分からの捨吉のことをよく知つて居るお婆さんは彼が平素《いつも》に似ず晴々とした喜悦《よろこび》の色の動いた顔付で夏期学校の方から帰つて来たのを見た。しかしお婆さんは何を聞いて来たかとも何を見て来たかとも左様いふことを捨吉に饗《ほ》つて尋ねようとはしなかつた。「最早《もう》お前さんも子供では無いから、」三度々々御茶受は出しませんよ」なぞと言ひながらも、矢張子供の時分と同じやうに水天宮の御供の御下りだの塩煎餅だのを分けて呉れた。

捨吉は御辞儀をして玄関の方へ引退つたが、夏期学校で受けて来た刺戟は忘れられなかつた。何といふ楽しい日を送つて来たらう。捨吉は玄関の次にある茶の間へも行つて左様思つて見た。まだ彼は友人の菅なぞと一緒に高輪の寄宿舎の方に身を置くやうな気がして居た。広い運動場の見える講堂側の草地の上に身を置くやうな気がして居た。多勢の青年が諸方から講演を聞きに集つたあのチャペルの高い天井の下に身を置くやうな気がして居た。好《い》い講演が始まつてそこでもここでも聴衆が水を打つたやうにシーンとして了《しまつ》た時は奈様《どんな》に彼も我を忘れて若い心に興奮を覚えたらう……

小いながらもある堅い決心をもつて、捨吉は小父さんの家の方へ帰つて来た。浮々と考へて居た幸福の味気なさがいよいよ身にしみ〴〵と思ひ知られて来た。一切のものを捨て丶自分の行くべき道を探せといふ声が一層的確《はつきり》と聞えて来た。

英吉利《イギリス》の言葉で物が読めるやうに成つてから捨吉は第三学年のをはりまでにモオレエの刊行した『イングリッシ、メン、オヴ、レタアス』のうち十八世紀の詩人や文学者の評伝を三冊ほど抄訳した。学校の図書館から本を借りて来ては、ある時は殆んど日課もそつちのけにして、それらの伝記に読み耽り、それを抄訳して見るのを楽みにした。三冊は彼に取つて可成な骨折であつた。大切にしてめつたに人にも見せないその三冊を寄宿舎の方から持つて来て居る。田辺の家の玄関の片隅にある本箱の中に蔵つて置いてある。丁度蜜蜂が、蜜でも溜めたやうに。

捨吉は自分のはなはだしい愛着心に驚かされた。誰が手習の帳面のやうなものを斯う大事がつて毎日毎日取出して眺めて居るものがあらう。誰が半年も一年近くも斯様《こんな》に同じ事を気に掛けて居るものがあらう。葬れ。葬れ。忘れ去りたい過去の記憶と共に。斯う考へて、玄関の壁に掛けてある古びた額の下に立つて見た。その額は田辺の親類にあたる年老いた漢学者が漢文で細かに書いた何とか堂の記だ。その漢学者からは捨吉もまだ少年の時分に詩経の素読なぞを受けたことのある人だ。茶の間の柱のところへも行つて倚りかゝつて見た。客があれば夏でも其上へ座蒲団を敷いて勧める大きな熊の皮の上へも行つて寝て見た。その猛獣の身体から剝ぎ取つたやうな顔面の一部と鋭い爪の附着した、小父さんの自慢の黒々として光沢のある、手触りの荒いやうで滑かな毛皮の敷物から身を起した頃は、捨吉は一思ひに自分の殻を脱ぎ捨てようと思つた。

いつそ焼き捨てゝ了はう。左様思立つて人の見ない裏の空地を撰んだ。三冊の草稿を持出しながら土蔵の前を通り、裏の木戸を開け、例の苺を植ゑて置いた畠の側へ行つて見ると、そこに恰好な場所がある。一方は高い土蔵の壁、一方は荒れた花壇に続いて居る。その空地に蹲踞《しやが》むやうにして、草稿の紙を惜気もなく引きちぎり、五六枚づゝもみくちやにしたのを地べたの上に置いては火をかけた。紙は見る間に燃えて行つた。捨吉は土蔵の廂間《ひあはひ》にあつた裏の畠を掃く草箒《くさばうき》を手にしたまゝ、丹精した草稿が灰に化《な》つて行くのを眺めて居た。

「えゝ――一緒に焼いちまへ。」

と言つて見て、残つた草稿を一纏めにした時は、どうかすると紅い燄《ほのほ》が上つた。その度に捨吉は草箒で火を叩き消した。色の焦げた燃えさしの紙片は苺の葉の中へも飛んだ。

「捨さん、お前さんは何をするんだねえ。」

とお婆さんが木戸口から顔を出した頃は、捨吉の草稿はあらかた灰に化つて居た。

「ナニ、何んでも無いんです……すこしばかり書いたものを焼いちまはうと思つてるんです……」

「御覧なさいな、御近所では何だかキナ臭いなんて言つてるぢや有りませんか。」

と復たお婆さんが言つて、台所の方から水を入れた手桶を木戸口のところまで提げて来て呉れた。捨吉は頭を掻き〳〵お婆さんの呉れた水ですつかり火を消した。灰も紙片も一緒こたに黒ずんだ泥のやうにして了つた。飛んだ人騒がせをしたと彼はきまり悪くも成つた。これしきの物を焼捨てるのに、とは思つたが、黄ばんだ薄い煙が一団となつて高く風の無い空に登つたのは狭い町中で彼のしたことゝ知れた。

すご〳〵と捨吉は手桶を提げて台所へ戻らうとした。奥座敷の方からお婆さんが声を掛けるのに逢つた。行きかけた足を止めると、お婆さんの顔は見えなかつたが、言ふことはよく聞えた。

「……屑屋に売つたつても可いぢやないか……なにも書いたものを其様に焼かなくつても……」

捨吉は奈様《どう》言訳のしやうも無かつた。何故そんな真似をしなければ気が晴れないかといふことは、とても口に出して言へなかつた。彼は手桶を提げたきり悄然《しよんぼり》と首を垂れて、お婆さんが言葉を続けるのを聞いて居た。

「……お前さんが又、そんな巧みのあるやうな人なら、吾家《うち》なぞに居て貰ふことは御免を蒙りませうよ……」

それほど自分の心持が目上の人に通じないかと捨吉は残念に思つた。

夕飯《ゆふめし》の時が来て細君も弘も円い大きな食台《ちやぶだい》のまはりに一緒に成つた。其時はもうお婆さんは他の話に移つて、捨吉のしたことを咎めようとする様子はなかつた。その淡黄色な、がつしりとした食台の側で、捨吉は玉木さんといふ人にも紹介《ひきあは》された。

「捨さん、あなたにもまた是から御世話様に成りますよ。」

と玉木さんの小母さんは自分の旦那の顔と捨吉の顔とを見比べて言つた。

お婆さんは台所の方へ立つて行つたり、また食台の側へ来たりして、独りでまめに身体を動かしながら、

「玉木さんは、捨さんのお父さんに御逢ひに成つたことが有りますか。」

「いえ、一度も——岸本さんといふ御名前は聞いては居りましたが。」と玉木さんが

答へた。

玉木さんは食客らしく遠慮勝ちに膝をすゝめて、夫婦《ふたり》して並んで食台の周囲《まはり》に坐つた。「さあ、どうぞ召上つて下さい、」と田辺の細君に言はれて、「戴きます、」とは答へたが夫婦とも直ぐ箸を取らうとしなかつた。御飯やおかずのつけてある前に、やゝ暫時《しばらく》頭を下げて居た。それを見て捨吉はこの玉木さんが基督教の信徒であることを知つた。

お前はクリスチャンか、とある人に聞かれたら捨吉は最早以前に浅見先生の教会で洗礼を受けた時分の同じ自分だとは答へられなかつた。日曜々々に定《きま》つた会堂へ通ひ説教を聞き讃美歌を歌はなければ済まないことをしたと考へるやうな信者気質からは大分離れて来た。三度々々の食前の祈禱すら廃して居る。では、お前は神を信じないか、とまたある人に聞かれたら自分は幼稚ながらも神を求めて居るもの、一人だと答へたかつた。あやまつて自分は洗礼なぞを受けた、もし真実《ほんたう》に洗礼を受けるなら是からだ、と答へたかつた。

多勢の男女の信徒が集る教会の空気は捨吉の若い心を失望させたとは言へ、学校のチャペルで日課前に必ずある儀式めいた礼拝なぞにもほと〳〵興味を失つたとは言へ、何時の間にか彼はいろ〳〵な基督教界の先輩から宗教的な気分を引出された。その影響はや、もすれば斯の世を果敢《はか》なみ避けようとするやうな、隠遁的な気分をさへ引出された。その影響は又、小父さんなぞの汗を流して奮闘して居る世界に対して妙に自分を力のないものとしたばかりでなく、世間に迂《うと》いといふことが恥辱《はぢ》ではなくて反つて手柄かなんぞのやうにさへ思はせた。斯うした力なさは時とすると負惜みに近いやうな悲しい心持をさへ捨吉に味はせた。小父さんの知つて居る人で莫迦《ばか》に元気の好《い》い客なぞが来て高い声で笑つたり、好き勝手に振舞つたり、駄洒落を混ぜた商売上の話をしたりすると、小父さんなぞから見るとずつと難有味のない人だと思ふにも関はらず、左様いふ大人の肥満した大きな体格に、充実した精力に、まだ年の若い捨吉は圧倒されるやうな恐しいもの、あることを感じた。実際、捨吉は昔の漢学先生の額の掛つた三畳ばかりの玄関を勉強部屋とも寝間ともして、自分のすることを大人に見られるのも恥ぢるやうな、青年らしい暗い世界に居た。

玉木さん夫婦が来て同じ屋根の下に住むやうに成つたことは――例へば基督信徒と言つてもあの真勢さんなぞと違つて――妙に捨吉の心を落着かせなかつた。玉木さんの小母さんは行く〳〵は女の伝道師にと志して居る人であつた。まだ斯うして田辺の世話に成らない前、よく築地の方から来て、滔々《たうたう》とした弁舌で福音の尊さを説きす、めたことを捨吉も耳に挟んだことがある。斯の婦人に言はせると、すべては神の摂理だ。貧しさも。苦しさも。兄なる人の家に来て夫婦して身を寄せるほどの艱難《かんなん》も。おのが伝道師たらんとする志を起したのも。おのが信仰の力によつて夫を改宗させたといふことも。三度々々の涙のこぼれるやうな食事も実は神の与へ給ふところの糧である。田辺の小父さんが横浜の方からでも帰つて来て居る日には、殊に玉木の小母さんの気焔が高かつた。物に感じ易い捨吉は斯の婦人と田辺のお婆さんや姉さんとの女同志の峻烈《きび》しい関係を読むやうに成つた。殊にそれを一緒に食台に就く時に読んだ。

「玉木さん、御飯。」

と時には捨吉が二階の梯子段のところへ呼びに行くことがある。すると夫婦は一階づゝ梯子段を踏む音をさせて降りて来て、入念に食前の感謝をさゝげた。やゝしばらく夫婦が頭を下げて居る間、姉さん達も箸を取らず、夫婦が頭をあげるまで待つて居たが、その間の沈黙には捨吉に取つて何とも言ひやうのない苦しいものが有つた。

「ゆふぐれしづかに

　いのりせんとて、

世のわづらひより

　しばしのがる――」

讃美歌の声が奥座敷の二階から聞えて来る。玉木さん達は夫婦だけで小さな感謝会でも開いたらしい。その讃美歌の合唱は最初は二人で口吟むやうに静かで、世を忍ぶ心やりとも貧しさを忘れる感謝とも聞えたが、そのうちに階下《した》へも聞えよがしの高調子に成つた。玉木さんの男の声は小母さんの女の声に打消されて、捨吉が歩いて居た庭の青桐のところへ響けて来た。

玉木さんの小母さんのすることは捨吉をハラ〳〵させた。捨吉は異様な、矛盾した感じに打たれて、青桐の下から庭の隅の方の楓や楠《くす》の葉の間へ行つて隠れた。

「兄さん。」

と呼んで、斯ういふ時に捨吉の姿を見つけては飛んで来るのが弘だ。どうかすると、弘は隣の家の同い年齢《どし》ぐらゐな遊友達の娘の手を引いて来て、互に髪を振つたり、腰に着けた巾着の鈴を鳴らしたりして、わつしよい〳〵と捨吉の見て居る前を通過ぎた。斯うした幼い友達同志をすら、玉木さんの小母さんは黙つて遊ばせては置かなかつた。何か教訓を与へようとした。「弘さん達は二階で何をして居たの」なぞと聞いた。身に覚えのある捨吉は玉木の小母さんの言つたことを考へて、わざ〳〵少年をはぢしめるやうな左様いふ苛酷な大人の心を憎んだ。

ある日、捨吉は二階の玉木さんの部屋へ上つて行つて見た。次第に玉木さんも捨吉と狃々《なれ〳〵》しい口を利くやうに成つたのである。殊に捨吉が基督教主義の学校で勉強して居ることや、聖書を熱心に読んで見て居ることや、浅見先生の家にも置いて貰つたことがあるといふ話を知つてから、ちよい〳〵玉木さんの方から捨吉の机の側へ覗きに来て、時には雑誌なぞを貸して呉れと言ふやうに成つたのである。

「捨さん、まあ御話しなさい。」

と玉木さんは言つて、さも退屈らしく部屋を見廻した。

その二階は特別な客でもあつた時にあげる位で、平素《ふだん》はあまりつかはない部屋にしてあつた。楠の木目の見える本箱の中には桂園派の歌書のめづらしくても読み手の無いやうな写本が入れてある。長押の上には香川景樹からお婆さんの配偶《つれあひ》であつた人に宛てたといふ歌人《うたよみ》らしく達者な筆で書いた古い手紙が額にして掛けてある。玉木さんはこゝへ世話に成つてから最早その部屋の壁も、夏の日の射した障子も見飽きたといふ様子で、小父さんから借りた一閑張《いつかんばり》の机の前に寂しさうに坐つて居た。

玉木さんは何をして日を暮して居たらう。明けても暮れても読んで居るのは一冊の新約全書《ぜんしよ》だ。ところ〴〵に書入のしてある古く手擦れた革表紙の本だ。読みさしの哥《コ》林《リン》多《タ》前書の第何章かゞ机の上に開けてある。

捨吉は学校の友達にでも物を尋ねるやうな調子で、

「玉木さんが被入《いら》つしやる築地の方の教会は何と言ふんですか。」

「私の属してるのは浸礼教会です。」

玉木さんは煙草を服《の》むことさへ不本意だが、退屈凌ぎに少しはやるといふ顔付で、短い雁首(がんくび)の煙管(きせる)で一服吸付けながら答へた。

「基督教の中にもいろ〳〵な宗派が有りますね。浸礼教会と云ふと、真勢さんの行くのと同じですね。」

「え、、真勢も矢張左様(さう)です。」

玉木さんは眼に見えない昔の士族の階級を今も猶保存するかのやうに、真勢、真勢と呼捨にした。

「玉木さん、あなたは是から奈何《どう》いふことをなさるんです。」

斯の捨吉の問には、玉木さんはめつたに其様《そん》なことを聞いて呉れた人も無いといふ眼付をして、やゝ眉をあげて、

「私ですか。これから伝道者として世に立たうと思つてます。私も今日《こんにち》までには随分いろ／＼なところを通つて来て……失敗ばかりして……まあ漸く感謝の生涯に入りましたよ……」

涼しい風が部屋の片隅の低い窓から通つて来た。小障子の開《あ》いたところから裏の空地にある背の高い柳の樹も見えた。その延び放題に延びた長い枝や、青い荒い柳の葉が風に動いて居るのも見えた。捨吉は玉木さんと話して居るうちに、左様《さう》した晩年になつて静かな宗教生活に入らうとして居る人と対座するやうな活々としたところは少しも感じなかつた。貧しい弱いもの、味方になつて呉れる基督教の教会へ行つて霊魂《たましひ》

を預けるより外には、もう奈何にも斯様にもならないやうな、極度の疲労と倦怠とで打ち震へる人の傍《そば》にでも居るやうな気がした。でも、「瘠せても枯れても玉木です――一個の男子です――左様婦女子なぞに馬鹿にされては居ませんよ」と武士らしい威厳をもつた玉木さんの眼は言ふやうに見えた。

そこへ階下から上つて来たのは玉木さんの小母さんだ。小母さんは散らかしてあつた針仕事なぞを壁の隅に取片付けて居たが、やがて何か思ひついたやうに夫の顔を見て、

「あなた、何だか私は御祈りがしたくなつた。今日は金曜ですに、皆で一緒に御祈りをせまいか。」

「それも可からう。」

と玉木さんは坐り直して肩を動《ゆす》つた。

「捨吉さん、今日はあなたも御仲間にお入りなさいな。」

と小母さんは捨吉にもすゝめた。

哀憐《あはれみ》が捨吉の胸に起つて来た。彼は夫婦と車座になつて、部屋の畳の上に額を押宛てながら、もうそろ〳〵年寄と言つても可《い》い人達のかはる〴〵する祈禱の言葉を聞いた。小母さんは神様に言付けるやうな調子で、制《おさ》へ難い女の胸の中を熱心に訴へ、田辺のお婆さんや姉さんまで改宗させずには置かないといふ語気で祈つた。玉木さんの

方は極くサッパリと祈つた。「天にましますわれらの父よ、すべてをしろしめす父よ……」という風に祈つた。

次の日曜には、捨吉は表門の出入口のところで、ヨソイキの薄い夏羽織を着て出掛けようとする玉木さんの姿を見掛けた。

「玉木さん、教会ですか。」

と捨吉は聞くと、玉木さんは淋しさうに点頭《うなづ》いて、赤い更紗《さらさ》の風呂敷に包んだ聖書を手にしながら築地の方を指して行つた。


「お金ほど難有いものが今日の世の中にあるものかね……お金が無くて今日どうして生きて行かれるものかね……あたいは耶蘇が大嫌ひだ……」

何かお婆さんは癇癪に触つたことが有ると見え、捨吉をつかまへて玉木の小母さんにでも言ふやうなことを言つて聞かせた。年をとつてもお婆さんは精悍の気に溢れて居た。娘と共に養子の主人を助けて過ぐる十年の間の苦労した骨折を取返すのは斯の時だといふ意気込を見せて居た。

捨吉はちよつと面喰つた。お婆さんや姉さんと玉木の小母さん夫婦との間に板挿みにでも成つたやうに感じた。大人同志のあらそひを避けて、誰も居ないやうなところへ走つて行きたい。そこで叫びたい。斯の心持は何とも名のつけやうの無いものであつた。彼は自分の内部《なか》から湧いて来るもの、ために半ば押出されるやうにして、隅田川の水の中へでも自分の身体を浸したいと思付いた。

「お婆さん、一寸僕は大川端まで行つて参ります。一寸行つて泳いで参ります。」

斯う言つて出た。

暑い日あたりの中を捨吉は走るやうにして歩いて行つた。水泳場の方へ通ひ慣れた道を取り、二町ばかり行つて大川端の交番のところへ出ると、そこから兄の下宿も見える。河岸に面した二階の白い障子も見える。一寸声を掛けて行くつもりで訪ねると兄は留守で、奥の下座敷の方に女の若い笑声なぞも聞えて居た。

「岸本さんは浜の方へお出ましで御座います。」

この下宿のおかみさんの返事で、兄は商用のために横浜の商館の方へ出掛けたことが知れた。岸の交番のならびには甘酒売なぞが赤い荷を卸して居た。石に腰掛けて甘酒を飲んで居るお店者《たなもの》もあつた。柳の並木が茂りつゞいて居る時分のことで、岸から石垣の下の方へ長く垂下つた細い条《えだ》が見える。その条を通して流れて行く薄濁りのした隅田川の水が見える。裸体《はだか》で小舟に乗つて漕ぎ廻る子供もある。彼は胸を突出し深く荒い呼吸《いき》をついて、青い柳の葉を心ゆくばかり嗅いだ。

水泳場には捨吉の泳ぎの教師が居た。二夏ばかり通ふうちに捨吉も隅田川を泳ぎ越すぐらゐは楽に出来たのである。小屋の屋根に上つて甲羅を乾すもの、腕組みするもの、寝そべるもの、ぶる〳〵震へて居るもの、高い梯子の上から音をさして水の中へ飛込むもの、左様いふ若い人達のなかには身体の黒いのを自慢な古顔もあり、漸く渋皮の剝《む》けかゝつた見知らぬ顔もあつた。岸の近くは泳ぎ廻る人達の罵り叫ぶ声や波を蹴る騒がしい音で満たされて居た。

勝手を知つた捨吉は多勢水泳場の生徒の集つて居るところで、自分も直ぐに着物を脱ぎ、背の立つ水の中を泳ぎ抜けて、小屋に近く繋いである舟の上へ登つた。遠く舟を離れて対岸をめがけて進むものもあつた。彼も身を逆さまにして舟から水底の方へ躍り入つた。あたかも身を悶《もが》かずには居られないやうに。あたかも何か抵抗するものを見つけて身を打ちつけずには居られないやうに。

河蒸汽の残して行く高い波がやつて来た。舟から離れて泳いで居るものはいづれもそれを迎へようとして急いだ。波は山のやうに持上つて来る。どうかすると捨吉はずつと後の方へ押流された。その度に彼は波の背に乗つて、躍りかゝつて来るやうな第二の波をかぶつた。一時はシーンとするほど深く沈んだ身体が自然と浮いて来て、段々水の中が明るく成つたと思ふと、何時の間にか彼は日の反射する波の中に居た。旧両国の橋の下の方から渦巻き流れて来る隅田川の水は潮に混つて、川の中を温暖《あたゝか》く感じさせたり冷たく感じさせたりした。浮いて来る埃塵《ごみ》の塊や、西瓜《すゐくわ》の皮や、腐つた猫の死骸や、板片《いたきれ》と同じやうに、気に掛るこの世の中の些細な事は皆ずんずん流れて行くやうに思はれた。

　捨吉は頭から何からすつかり濡れて舟へ上つた。両方の耳からは水が流れて来た。その身体を日の光の中に置いて、しばらく波の動揺に任せて居た。

「兄さん。」

　と岸から呼ぶ子供の声がした。弘だ。弘は母親に連れられて大川端へ歩きに来て居た。

「弘さん。」

　と捨吉も舟の上から呼びかはした。何年も何年も寝床の上にばかり臥たり起きたりした田辺の姉さんが弘の手なぞを引いて歩いて居る姿をこの河岸に見つけるといふことは、捨吉にはめづらしかつた。お婆さんの言草ではないが、まるで嘘のやうな気がした。

　岸へ上つて身体を拭き、面長な教師にも別れ、水泳場を出て弘を探した頃は、姉さん達はもう見えなかつた。小父さんが釣に来てよく腰をかける石なぞが捨吉の眼についた。

　濡れた手拭を提げて元来た道を田辺の家の前まで引返して行くと、捨吉は門前のところで玉木の小母さんのボンヤリと立つてゐるのに逢つた。小母さんは何を眺めるともなく往来を眺めて居た。

「捨さん、お前さんはえらい。」と小母さんが捨吉の顔を見て言つた。

「何故《なぜ》です。」と捨吉は問返した。

「何故つて、田辺のやうな家に左様《さう》長く辛抱して居られるのは、えらい。」

斯の小母さんの返事に、捨吉は侮辱を感じた。

小母さんは悄《しを》れて、「もう私共はそんなに長いことこゝの家の御世話に成つて居ません。」

と附添《つけた》した。

アーメン嫌ひな人達の中で、時々捨吉が二階へ上つて行って祈禱《いのり》の仲間入をするやうに成つたは、同じ居候の玉木さんを憐むといふ心からであつた。斯ういふ芝居町に近い空気の中にすくなくも基督教の信徒を見つけたからであつた。彼はまだ身に覚えのないほど自ら憐むといふことをも覚えて来た。

八月も末になつて、捨吉は例のやうに書生としての勤めを励んで居た。せつせと庭を掃いて居るとめづらしく友達の菅が訪ねて来た。

「よく来て呉れたね。」

と捨吉は田辺の家の方で友達を迎へたことを嬉しく思つた。

「岸本君、君は今いそがしいんぢやないか。」

と菅が言つたが、捨吉はそれを打消して、庭から茶の間の方へ廻つて一緒に下駄穿のまゝ腰掛けた。

「捨さん、何だねえ、お友達をお上げ申すが可いぢやないか。」

とお婆さんもそこへ顔を出して、捨吉の友達といふ青年をめづらしさうに見た。

「こゝで沢山です。」と菅はお婆さんの方を見て言つた。

「君、上りたまへな。」

と捨吉は友達にすゝめて、自分も一緒に茶の間へ上つた。斯ういふ時にはお婆さんはよく気をつけて呉れた。奥の部屋の方からわざ〳〵茶を入れたりお煎餅なぞを添へたりしてそれを持つて来て勧めて呉れた。

「菅君、これはまだ君に見せなかつたツけか。」

と捨吉が玄関の方から取出して来て友達の前に置いたは、青いクロオス表紙のウォルヅウォースの詩集だ。菅はその表紙をうちかへし見て、二枚ばかり中に入れてある英吉利の銅板の挿絵をも眺めた。

捨吉も一緒に眺め入りながら、

「好い画だらう。これは君、僕が初めて買つた西洋の詩集サ。銀座の十字屋に出て居たのサ。」

斯様《こん》な話から、二人はまだ少年の頃に英吉利の言葉を学び始めた時のことなぞが引出されて行つた。初めてナショナルの読本《とくほん》が輸入されて、十字屋の店頭《みせさき》なぞには大きな看板が出る。その以前から行はれたウイルソンやユニオンの読本に比べると、あの黄ばんだ色の表紙、飽きない面白い話、沢山な挿画、光沢のある紙のにほひまでが少年の心をそゝつて、皆争つて買つた時のことなぞも引出された。捨吉が初めて就いた語学の教師は海軍省へ出る小官吏《こやくにん》とかで、三十銭の月謝でパアレエの万国史まで教へて呉れた話も引出された。

「僕が二度目に就いた英語の先生といふ人は字引をこしらへて居たよ。面白い発音の仕方で、まるで日本外史でも読むのを聞いてるやうだつけ。それでも君、他《ほか》の生徒があの先生はなか〳〵えらいなんて褒めりや、自分まで急に有難くなつたやうな気もしたツけ。」

斯う捨吉は友達に話して笑つて、更に思出したやうに、

「浅見先生には僕は神田の学校でアーギングををそはつた。『スケッチ、ブック』なんて言つたつて本が無かつた。先生は自分で抜萃したのをわざ〳〵印刷させた。アーギングなぞを紹介したのは恐らく浅見先生だらうと思ふよ。」

斯様《こん》な話もした。

小一時間ばかり話して菅は帰つた。友達が置いて行つたやはらかい心持は帰つた後までも茶の間に残つて居た。

夕方の静かな時に、捨吉は人の見ない玄関の畳の上に跪いた。唯独り寂しい祈禱《いのり》の気分に浸らうとした。丁度そこへお婆さんが通りかゝつた。捨吉は頭を上げて見て思はず顔を真紅にした。

五

もう一度皆同級の青年が学窓を指して帰つて行く時が来た。三年の間ずつと一緒にやつて来たり途中で加はつたりした生徒が更に第四学年の教室へ移り、新しい時間表を写し、受持々々の教授を迎へ、皆改まつた顔付で買ひたての香のする教科書を開ける時が来た。その中には初歩の羅甸《ラテン》語の教科書もあつた。寄宿舎へ集るものは互に一夏の間の話を持ち寄つて部屋々々を賑はし、夜遅くまで舎監の目を忍び、見廻りの靴の音が廊下に聞えなくなる頃には、一旦寝た振をして居たものまで復た起出して寝室の暗い燈火で話し込む時が来た。

学校の表門の側にある幾株かの桜の若木も、もう一度捨吉の眼にあつた。過去つた日を想ひ起させ、曾て自分の言つたこと為たこと考へたことを想ひ起させ、打消し難い後悔を新にさせるやうな人々が、もう一度捨吉の眼前を往つたり来たりした。

捨吉は既に田辺の家《うち》の方からある心の仮面《めん》を冠ることを覚えて来た。丁度小父さんの家がまだ京橋の方にあつた時分田舎から出て来たばかりの彼は木登りが恋しくて人の見ない土蔵の階梯《はしごだん》を逆さに登つて行くことを発明したが、そんな風にある虚偽《うそ》を発明した。彼は幾度となくそれを応用した場合を思出すことが出来る。左様した場合に起つて来る自分の心持を思出すことが出来る。

小父さんの家の玄関へ来て取次を頼むといふ客の中には随分いろ〳〵な人があつて、その度に御辞儀に出たり名前を奥へ通したり茶を運んだりしたが、芝居の座主《ざしゆ》とか大《おほ》札《ふだ》とかゞ飛ぶ鳥も落すやうな威勢で入つて来ても、芝居茶屋のおかみさんの腰のまはりに奈様な自慢な帯が光つても、傲然とした様子で取次を頼むといふ客が小父さん達と同国の人とかで東京へ一文も持たずに移住したものは数へ切れないほどあるが、其中での成功者はまあ誰と誰とであらうといふやうな自慢話を聞かされても、彼は左様いふ場合に極《きま》りで起つて来る反抗心を紛らさうとして、まるで何の感じも無いやうなトボケた顔をして居たその自分の心持をよく思出すことが出来る。

持つて生れて来た丈の生命の芽は内部《なか》から外部《そと》へ押出さうとはしても、まだ〳〵世間見ずの捨吉の胸はあたかも強烈な日光に萎れる若葉のやうに、現実のはげしさに打ち震へた。彼はまたある特種の場合を思出すことが出来る。つい田辺の家の近くに住んでよく往来を眺めて居る女の白く塗つた顔は夢の中にでも見つけるやうな不気味なものであつた。毎日夕方からお湯に入りに行くことを日課にして居るその女の意気がつた髪に掛けた青い色の手絡《てがら》は堪らなく厭味に思ふものであつた。その女が自分の大事な兄に岡惚して居るといふ話を調戯《からかひ》半分に田辺の姉さん達から聞かせられても——兄は商法の用事で小父さんの家へよく出入したから——でも彼は大人の情事《いろごと》なぞといふ左様いふことに対して何処を風が吹くかといふ顔付をして居た。「捨さん、お前さんもよつぽど変人だよ、」と田辺の姉さんに笑はれて、彼はむしろある快感を覚えたことを思出すことが出来る。

　それを彼は高輪の方でも応用しようとした。曾て一緒に茶番をして騒いだ生徒にも。曾て揃ひの洋服を造つて遊んだ連中にも。曾て逢ふことを楽みにした繁子や、それから彼女の教へて居る女学校の生徒達にも。曾て「岸本さん、岸本さん」ともてはやして呉れた浅見先生の教会の人達にも。「狂人の真似をするものは矢張狂人だ。馬鹿の真似をするものは矢張一種の馬鹿だ。」この言葉は彼を悦ばせた。彼は痴人の模倣に心を砕いた。それを自分の身に実現《あらは》さうと試みた。

「天秤棒！」

　どうかすると斯様《こん》な言葉が冷かし半分に生徒仲間の方から飛んで来る。誰かそれを不意と思出したやうに。岸本は年少《としした》なくせに出過ぎて生意気だといふところから、「鋳掛屋の天秤棒」といふ綽名を取つて居た。以前はそれを言はれると——殊に高輪の通りで知つた人の見て居る前では——可成辛かつた。もう左様いふ時は過ぎた。「白ばくれるない」とでも呼んで通る人の前へ行くと、殊に彼は馬鹿げた顔をして見せた。そして、胸に迫る悲しい快感を味はうとした。

学校のチャペルへ上つても、教室へ行つても、時には喪心したやうに黙つて、半分死んだやうな顔をして居ることが有つた。以前は彼の快活を愛したエリス教授も、最早一頃のやうに忠告することすら断念《あきら》めて、彼が日課を放擲するに任せた。「ほんとに岸本さんも変つたのね、」とか、「まあ岸本さんは奈何《どう》なすつたの、」とか、女学校の方の生徒達にまで言はれるやうに成つた。思ひ屈したあまり、彼はどうかすると裸体《はだか》で学校のグラウンドでも走り廻りたいやうな気を起して、自分で自分の狂じみた心に呆れたこともある。

斯ういふ中で、捨吉は二人の友達に心を寄せた。相変らず菅は築地の家の方から通学して居た。足立が寄宿舎生活をするやうに成つてからは、三人して一緒に成る機会が多かつた。

捨吉は足立の部屋の前へ行つて、コン〳〵と扉《と》を叩いて見た。

「お入り。」

といふ声がする。「カム、イン」と英語でいふ声もする。

扉《と》を開けて入ると、丁度菅も学校の帰りがけに寄つて居た。三脚しか椅子の置いて無い部屋の内には足立、菅の外に同級の寄宿生も二人居て、腰掛けるもあり、立つもあり、濃い色のペンキで木目に似せて塗つた窓枠の内側のところに倚りかかるも有つた。

「岸本は丁度好いところへ来た。」

と足立は年長の青年らしく言つて、机の上に置いてある菓子の袋を勧めた。

「菅君、やり給へな。」

と一人の同級生は袋の口を菅の方へも向けて持成顔《もてなしがほ》に言つた。

「阿弥陀つていふと、何時でも僕の番に当るんだ。」と他の同級生がわざと口惜《くや》しさうに言ふ。

「君が買つて来たんか。」

と捨吉も笑つて、皆と一緒に馳走の菓子を頬張つた。

窓の外は運動場に面した廊下で時々そこを通ふ下の組の生徒もある。する〳〵と柱づたひに上層《うへ》の廊下の方から降りて来るものも有る。いくらか引込んで居るだけに静かな窓のところへ菅は腰掛けて、

「岸本君、君に見せようと思つて持つて来たよ。」

と風呂敷包の中から一冊の洋書を取出して見せた。

「買つたね。」

思はず捨吉は微笑んで嬉しげな友達の顔を見た。ダンテの『神曲』の英訳本だ。捨

吉は友達の前でその黒ずんだ緑色の表紙を一緒に眺めて、扉《とびら》を開けて行くと、『神曲』の第一頁がそこへ出て来た。長い詩の句の古典らしく並んだのが二人の眼を引いた。

「まだ読んで見ないんだが、一寸開けたばかりでも何だか違ふやうな気がするね。」

と菅は濃い眉を動かして、「多分、君の買つたのと同じだらう。」

「表紙の色が違ふだけだ。」

と捨吉は答へてそれを足立にも見せた。若い額はその本に集つた。

他に同級生は居ても、特別の親しみが斯の部屋へ来ると捨吉の身に感ぜられる。友達の読む書籍《ほん》は彼も読み、彼の読む書籍《ほん》は友達も読んだ。話せば話すほど引出されて行く。後から後から何か湧いて来る。時には、奈何《どう》して彼様《あん》なことが言へたらうと、互に話し合つたことを後で考へて見て、ビックリすることさへもある。

足立が前に言つたことは、ふと捨吉の胸を通過ぎた。「何故《なぜ》、君は彼様《あんな》に一時黙つて居たんだ。」足立が尋ねたが、左様直截《さうちよくさい》に言つて呉れるものは斯の友達の外に無い。捨吉はその時の答をもう一度探して見た。「僕は自分の言ふことが気に入らなく成つて来た……一時はもう誰にも口を利くまいと思つた……左様すると独語を始めた、往来を歩いて居ても何か言ふやうに成つた……到底《とても》沈黙を守るなんてことは出来ない……」

あの時、足立は快活な声で笑つた。そして斯様《こん》なことを言つた。「なにしろ岸本にも驚くよ。折角あんなに書いた物を焼いて了ふなんて男だからねえ。」

眼前にあること、済んで了つたこと、が妙に混り合つた。捨吉は足立や菅と一緒に居て、一人の友達の左から分けた髪が眼についたり、一人の友達の黒い羽織の色や袴の縞なぞが眼についたりした。何処までが「今」の瞬間で、何処までが過去つたことだか、その差別をつけかねた。

髭の赤い舎監が部屋の扉《と》を開けて見廻りに来た。第四学年と成つてからは舎監も皆の為るやうに為《さ》せて、強ひて寄宿の規則なぞを八釜《やかま》しく言はない。以前はこはい顔をして居た人が心易い笑顔をさへ見せ、友達でも呼ぶやうな調子で「足立君」とか「菅君」とか呼ぶやうに成つた。

「残り物ですが奈何です。」

一人の同級生は菓子の袋を割いて舎監の前に置いた。

「それぢや一つ御馳走に成るかナ。」

と舎監は手を揉んだ。

軍人あがりの斯の舎監は体操の教師をも兼ねて居た。部屋の中央にある机の側に立つて、足立達の用《つか》ふ教科書や字書を眺めた目を窓の外へ移し、毎日々々塵埃《ほこり》になつて器械体操なぞを教へる広い運動場の方を眺め乍ら、

「秋らしく成つたネ。西南戦争を思出すナ……。」

と粗い髭をひねり〳〵言つた。

捨吉は窓に近く造りつけてある書架《ほんだな》の前へ行つて立つて見た。何気なく足立の蔵書を覗くと、若い明治の代《よ》に翻刻されたばかりの『一代女』が入れてある。古い珍本から模刻したといふその挿画のめづらしい元禄風俗や、髪の形や、円味をもつた袖や、束髪などの流行つて来た時世にあつて考へると不思議なほど隔絶《かけはな》れて居る寛闊で悠暢な昔の男女の姿や、それからあの皆なの褒める○○の多い西鶴の文章は捨吉も争つて買つて来て開けて見たものだ。何といふ汚れた書《ほん》だらう。左様考へた彼は『一代女』を引割いて捨てた話をして、酷《ひど》く足立には笑はれた。それらのことが一緒に成つて胸の中を往来した。

捨吉は人知れず自分の馬鹿らしい性質を羞ぢずには居られなかつた。何故といふに神聖な旧約全書の中から成るべく猥褻な部分を拾つてさかんに読んで見た男も左様いふ自分だから……

舎監は部屋を出て行つた。自修時間も終る頃だ。待構へて居た下級の生徒等は一斉に寄宿舎を飛出した。広い運動場ではベース、ボールの練習《てすり》も始まつた。捨吉が菅と一緒に窓から外の廊下へ出ると、続いて一人の同級生も欄のところへ来て眺めた。遠慮勝ちに普通学部の生徒の側を通つて郊外の空気を吸ひに出る神学生も見える。豪《えら》い人達だと思つた年長《としうへ》の青年で学校へ遊びに来た卒業生も見える。赤い着物を着せた子供の手を引きながら新築した図書館の建物の側を歩いて行く亜米利加人の教授の夫人も見える。

ふと繁子の名がめづらしく捨吉の耳に入つた。しかも思ひも寄らない同級生の口から、

「Bも駄目だよ、いくら豪傑を気取つたつて――」

とその同級生が言つた。Bとは三年ばかり前の卒業生の一人《いちにん》だ。

「しかし君。可いぢやないか、男と女が交際したつて。」と捨吉は何気なく言つて見ようとしたが、口には出さなかつた。

「なんでもS先生の細君の取持ださうだ――」同級生はミッション、スクウル風の男女交際にも、今迄の習慣に無い婚約といふことにも一切反対の語気で言つた。

次第に遠くなつて行つた繁子がBとの婚約の噂は妙に捨吉の胸を騒がせた。もう一度彼女は捨吉の方を振返つて見て、若かつた日のことを悉《ことごと》く葬らうとするやうな最後の一瞥《いちべつ》を投げ与へたやうに思はせた。

運動場であるベース、ボールの練習も、空を飛ぶ球の動きも、廊下から見物するものを直《ぢき》に飽きさせた。皆な静止《じつ》として居られなかつた。何か動くことを思つた。けたゝましく一つの部屋の戸を開けてまた他の部屋の方へ歓呼を揚げながら廊下を駆け抜けるものもある。

「菅君。」

と捨吉は友達の名を呼んで見て、その側へ行つて一寸口笛を吹いた。

「何だい、いやに人をジロ〳〵見るぢやないか。」と菅は笑つた。

「君、ボクシングでもして遊ばうか。」

捨吉はそんなことを思ひ付いて、皆が休息と遊戯を楽む中で、温厚《おとな》しい友達を向ふへ廻した。

「奈何しようと言ふんだ。」

「突きツくらを遣るんサ——二人で。」

「岸本なんかに負けて堪るもんか。」

菅は「よし来た」といふ風に身構へた。両方の拳を堅く握り締めた。

「い、か、君、突くぜ。」

「笑はせるから不可《いかん》よ。」

「君が笑ふから駄目だ。」

「だつて、ヒドい顔をするんだもの。」

捨吉は右の足を後方《うしろ》へ引き、下唇を噛みしめ、両腕に力を籠めながら、友達の拳の骨も折れよとばかり突撃して行つた。菅も突き返した。

「まだ勝負がつかないぢやないか。」

「もう御免だ。斯様《こんな》に手が紅くなつちやつた——」

楽しい笑声が窓の内外に起つた。

菅が築地をさして帰らうと言ひかけた頃は足立も捨吉も窓のところから一緒に秋らしい空を望んだ。どうかすると三人で腰掛けて日暮方の時を楽むのもその窓のところだ。向ふの校室の側面にある赤煉瓦の煙筒も、それから人間が立つかのやうに立つて居る記念樹も暮れて来て、三棟並んだ亜米利加人の教授達の家族が住む西洋館にはやがてチラ〳〵燈火《あかり》の点く頃までも。

神は何故《なにゆゑ》に斯く不思議な世界を造つたらう。何故にあるものを美しくし、あるものを殊更醜くしたらう。何故に雀の傍《そば》に鷹を置き、羊の側《そば》に狼を置き、蛙の側に蛇を置き、鶏の側に鼬鼠《いたち》を置いたらう。何故に平和な神の教会にまで果しなき暗闘を賦与し、富める長老と貧しい執事とを争はすだらう。

捨吉は斯く思ひ沈んだ。

姦淫《かんいん》する勿《なか》れ、処女を侵す勿れ、嫂《あによめ》を盗む勿れ、其他一切の不徳はエホバの神の誡《いましめ》むるところである。バイロンの一生《いっせい》は到底神の嘉納《よみ》するものとも思はれない。英吉利の詩人が以太利《イタリー》へ遊んだ時、ヱニスの町で年頃な娘をもつた家の母親はあの美貌で放縦な人を見せまいとして窓を閉めたといふではないか。それにしても、万物を悲観するやうなバイロンの詩が奈何して斯う自分の心を魅するだらう。あの魅力は何だらう。

仮令《たとへ》彼の操行は牧師達の顔を渋《しか》めるほど汚れたものであるにもせよ、あの芸術が美しくないとは奈何して言へよう。

斯うまた考へない訳にいかなかつた。

捨吉にはもう一つ足の向く窓がある。新しく構内に出来た赤煉瓦の建物は、一部は神学部の教室で、一部は学校の図書館に成つて居た。まだペンキの香のする階段《はしごだん》を上つて行つて二階の部屋へ出ると、そこに沢山並べた書架《ほんだな》がある。一段高いところに書《ほ》籍《ん》の掛りも居る。時には歴史科を受持つ頭の禿げた亜米利加人の教授が主任のライブラリアンとして見廻りに来る。書架で囲はれた明るい窓のところには小さな机が置いてある。そこへも捨吉は好きな書籍を借りて行つて腰掛けた。

寄宿舎から見るとは方角の違つた学校の構内のさまがその窓の外にあつた。一日は一日と変つて行く秋の空がそこから見えた。

窓の日あたりを眺めて居ると、捨吉の心は田辺の小父さんの方へ行つた。どうかして捨吉の気を引立てようとして居る小父さんが「貴様も見よ」と言つて案内して呉れた秋の興行の芝居が眼に浮ぶ。暗い板敷の廊下がある。多勢の盛装した下町風の娘達が互に手を引きつれて往つたり来たりして居る。芝居の出方でその間を通ふ男の挨拶するのを見ても、小父さんの顔の売れて居ることが知れる。廊下の暖簾の間から舞台の方の幕の動くのも見える。樽屋のをばさんの娘を左様いふ暖簾のかげに見つけるのは丁度汐水の中に海の魚を置くほど似合はしくもある。

二階のうづらにはまた狭い桟敷がある。樽屋のをばさんも覗きに来る。欄《てすり》に倚りかゝつて見て居る弘もある。そこへ小父さんの肥つた身体が入ると皆膝と膝を突合せた。

「捨吉、あの向ふが小父さんの領分だ。」

と小父さんは舞台の正面に向つた高い桟敷を指して見せて、土間にも幾桝《いくます》か買つて置いたところがある、そこは出方に貸付けてあるなぞと話し聞かせて呉れた。

小父さんは用事ありげに桟敷を離れたり復た覗きに来たりした。茶屋の若いものが用を聞きに来ると、小父さんは捨吉の方を見て、

「どうぞ沢山御馳走して遣つて下さい。」

と微笑《ゑみ》を含んで言つた。

日の暮れないうちから芝居小屋の内部《なか》には燈火が点く。桟敷の扉《と》を泄《も》れる空の薄明りが夢のやうな思をさせる。鼻液《はな》をかむ音、物食ふ音、ひそ〱話す声、時々見物を制する声に混つて、御簾《みす》の下つた高い一角からは三味線の音が聞えて来る。浄瑠璃の調子に合せて、舞台の上の人は操られるやうに手足を動かしたり、しなやかな姿勢をしたりした。どうかすると花やかな幕が開けた。人形のやうに白い顔をした若い男と女とが舞台の上にあらはれて、背中と背中とを触合はせたり、婉曲に顔を見合はせた

り、襦袢の袖を濡らしたりした。

「成駒屋。」

唸るやうな見物の大向から掛ける声が耳の底にある。麦畠の中で熱い接吻をかはすといふ英詩の文句が岸本の眼前《めのまへ》には開けてあつた。それは学校の図書館の本で英吉利の詩人バアンスの評伝中に引いてある一節であつた。岸本は不思議な感じに打たれた。あの英吉利の詩人の書いたものに自分はこれほどの親しみを有《も》つことが出来て、見たこともないスコットランドあたりの若い百姓が何となくそこいらに転がつて居るやうな気持をさせるのに、奈何して自分の国の芝居小屋で舞台の上に見て来たことが斯様に自分の心を暗くするであらうかと。岸本は小父さんがわざ〳〵案内して呉れた芝居からは反つて沈んだ心持を受けて来た。

芝居を見物した日は夕方から雨に成つた。桟敷に居て雨の降るのを聞きつけた時は、楽しいやうで妙に淋しかつた。気味の悪いほど暗い舞台の後の方から突然《だしぬけ》に出て来る悪党の顔や、死を余儀なくされる場合の外には悔悟することも知らないやうな人の心や、眼の眩《くら》むやうな無法な暗殺の幕は、どうかすると見物半ばに逃げて帰りたいやうな気を起させた。芝居のはねた頃は雨がまだ降つて居た。茶屋の若い者は番傘を運んで来たり、弘を脊中に乗せて走つたりした。

「どうして成駒屋の人気と来たら大したものだ。しかし先代の若い時はもつと人気があつた。娘が幾人《いくたり》身を投げたか知れない。芝居のはねる時分には裏門の前あたりは人で通れなかつた位だ。左様して皆な役者を見に来たものだ。」

と小父さんは話して呉れた。芝居見物と言へば極りで後に残る名のつけやうの無いほど心細い、いやな心持の幾日《いくか》も幾日も続いて離れないことは、余計に捨吉をいら〳〵させた。眼の球の飛出たやうな役者の似顔絵、それから田辺の姉さんの枕許によく置いてあつたみだらな感じのする田舎源氏の聯想なぞは妙に捨吉には悩ましいものであつた。

もつと〳〵胸一ぱいに成るやうなものを欲しい。左様《さう》思つて見ると、堤を切つて溢れて行くやうな『チャイルド、ハロルド』の巡礼なぞの方に、捨吉は深く心を引かれるものを見つけた。青い麦の香を嗅ぐやうなバアンスの接吻の歌も、自分の国の評判な俳優《やくしや》が見せて呉れる濡幕にも勝つて一層身に近い親しみを覚えさせた。彼はまた詩人ギョエテの書いたものを通して、まだ知らなかつたやうな大きな世界のあることを想像し始めた。

十一月も近くなつて、岸本は兄から来た葉書を受取つた。

「国許より母上上京につき、明土曜日には帰宅あれ。母上はお前を待つ。尤も今回は左様長く滞在しても居られない筈だ。」とある。

「お母《つか》さんが来た。」

思はずそれを言つて見た。——国の方のことも捨吉は最早《もう》大分忘れて了つた位だ。お母さんと一緒に田舎で留守居する姉さんや、一人の家僕《ぼく》なぞのことが僅かに少年の記憶を辿らせる。思へば東京へ遊学を命ぜられて大都会を見ることを楽みに、兄に連れられて出て来た幼かつた日——

捨吉はしばらくお母さんへ手紙も書かなかつた。お母さんからのは、いつも姉さんの代筆で、無事で勉強して居るか、こちらも皆な変りなく留守居をして居る、憚りながら御安心下さいといふやうな便りを読む度に、捨吉は何と言つて返事を書いて可《い》いのか、それすら解らないほど国の方のことは遠く茫然《ぼんやり》として了つた。彼は奈様《どう》いふ言葉を用意して行つてお母《つか》さんに逢つて可いかも解らなかつた。

土曜日の午後から、捨吉はお母さんの突然な上京を不思議に考へつゝ、寄宿舎を出た。秋雨あがりで体操も碌に出来ないやうな道の悪い学校の運動場を見ると、寒い田舎の方へは早や霜が来るかと思はせた。取りあへず伊皿子坂《いさらござか》で馬車に乗つて、新橋からは鉄道馬車に乗換へて行つた。

田辺の家へ寄つて見ると、台所に光る大きな黒竈《くろへつつひ》の銅壺《どうこ》の側で、お婆さんが先づ笑顔を見せた。

「捨さん、お母さんが出て被入《いら》しつたよ。」と姉さんも奥座敷に居てめづらしさうに言つた。「長いことそれでも吾家《うち》ではお前さんを世話したものだ、」と眼で言はせて。

夏の間のやうな低気圧が田辺の家には感じられなかつた。二階に身を寄せて居た玉木さん夫婦も、もう見えなかつた。姉さんは壮健《ぢやうぶ》さうに成つたばかりでなく、晴々とした眼付で玉木さん達の噂をした後に、めつたに口にしたことの無い仮白《こわいろ》なぞを遣ふほど機嫌が好かつた。

「鹿尾菜《ひじき》と煮染《にしめ》の総菜ぢや、碌な智慧も出めえ――」

姉さんまで小父さんの成田屋張にかぶれて、そんなことを言ふやうに成つた。

「捨さん、お前さんは何を愚図々々してるんだねえ。早くお母さんにお目に掛りにお出な。」

とお婆さんは急き立てるやうに言つた。

民助兄は大川端の下宿の方で、お母さんと一緒に岸本を待受けて居て呉れた。障子の嵌硝子《はめガラス》を通して隅田川の見える二階座敷で、親子は実に何年振かの顔を合せた。

六

「お母さん、もう少しお休みなさい。まだ起きるには早うござんす。」

と、兄は寝床から声を掛けた。

「あい。」

と、お母さんも寝返りを打ちながら答へた。

早起の兄も、郷里《くに》の方から出て来たお母さんを休ませるために、床を離れずに居る様子であつた。このお母さんと兄との側で、親子三人めづらしく枕を並べて寝た大川端の下宿の二階座敷で、捨吉も眼を覚ました。本所か深川の方の工場の笛が、あだかも眠から覚めかけようとする町々を呼び起すかのやうに、朝の空に鳴り響いた。捨吉は半分夢心地で、その音を聞いて居た。過ぐる十年の長い月日の間、「お母さん」と呼んで見る機会も殆んど有たなかつたその人の側で。その人の乳房を吸ひ、その人に抱かれて寝た少年の日も遠い昔の夢のやうに。

やゝしばらくして、復た兄が言つた。

「お母さん。もう少しお休みになつたら奈何《どう》です。昨夜《ゆふべ》はまたあんなに遅かつたんですから。」

「田舎者は、お前、稀《たま》に東京などへ出て来ると、よく寝られずか。車の音がもう終宵《よつぴて》耳について。」

こんなことを言つて、お母さんは早や起出した。

他人に仕へる一切の行ひが奉公なら、捨吉の奉公は彼が極く幼い頃から始まつた。大都会を見るのを楽みに、九つの歳に両親の膝下《ひざもと》を離れて来た日から、既にその奉公が始まつた。上京して一年ばかりは姉の夫の家の世話になり、そこから小学校に通つたが、姉夫婦の帰国後は全く他人の中に育てられたのである。兄等のはからひで、田辺の家に少年の身を寄せるやうに成つてからも、注意深い家族の人達の監督を受け、学問するかたはら都会の行儀作法を見習ひ、言葉づかひを覚え、田辺の小父さんや姉さんやそれからおばあさんに仕へることを自分の修業と心得て来た。その頃、兄はまだ郷里《くに》の方で、彼の許へ手紙を寄せ、家計もなか〳〵楽ではないぞ、その中で貴様に学問させるのだから貴様もその積りでシツカリやつて呉れとよく言つてよこした。子供心にも彼は感激の涙なしに左様《さう》いふ手紙を読めなかつた。艱難《かんなん》も、不自由も、彼にはそれが当然のことのやうに思はれた。どうかして人の機嫌を損ねないやうに、そして自分を幸福にするやうに、とは一日も彼の念頭を離れなかつた。多くの他の少年が親の膝下でのみ許されるやうな我儘は全く彼の知らないものであつた。まだそれでもお父《とつ》さんの生きて居るうちは、根気よく手紙を呉れて、少年の心得になるやうなことや、種々《いろ〳〵》な郷里の方のことや、どうかすると嫂が懐妊したから喜べといふやうな家庭の中のことまで、よく書いてよこして呉れた。お父さんが亡くなつたことを聞いたのは、彼が十三の歳であつた。お父さんの最終に呉れた手紙には、古歌なぞに寄せて、子を思ふ熱い親の情《こゝろ》が書き籠めてあつたが、それからはもう郷里《くに》の方のこまかい事情を知らせてよこして呉れる人もなくなつた。お母さんからも遠くなつた。漸く物心づく年頃になつて、彼は一年ばかりも郷里の方のお母さんの側に居て来て見たいと言出したことがある。「貴様も妙なことを考へる奴だ」と田辺の小父さんから笑はれたことがある。どうも自分の性質はひねくれるやうな気がして仕方がないと言つて見て、「馬鹿、学問を中途で止めて親の側に居て来るといふ奴があるものか、」とまた小父さんから酷く笑はれたことがある。捨吉がお母さんの側にでも居て来て見たいなぞと言出したのは、後にも前《さき》にもその一度きりであつたが。

それほど捨吉はお母さんから遠かつた。お父さんが亡くなつたことを聞いた時すら、帰国は叶はなかつた。唯一度――郷里の方で留守居するお母さんや嫂を見に帰つて行つたことがある。その時は兄の代理として、祖母さんのお送葬《とむらひ》をするために出掛けたことがある。それぎりだ。すべては彼の境涯が許さなかつた。

お母さんは隅田川の見える窓に近く行つて、東の方の空を拝んだ。毎朝欠かしたことも無いやうに軽く柏手を打つて、信心深い眼付で祈願を籠めるそのすがたを、捨吉は久し振で見た。何か心配あつての上京とは、お母さんを見た時一番先に捨吉の胸へ来た。単独な女の旅といふ事も思ひ合された。長い留守居で、お母さんも年をとつた。朝になつて見て余計にそれが捨吉の眼についた。深い谿谷《たにあひ》の空気に揉まれたお母さんの頬の皮膚の色は捨吉が子供の時分に見たまゝ、まだ林檎のやうな艶々とした紅味も失はれずにあつたが。

周囲《あたり》は下町らしい賑かな朝の声で満たされた。納豆売の呼声も、豆腐屋の喇叭《らつぱ》も、お母《つか》さんの耳にはめづらしいものゝやうであつた。お母さんは田舎風の黒羅紗《くろらしや》のトンビを引きよせ、部屋に居てもそれを引掛けて、寒い国から東京へ出て来たといふ容子《ようす》をして居た。兄は何かにつけてお母さんに安心を与へようとする風で、その昔県会議員などをした人とも思はれない程めつきり商人らしくなつた前垂掛の膝をすゝめ、長火鉢の側でお母さんにも弟にも手づから朝茶を注いで勧めた。

「御蔭でまあ大勝の大将には信用されるやうに成りましたし、浜には取引が出来ますし、田辺とは殆んど兄弟のやうにして往つたり来たりして居ますし……これまでに取付くといふだけでも、なか／＼容易では無かつたんです。」

斯う兄はお母さんに言つて、例の咳払ひを連発させた。田舎の炉辺《ろばた》で灰を掻きならすと同じ手付でお母さんは兄と対ひ合つた長火鉢の灰を丁寧に掻きならしながら、郷里《くに》の方に残して置いて来た嫂や、孫娘や、年とつた正直な家僕《ぼく》の噂をした。お母さんと兄との間には、捨吉なぞのよく知らない話も混つて出て来た。まだ世間見ずの捨吉にも、それが兄の借財に就いてゞあることは、容易に感知することが出来た。

「何か捨吉の許《とこ》へも持つて来たいとは思つたが、土産一つ用意する暇もあらずか。ほんとに今度は何処へも内証の旅だで。」

と、お母さんは捨吉の方を見て言つた。

「今織りかけた機《はた》があるで、そのうちに届けるわい。」

と附添《つけた》した。

食後に兄はいそがしさうな様子で、

「一寸私は大将のところまで行つて来ます。他にも用達に廻つて来るかも知れません。捨吉、今日はゆつくりしても可《よ》からう。正午《ひる》までに俺も帰つて来る。」

「あの昨夜《ゆふべ》の話はお前に頼んだぞい。」とお母さんが言つた。

「承知しました。お母さん、それぢやお話しなすつて下さい。」

「あい、左様かい。」とお母さんは立つて見送つた。

兄は出て行つた。お母さんは部屋に置いてある箪笥の前を歩いて見たり、兄の机の上などを見廻したりして、

「まあ、俺も出て来て見て、これで漸《やつ》と安心した。」

とさも溜息を吐くやうに言つた。久し振で兄の咳払ひを聞いた丈でも、お母さんは安心したらしい様子であつた。やがて捨吉の傍へ来て、兄の居るところではしなかつたやうな話を始めた。お母さんは子供の時の面影でも探すやうに捨吉の顔を見ながらその話をした。

「なか〳〵郷里の方も口煩《くちうるさ》いぞい。」とお母さんが言つた。「あんまり御留守居が長くなるもんだで、皆が種々なことを言ふ。やれ岸本の姉さまは可哀さうだの、兄さまは

東京の方で女を囲つて置かつせるだの、子まであるさうな、そんなことまでお前、皆で言ひ触らす。俺も黙つて聞いては居《を》られんぢやないかや。『おあき（嫂の名）、心配するない、俺が東京へ行つて見て来るで。』――左様《さう》言つて、急に思ひ立つて来たわのい。寒い日だつたぞや。国を出る時はもうお前、霜が真白。峠の吉右衛門も心配して、『姉さま、斯様《こん》な日に行かつせるかなし、名古屋まで用があるで、そいぢや途中まで送つて行つて遣らず、』――さう言つて、吉右衛門が送つて来て呉れた。まあ俺も出て来て見て、これで漸《やつ》と安心した。おあきを兄さまに渡すまでは、俺の役目が済まないで。どうしてお前、国でも皆な一生懸命よのい、俺もお前達のために神様へ願掛けして、どうかして兄さまもよくやつて下さるやうに、捨吉も無事で居りますやうに、毎日左様言つて拝んで居る。どんなに心配して居るか知れないぞや……」

眼前の事物にほと〳〵興味を失ひかけて居た捨吉がお母さんの話を聞いて見た時の心持は、所詮説明《ときあか》すことの出来ないものであつた。唯それは感じ得られるやうな性質のものであつた。そしてそれを感ずれば感ずるほど、余計にすべてが心に驚かれることばかりのやうであつた。果敢ない少年の夢が破れて行つた日から、彼は殆んど自分一人に生きようとした。寂しい暗い道を黙し勝ちに辿つて来た。彼は曾て自分が基督教会で洗礼を受けたといふことまで、このお母さんに告げ知らせようともしなかつた。

これほど自分のために心配して居て呉れるお母さんのやうな人があることさへも忘れ勝ちに暮して来た。

何年も捨吉が思出さなかつた可懐《なつか》しい国の言葉の訛《なまり》や、忘れて居た人達の名前が、お母さんの口から引継ぎ引継ぎ出て来た。お母さんは捨吉から送つた写真のことを言出して、

「あの写真をよこして呉れた時は、皆大騒ぎよのい。吉田屋の姉さま、おりつ小母さままで来てて、『あれ、これが捨様かなし、そいつたつてもまあ、斯様《こんな》に大きく成らつせいたかなし』なんて左様《さう》仰《お》ツせて……」

少年の時分からよく見覚えのある、お母さんの左の眼の上の大きな黒子《ほくろ》。それを見て居ると、どうかすると捨吉はお母さんの話すことを聞いて居ながら、心は遠く故郷の山林の方へ行つた。彼の心は何年となく思出しもしなかつた遠い山のかなたに狐火の燃える子供の時の空の方へ帰つて行つた。山には狼の話が残り、畠には狢《むじな》や狸が顕はれ、禽獣《とりけもの》の世界と接近して居たやうな不思議な山村の生活の方へ帰つた行つた。あか〳〵と燃える焚火の側で、焼きたての熱い蕎麦餅に大根おろしを添へて、皆で一緒に食ふ事を楽みにした広い炉辺の方へ帰つて行つた。一緒に榎の実を集めたり、時には橿鳥《かしどり》の落して行つた青い斑《ふ》の入つた羽を拾つたりした少年時代の遊び友達の側へ帰つて行つた。「オバコ」といふ草なぞを採つて、その葉の繊維に糸を通して、機を

織る子供らしい真似をした隣の家の娘の側へ帰つて行つた。その娘の腕まくり、裾からげで、子供らしい淡紅色《ときいろ》の腰巻まで出して、一緒に石の間に隠れて居る鰍《かじか》を追ひ廻した細い谷川の方へ帰つて行つた。生れて初めて女といふものに子供らしい情熱を感じたその娘と一緒に、よく青い蔕《へた》の附いた実の落ちたのを拾つて歩いた裏庭の土蔵の前の柿の木の下の方へ帰つて行つた。「わたし」と言うかはりに女でも「おれ」と言ひ、「捨さん」と呼ぶかはりに「捨さま」と呼ぶやうな、子供の時分から聞き慣れた可懐しい言葉の話される世界の方へ帰つて行つた。そこでは絶えず自分のことが噂に上りつゝあるといふに、しかも自分の方ではめつたに思ひ出しもしなかつた旧い馴染の人達の側へめづらしく帰つて行つた。

兄は用達から帰つて来た。午後からお母さんは田辺の家を訪ねる筈であつた。「捨吉、貴様はお母さんのお供をしろや。」と兄は言つた。「時間が来たら貴様は学校の方へ帰るが可い。どうせ田辺には逢ふ用があるし、大勝の大将から頼まれて来た言伝もあるし、俺は後から出掛ける。」

「それぢや、捨吉に連れてつて貰はず。」

とお母さんも言つた。年はとつても、お母さんの身体はよく動いた。捨吉の見て居る前で、髪をなでつけたり自分で織つたよそいきの羽織に着更へたりして、いそ〳〵と仕度した。田辺の訪問はお母さんに取つて無造作に済ませることでも無いらしかつた。

お母さんのお供で捨吉は兄の下宿を出た。屋外《そと》は直ぐ大橋寄りの浜町の河岸だ。もう十月の末らしい隅田川を右にして、夏中よく泳ぎに来た水泳場の附近に沙魚釣《はぜつり》の連中の集るのを見ながら、お母さんと二人並んで歩いて行くといふだけでも、捨吉には別の心持を起させた。河岸の氷室《こほりむろ》について折れ曲つたところに、細い閑静な横町がある。そこは釣好きな田辺の小父さんが多忙《いそが》しい中でも僅かな閑を見つけて、よく釣竿を提げて息抜きに通ふ道だ。捨吉は自分でも好きなその道を取つて、田辺の家の方へお母さんを案内して行つた。

田辺は全盛に向はうとする時であつた。板塀越しに屋敷の外で聞いた井戸の水酌みの音まで威勢が好かつた。小父さんが交際する大勝一族《いちまき》の御店《おたな》の旦那衆をはじめ、芝居の替り目ごとに新番附を配りに来る茶屋の若い者のやうな左様いふ人達までさかんに出入する門の戸を開けると、一方は玄関先の格子戸、一方は勝手の入口に続いて居る。捨吉は勝手の入口の方からお母さんを案内しようとして、丁度そこで河岸の樽屋の娘に逢つた。捨吉が学校から戻つて来る度によく見かけるのは斯の娘だ。娘は捨吉親子に会釈して表の方へ出て行つた。

「さあ、お母さん、どうぞお上んなすつて下さい。」

と田辺のおばあさんは逸早《いちはや》く竈《かまど》の側まで飛んで出て来た。

「捨さん、お前さんもまた玄関の方から御案内すれば可《い》いのに。」

と田辺の姉さんもそこへ出て来て、半ば遠来の客を持成顔《もてなしがほ》に、半ば捨吉を叱るやうに言つた。

「御待ち申して居ました。」

と小父さんまで立つて来て、お母さんを迎へた。

田辺のおばあさんの亡くなつた連合といふ人と、捨吉のお父さんとは、むかし歌の上の友達であつたとか。幾年か前には、お父さんは捨吉を見るために一度上京したことがあつて、田辺の家の一番苦しい時代に尋ねて来た。お母さんはまた、田辺の家の人達の一番見て貰ひたいと思ふやうな日に訪ねて来たのであつた。

奥座敷で起る賑かな笑声を聞捨てゝ、捨吉は玄関の方へ取次に出た。大勝の店に奉公する若いものゝ一人が旦那の使に来た。新《しん》どんと言つて、いくらか旦那の遠い縁つゞきに当るとかで、お店者《たなもの》らしく丁寧な口の利きやうをする人であつた。この取次を機会《しほ》に、捨吉はおばあさんや姉さんとお母さんとの間に交換《とりかは》される女同志の改まつたやうな挨拶を避けて、玄関を歩いて見た。極く僅かな暇があつても、捨吉の足を引きとめるのはその玄関の片隅だ。もしお母さんが学問のことの解るやうな人であつたら、何よりも捨吉が見せたいと思ふものは、そこにあつた。彼はそこにある自分の本箱の中に、湖十の編纂した芭蕉の一葉集、高輪の浅見先生に聞いてある古本屋から探し出して来た西行の選集抄、其他日頃愛読する和漢の書籍を蔵つて置いた。それらは貧しい中から苦心して蒐《あつ》めたもので、兄から貰つた小使で買つた其角の五元集、支考の俳諧十論などの古い和本も入れてある。郷里《くに》の方の祖母さんが亡くなつて葬式に行つた時に、父の遺した蔵書の中から見つけて来た黄山谷《くわうさんこく》の詩集もある。捨吉は斯うした和書や漢書の類を田辺の家の方に置き、洋書はおもに学校の寄宿舎の方に持つて行つて置いた。

「捨吉。」

と奥座敷の方で呼ぶ小父さんの高い声が聞えた。

捨吉が復た小父さん達の中へ行つて見た頃は、弘まで姉さんの側に倚りかゝつて、めづらしさうに捨吉のお母さんの方を見て居た。

「捨さん、何だねえ。玄関の方なぞに引込んで居ないで、ちつとお母さんの側にでも座つておいでな。」

とおばあさんが言つた。

「ほんとだよ。」と姉さんも調子を合せた。「お母さんの頸《くび》ツ玉へでも齧《かじ》り付いて遣れば可いんだ。」

才気をもつた姉さんは捨吉の腹の底を抉《あぐ》るやうなことを言つた。姉さんは半分串談《じやうだん》のやうにそれを言つたが、思はず捨吉は顔を紅めた。

「どうです、お母さん。」と小父さんは例の調子で快活に笑つて、「捨吉も大きくなつたものでせう。」

「捨さんも、どちらかと言へば小柄な方でしたのに、この二三年以来《このかた》急にあんなに大きく成りました。」と姉さんも言葉を添へた。

お母さんはつゝましやかな調子で、「ほんとに、これと申すも皆田辺様の御蔭だで。難有いことだぞや——左様《さう》申してなし、郷里の方でも言ひ暮して居りますわい。何から何まで御世話さまに成つて、この御恩を忘れるやうなことぢや、捨吉もダチカンで。」

交際上手な田辺の人達はやがてこのお母さんを打解けさせずには置かなかつた。おばあさんは国の方に居る捨吉の姉の噂をしきりとして、姉が一度上京した折の話なぞをお母さんの口から引出した。

「彼女《あれ》が出てまゐつた時よなし。」とお母さんは思出したやうに言つた。「捨吉を某処《どこぞ》へ一緒に連れてまゐりましたさうな。その時捨吉が彼女に左様申したげな。斯うして姉さんと一緒に歩いて居ても、何処か他の家の小母さんとでも歩いて居るやうな気がするツて。彼女が郷里の方へ帰つてまゐつて、その話よなし。ほんとに、同じ姉弟《きやうだい》でも長く逢はずに居たら、そんな気がしませず……」

お母さんの言出した話は、それが国の方の姉の噂であるのか、自分の遣瀬《やるせ》ない述懐であるのか、よく分らないやうな調子に聞えた。

「他の家の小母さんは好かつた。」と小父さんも眼を細くして笑出した。

捨吉はそこに集つて居る皆の話の的になつた。小父さんの笑つた眼からは何時の間にか涙が流れて来た。兄の下宿の方ではそれほどに思はなかつた捨吉も、田辺の家の人達の前にお母さんを連れて来て見て、不思議な親子の邂逅《めぐりあひ》を感知した。

七

田辺の家の周囲《まはり》にある年の若い人達はずん／＼延びて行くさかりの時に当つて居た。捨吉が学校の寄宿舎の方から帰つて来て見る度に、自分と同じやうに急に延びて来た背《せい》を、急に大きくなつた手や足を、そこにも、こゝにも見つけることが出来るやうに成つた。大勝の御店《おたな》から田辺の家へよく使に来る連中で、捨吉が馴染の顔ばかりでも、新どん、吉どん、寅どん、それから善どんなどを数へることができる。皆小僧小僧した容子をして御店の方で働いて居た、つい二三年前までのことを覚えて居る捨吉の眼には、あのませた口の利きやうをする色白な若者が、あれが新どんか、あの粗い髪を丁寧に撫でつけ額を光らせ莫迦《ばか》に腰の低いところは大将にそつくりな若者が、あれが吉どんか、と思はれるほどで、割合に年少《としした》な善どんでさへ最早《もはや》小僧とは言へないやうに角帯と前垂掛の御店者らしい風俗も似合つて見えるやうに成つて来た。皆揃つて頭を持上げて来た。皆無邪気な少年から漸く青年に移りつゝある時だ。何となくそよ〳〵とした楽しい風がずつと将来《さき》の方から吹いて来るやうな気のする時だ。隠れた「成長」は、そこにも、こゝにも、捨吉の眼について来た。

お母さんに別れを告げて、捨吉は田辺の家を出た。学校の寄宿舎を指して通ひ慣れた道を帰つて行く彼の心は、やがて一緒に生長《しとな》つて行つた年の若い人達の中を帰つて行く心であつた。明治座の横手について軒を並べた芝居茶屋の前を見て通ると、俳優への贈物かと見ゆる紅白の花の飾り台なぞが置かれ、二階には幕も引廻され、見物の送迎にいそがしさうな茶屋の若い者が華やかな提灯の下を出たり入つたりして居た。田辺の小父さんばかりでなく、河岸の樽屋までも関係するといふ新狂言の興行が復た始まつて居た。久松橋にさしかゝつた。若い娘達の延びて来たには更に驚かれる。あの髪を鬘下地《かつらしたぢ》にして踊の稽古仲間と手を引合ひながら河岸を歩いて居た樽屋の娘が、何時の間にかをばさんの御供もなしに独りで田辺の家へ訪ねて来て、結構母親の代理を勤めて行くほどの人に成つた。捨吉は人形町への曲り角まで歩いた。そこまで行くと、大勝も遠くはなかつた。あの御隠居さんの居る商家の奥座敷で初々しい手付をしながらよく菓子などを包んで捨吉に呉れた大勝の大将の娘が、最早《もはや》見違へるほどの姉さんらしい人だ。稀《たま》に捨吉が小父さんの使として訪ねて行つて見ると、最早結ひ替へた髪のかたちを羞ぢらふほどの人に成つた。揃ひも揃つて皆急激に成長《しとな》つて来た。春先の筍のやうな斯の勢は自分の生きたいと思ふ方へ捨吉の心を競ひ立たせた。

その日は、捨吉は芳町《よしちやう》から荒布橋《あらめばし》へと取つて、お母さんに別れて来た時のことを胸に浮べながら歩いて行つた。捨吉兄弟のことを心配して女の一人旅を思立つて来たといふお母さんが、やがて復た独りで郷里《くに》の谿谷《たにあひ》の方へ帰つて行くことも思はれた。何一つ捨吉はお母さんを悦ばせるやうなことも言ひ得なかつた。曾《かつ》ては快活な少年であつた彼が、身につけることを得意とした一切の流行《はやり》の服装を脱ぎ捨て、旧《もと》の友達仲間からも離れ、どうしてそんなに独りで心を苦めるやうに成つて行つたかといふことは、小父さんも知らなければ、兄ですら知らなかつた。況《ま》して長いこと逢はずに居たお母さんが何事《なんに》も知らう筈が無かつた。別れ際に、お母さんは物足らず思ふ顔付で、小父さん達の居る奥座敷から勝手の板の間を廻つて、玄関に掲《か》けてある額の下まで捨吉に随《つ》いて来たが、彼の方では唯素気《すげ》なく別れを告げて来た。

しかしお母さんの言つたことは、殊に別れ際に、「月に一度ぐらゐはお前も手紙を寄《よこ》して呉れよ」と言つたあのお母さんの言葉は捨吉の耳に残つた。自分の頑なを、なほざりを、極端から極端へ飛んで行つてしまふ自分の性質を羞ぢさせるやうな、何時にない柔かな心持が残つた。

もと〳〵田辺の小父さんは、旧い駅路の荒廃と共に住み慣れた故郷の森林を離れ、地方から家族を引連れて来て都会に運命を開拓しようとした旧士族の一人《いちにん》だ。小父さんの周囲にある人達で旧《むかし》を守らうとしたものは大抵凋落してしまつた。さもなければ後れ馳せに実業に志したやうな人達ばかりだ。

「試みに小父さんの親戚を見よ。今の世の中は実業でなければ駄目だぞ。」

これは小父さんが種々《いろいろ》な事で捨吉に教へてみせる出世の道であつた。不思議にもアーメン嫌ひな小父さんの家の親戚には、基督教に帰依した人達があつて、しかもそれらの人達は皆貧しかつた。十年一日のやうに単純な信仰を守つて居る真勢さんは大勝の帳場で頭も挙らなかつたし、伝道者をもつて任ずる玉木さんのやうな人は夫婦して小父さんの家に食客同様の日を送つた。小父さんの親戚にはまた郷里の方で人に知られた漢学者もあつたが、その人の鬢が真白になる頃に親子して以前の小父さんの家の二階に佗しげな日を送つて居たこともある。実際、小父さんの周囲にある人達で、学問や宗教に心を寄せるもの、悲惨《みじめ》さを証拠立てないものは無いかのやうであつた。哀しい青年の眼ざめ。誰一人、目上の人達で捨吉の焦つて居る心を知らうとするものも無かつた。何事《なんに》も知らないで居るやうなお母さんに逢つて見て、彼は何時の間にか自分勝手な道を辿り始めたその恐怖《おそれ》を一層深くした。

小舟町《こぶなちやう》を通りぬけて捨吉はごちや〳〵と入組んだ河岸のところへ出た。荒布橋を渡り、江戸橋を渡つた。通ひ慣れた市街の中でも其辺は殊に彼が好きで歩いて行く道だ。鎧橋の方から掘割を流れて来る潮、往来する荷船、河岸に光る土蔵の壁なぞは、何時眺めて通つても飽きないものであつた。いつでも彼が学校へ急がうとする場合には、小父さんの家からその辺まで歩いて、それから鉄道馬車の通ふ日本橋の畔《たもと》へ出るか、さもなければ人形町から小伝馬町の方へ廻つて、そこで品川通ひのがた馬車を待つかした。その日は何にも乗らずに学校まで歩くことにして、日本橋の通りへかゝらずに、長い本材木町《ほんざいもくちやう》の平坦《たいら》な道を真直に取つて行つた。

何時にない心持が捨吉の胸に浮んで来た。子供心にも東京に遊学することを楽みにして遠く郷里から出て来た日のことが、生れて初めて大都会を見た日のことが、中仙道を乗つて来た乗合馬車が万世橋の畔《ほとり》に着いた日のことが、他にも眼の療治のために上京する少年があつて一緒に兄に連れられてその乗合馬車を下りた日のことが、あの広小路で馬車の停つたところにあつた並木から、寄席や旅籠屋なぞの近くにあつた光《あり》景《さま》までが、実にあり〳〵と捨吉の胸に浮んで来た。

京橋から銀座の通りへかけて、あの辺は捨吉が昔よく遊び廻つた場処だ。十年の月日はまだ銀座の通りにある円柱と円窓とを按排した古風な煉瓦造の二階建の家屋を変へなかつた。あらかた柳の葉の落ちた並木の間を通して、下手な蒔絵を見るやうに塗られた二人乗の俥の揺られて行くのも目につく。塵埃《ほこり》を蹴立て喇叭《らつぱ》の音をさせて、けたゝましく通過ぎる品川通ひのがた馬車もある。四丁目の角の大時計でも、縁日の夜店が出る片側の町でも、捨吉が旧い記憶に繋がつて居ないところは無かつた。捨吉は昔自分が育てられた町のあたりを歩いて通つて見る気になつた。ある小路について、丁度銀座の裏側にあたる横町へ出た。そこに鼈甲屋《べつかふや》の看板が出て居た筈だ、こゝに時計屋が仕事をして居た筈だと見て行くと、往来に接して窓に鉄の格子の箝《はま》つた黒い土蔵造の家がある。入口の格子戸の模様はやゝ改められ、そこに知らない名前の表札が掛け変へられたのみで、その他は殆んど昔のまゝにある。その窓の鉄の格子は昔捨吉が朝に晩に行つてよくつかまつたところだ。その窓から明りの射し入る三畳ばかりの玄関の小部屋は昔自分の机を置き本箱を並べたところだ。彼は自分の少年の日を見る心地がして、最早住む人の変つた以前の田辺の家の前を通つた。

何年となく忘れて居た過ぎし月日のことが捨吉の胸を往来した。黄ばんだ午後の日あたりを眺めながら彼が歩いて行く道は、昔自分が田辺のおばあさんに詰めて貰つた弁当を持つて学校の方へと通つたところだ。昔自分が柔い鉛筆と画学紙とを携へ、築地の居留地の方まで橋や建物を写すことを楽みにして出掛けたところだ。身体の弱かつた田辺の姉さんにもめづらしく気分の好い日が続いて屋外《そと》へでも歩きに行かうといふ夕方には、それを悦んで連立つおばあさんや静かに歩いて行く姉さんの後に随いて、野菜の市の立つ尾張町の角の方へと自分も一緒に出掛けたところだ。

土橋《どばし》の方角を指して帰つて行く道すがらも、まだ捨吉はあの旧《むかし》の窓の下に、あの墨汁《すみ》やインキで汚したり小刀《ナイフ》で剜《あぐ》り削つたりした古い机の前に、自分の身を置くやうな気もして居た。壁がある。土蔵の上り段がある。玄関に続いて薄暗い土蔵の内の部屋がある。そこは客でもある時に田辺の小父さんが煙草盆を提げて奥の下座敷の方から通つて来る部屋でもある。夜になると洋燈《ランプ》でその部屋を明るくして、書生は皆一つの燈火《あかり》の下《もと》に集つて勉強した。小父さんは書生を愛したから、一頃は三人も四人もの郷里の方の青年がそこに集つたことも有つた。捨吉も玄関の方から自分の机を持寄つて皆なと一緒に多くの長い夜を送つた。其頃の小父さんは厳しい立派な髯を生した人で、何度も何度も受けてはうまく行かなかつた代言人《だいげんにん》の試験にもう一度応じて見ると言つて、捨吉の机の前へ法律の書《ほん》なぞを持つて来たものだ。そしてその書を捨吉に開けさせて置いて、それは斯うですとか、彼様《あゝ》ですとか、自分で答へて見て、よく捨吉を試験掛に見立てたものだ。

奥の下座敷も捨吉の眼に浮んだ。そこには敷きづめに敷いてあるやうな姉さんの寝床がある。その座敷の縁先に夕、キの池がある。長い優美な尻尾を引きながら青い藻の中に見え隠れする金魚の群がある。姉さんも気分の好い時にはその縁先に出て、飼はれて居る魚《うを》のさまなぞを眺めては病を慰めたものだ。

其頃の小父さんは実に骨の折れる苦しい時代にあつた。郷里からの送金も兎角《とかく》不規則でそれを気の毒に思つて居た捨吉には、何処までが小父さんの艱難で、何処までが自分の艱難であるのか、その差別もつけかねる位であつた。雨の降る日に満足な傘をさして学校へ通つたことも無い位だ。

ある日、古い道具を売払はうとして土蔵の二階でゴト／＼言はせて居る小父さんを見つけて、捨吉は自分が三度食べるものを二度に減らしたら、それでも何かの助けにならうかと考えたことさへあつた。小父さんがあの美しい髯を自分で剃落してしまつたのも、それからだ。古い写真の裏に長々と述懐の言葉を書きつけ、毎日の細《こまか》い日記を廃《や》め、前垂掛の今の小父さんに変つたのも、それからだ。石町《こくちやう》の御隠居の家の整理を頼まれたのも、その縁故から大勝の主人に知られるやうに成つて行つたのも、それからだ。

斯うした月日のことを想ひ起しながら、捨吉は遠く学校の寄宿舎の方へ帰つて行つた。芝の山内を抜けて赤羽橋へ出、三田の通りの角から聖坂を上らずに、あれから三光町へと取つて、お寺や古い墓地の多い谷間《たにあひ》の道を歩いた。清正公《せいしやうこう》の前まで行くと、そこにはもう同じ学校の制帽を冠つて歩いて居る連中に逢つた。

捨吉が学校の裏門を入つて寄宿舎の前まで帰つて来た頃は、夕方に近かつた。丁度日曜のことで、時を定めて食堂の方へ通う人も少い。賄《まかなひ》も変つてから、白い頭巾を冠つた亭主が白い前垂を掛けたおかみさんと一緒に出て、食卓《テーブル》の指図をするやうに成つた。まばらに腰掛けるものゝある食堂の内で捨吉はお母さんに別れて来た時のことを思ひながら食つた。

日曜の夕方らしい静かな運動場の片隅について、捨吉は食堂から寄宿舎の方へ通ふ道を通つた。ポッポッ寄宿舎を指して岡の上を帰つて来る他の生徒もある。「郷里の方では霜がもう真白」と言つたお母さんの言葉も捨吉の胸に浮んだ。寄宿舎の階段を上つて長い廊下を通りがけに、捨吉は足立の部屋の扉《と》を叩いて見たが、あの友達はまだ帰つて居なかつた。

自分の部屋へ戻つてからも捨吉は心が沈着《おちつ》かなかつた。同室の生徒は他の部屋へでも行つて話し込んで居ると見え、点《とぼ》された洋燈《ランプ》ばかりがしよんぼりと部屋の壁を照らして居た。捨吉は窓の方へ行つて見た。文学会や共励会のある晩とちがひ、向ふのチャペルの窓もひつそりとして居て、亜米利加人の教授の住宅の方に僅かに紅い窓掛に映る燈火《あかり》が望まれた。何となく捨吉の胸にはお母さんの旅が浮んだ。やがて自分の机の上に新約全書を取出し、額をその本に押宛てゝ、

「主よ。この小さき僕《しもべ》を導き給へ。」

と祈つて見た。

その晩はいつもより早く捨吉も寝室の方へ行つて、壁に寄せて造りつけてある箱のやうな寝台に上つた。舎監が手提の油燈をさしつけて寝て居るもの、頭数を調べに来る頃になつても、まだ捨吉は眼を開《あ》いて居て、ポク〳〵ポク〳〵と廊下を踏んで行く舎監の靴の音を聞いて居た。平素めつたに思出したことも無いやうなお霜婆さん——郷里の方の家に近く住んで、よくお母さんの許《とこ》へ出《で》入《はひ》した人——のことなぞまで思出した。あのお霜婆さんが国の方の話を持つて、一度以前の田辺の家へ訪ねて来た時のことを思出した。御蔭で国への土産話が出来たと言つて、自分を前に置いて年とつた女らしく掻口説いたことを思出した。「あれほどワヤクな捨様でも、東京へ出て修業すれば是だ。まあ、俺の履物まで直して下すつたさうな——」と別れ際に言つて、あの婆さんがホロリと涙を落したことを思出した。

　亡くなつたお父《とつ》さんのことをも思出した。自分に逢ふことを楽みにして、一度お父さんが上京した日のことを思出した。あの銀座の土蔵造の家の奥二階に、お父さんが田舎から着て来た白い毛布や天鵞絨《びらうど》で造つた大きな旅の袋を見つけたことを思出した。国に居る頃のお父さんはまだ昔風に髪を束ね、それを紫の紐で結んで後の方へ垂れて居るやうな人であつたが、その旅で名古屋へ来て始めて散髪に成つた話なぞを聞かされたことを思出した。「あれを彼様《あゝ》と、これを斯様《かう》と——」とそれを口癖のやうに言つて、お父さんがよく自分自身の考へを纏めようとして居たことを思出した。お父さんを案内して小学校友達の家へ行つた時に、途中でお父《とつ》さんは蜜柑を買つて、それを土産がはりとして普通に差出すことゝ思つたら、やがてお父さんは先《さき》方のお友達のお母さんからお盆を借り、その上に蜜柑を載せ、ツカ〳〵と立つて行つて、それを仏壇に供へようとした時は、実にハラ〳〵したことを思出した。お父さんの逗留中には、旧尾州公といふ人の前へも連れられて行き、それから浅草辺のある飲食店へも連れられて行つてお父さんとは懇意なといふ地方出の主人や内儀《かみ》さんに引合され、「こんなお子さんがお有んなさるの」と言つたそこの家の内儀さんからも多勢の女中からも可《い》厭《や》にジロ〳〵顔を見られたことを思出した。お父さんは又、自分の小学校をも見たいと言ふから、あの河岸の赤煉瓦の建物の方へ案内して行くと、途中で河岸に石の転がつたのを見つけ、子供の通ふ路に斯ういふものは危いと言つて、それを往来の片隅に寄せたり、お堀の中へ捨てたりするやうな、さういふ人であつたことを思出した。お父さんの為る事、成す事は、正しい精神から出て居たには相違なからうが、何んとなく人と異なつたところが有つて、傍《はた》で見て居るとハラ〳〵するやうなことばかりで有つたことを思出した。矢張お父さんは国の方に居て欲しい。早く東京を引揚げあの年中榾火《ほたび》の燃える炉辺の方へ帰つて行つて老祖母《おばあ》さんやお母《つか》さんや兄夫婦やそれから正直な家僕《ぼく》などと一緒に居て欲しい。それがお父さんに対する偽りの無い自分の心であつたことを思出した。後で国から出て来た姉の話に、余程自分の子供は嬉しがるかと思つて上京したのに、案外で失望した、もう子供に逢ひに行くことは懲りた、と言つてお父さんが嘆息して姉に話したといふことを思出した。「捨吉ばかりは俺の子だ。彼《あれ》には俺の学問を継がせたい。」とお父さんが生きて居る中によく姉に話したといふことを思出した。斯うした記憶や、幼い時に見た人の顔や、何年もの間のことが一緒になつて胸に浮んで来た。その日ほど捨吉は自分の幼い生涯を思出したこともなかつた。

秋の日のひかりは岡の上にある校堂《かうだう》の建物の内《なか》に満ちた。翌朝になつて捨吉が教室の方へ通つて行て見ると、二十人ばかりの同級生の中に復た菅と足立の笑顔を見つけた。田辺の家の周囲にあつたやうな若い人達の延びて行く勢は、さかんに競ひ合ふやうにしてそこにも溢れて来て居た。「フレッシ、マン」と呼ばれ、「ソホモル」と呼ばれた頃のことに思ひ比べると、皆もう別の人達だ。唯、毎日のやうに互ひに顔を見合せて居ては、稀《たま》に逢つて見る年の若い人達のやうに、それほど激しく成長を感じない迄だ。同級の学生の多くは捨吉よりも年長《としうへ》であつたが、その中でも年齢の近い青年の間に余計に捨吉は自分と一緒に揃つて押出して行くやうな力を感じた。互ひに腕でも組合せて歩いて見るといふやうな何でもない戯れまでが言ふに言はれぬ爽かな快感を起させた。

四年の学校生活も追々と終に近くなつて行つた。同級の学生は思ひ〳〵に播いたものを収穫《とりい》れようとして居た。又た、せつせと播けるだけ播かうとして、互ひに種卸すことを急いで居た。気早な連中の間には早や卒業論文の製作が話頭に上つて来た。長いこと日課を放擲して顧みなかつた捨吉も漸く小さな反抗心を捨てるやうに成つた。彼は自分の好きな学科ばかりでなしにもつと身を入れて語学を修得したいと思ひ立つやうに成つた。菅は独逸語までも修めようとして居たが、捨吉はむしろ英語の専修に心を傾けた。基督教の倫理や教会歴史を神学部で講ずる学校の校長が捨吉の方の組へも来て時代分けになつた英吉利の詩と散文とを訳して呉れた。この校長の精確な語学の知識は捨吉の心を悦ばせた。休みの時間毎に出て見ると、校堂を囲続《とりま》く草地の上には秋らしい日が映《あた》つて来て居る。足を投出す生徒がある。昼間鳴く虫の声も聞えて来る。捨吉はペンキ塗の校堂の横手に凭《もた》れて、遠く郷里《くに》の方へ帰つて行つたお母さんの旅を想像した。

次第に捨吉は自分の位置を知り得るやうにも成つて行つた。彼がこの学校に入れられたのは、行く行くは亜米利加へ渡り針の製造を研究するためで。そして大勝の養子として、あの針問屋の店に坐らせられるためで。田辺の小父さんは直接に捨吉に向つて何事《なんに》もそんなことを匂はせもしなかつたが、それが小父さんの真の意思であり、大勝の主人の希望でもあるといふことを、捨吉は大川端の兄から聞いて初めて知つた。

「捨吉は捨吉で、やらせることにしたい。いかに大将の希望でも、そればかりは御断りしたい。」

これがその時の兄の挨拶だつたといふことで。

「今日《こんにち》まで一度も俺は田辺と喧嘩したことが無い。その時ばかりは、俺も争つた。大勝の養子にお前を世話するといふ説には、絶対に反対した。」

万事に淡泊なことを日頃の主義とする兄は、これも拠所《よんどころ》ないといふ風にその話をして、猶田辺へは最近に何百円とかの金の手に入つたのを用立てた、長年弟の世話に成つた礼としてそれとなくその金を贈つた、最早物質的に左程の迷惑を掛けては居ないことに成つた、との話もあつた。左様だ。捨吉が学校の休みの日に帰つて行つて、大川端でその話を聞いて来る前に、田辺の家の方へ顔を出したら、小父さんも留守、姉さんも留守の時で、唯お婆さんの烈しい権幕で言つたことが何事も知らずに出掛けて行つた捨吉を驚かした。

「お金を寄しさへすれば、それで可いものと思ふと大きに違ひますよ。」

あのお婆さんが怒《いか》つた言葉の意味を、捨吉は兄の下宿まで行つて初めて知つた。

高輪の学窓の方で、捨吉が自分の上に起つた目上の人達の争闘《あらそひ》を考へて見る頃は、その年の秋も暮れて行つた。空想は捨吉の心を大勝とした紺の暖簾の方へ連れて行つて見せ、あの正面の柱に古風な「もぐさ」の看板の掛つた大きな店の方へ連れて行つて見せた。空想はまた彼の心をあの深い商家に育つた可憐な娘の方へ連れて行つて見せた。仮令《たとひ》兄の言ふやうに、小父さんに奈様《どん》な目論見があらうとも、そのために小父さんを憎む気には奈何しても成れなかつた。あべこべに、弟の独立をそれほどまで重んじて呉れたといふ兄の処置に対しては感謝しながらも、猶それを惜しいと思ふの念が心の底に残つた。

捨吉は自分の空想を羞ぢた。左様した空想は全く自分の行かうと思ふ道では無かつたから。それにしても針製造人の運命をもつて斯の学校へ学びに来たとは夢にも彼の思ひ及ばないことで有つた。学窓とこの世の中との隔りは――とても、高輪と大川端との隔りどころでは無かつた。

残る二学期の終には、いよ〳〵四年生一同で卒業の論文を作つた。捨吉もそれを英文で書いた。学校の先生方は一同をチャペルに集めて、これから社会の方へ出て行かうとする青年等のために、前途の祝福を祈つて呉れた。聖書の朗読があり、讃美歌の合唱が有り、別離《わかれ》の祈禱があつた。受持々々の学科の下《もと》に、先生方が各自《めい〳〵》署名して、花のやうな大きな学校の判を押したのが卒業の証書であつた。やがて一同は校堂を出て、その横手にある草地の一角に集つた。皆で寄つて集《たか》つてそこに新しい記念樹を植ゑた。樹の下には一つの石を建てた。最後に、捨吉は菅や足立と一緒にその石に刻んだ文字の前へ行つて立つた。

「明治二十四年――卒業生。」

八

学校を卒業する頃の菅はエマアソンなぞの好きな、何となく哲学者らしい沈着《おちつき》を有つた青年に成つて行つた。それにクリスチアンとしての信仰もこの人のは極く自然であつた。足立はまたさかんな気象の青年で、基督教主義の学校の空気の中にありながら卒業するまで未信者で押し通したといふことにも、一つの見識を見せて居た。

「いよ〳〵お別れだね。」

捨吉は二人の友達と互ひに言ひ合つた。

菅は築地へ、足立は本郷へ、いづれも思ひ〳〵に別れて行つた。十六歳の秋から二十歳の夏までを送つた学窓に離れて行く時が捨吉にも来た。荷物や書籍《ほん》は既に田辺の小父さんの家の方へ送つてあつた。彼は風呂敷包だけを抱へて、岡の上に立つ一群の建築物《たてもの》に別れを告げた。一番高いところにある寄宿舎の塔、食堂の廊下の柱、よく行つた図書館の窓、教会堂の様式と学校風の意匠とを按排してそれを外部に直立した赤煉瓦の煙筒に結びつけたかのやうな灰色な木造の校堂の側面、あだかも殖民地の村落のやうに三棟並んだ亜米利加人の教授の住宅、その魚鱗形《うろこがた》の板壁の見える一人《いちにん》の教授の家の前から緩漫《なめらか》な岡の地勢に添ふて学校の表門の方へ弧線を描いて居る一筋の径《みち》なぞが最後に捨吉の眼に映つた。

捨吉は表門のところへ出た。幾株かの桜の若木がそこにあつた。その延びた枝、生ひ茂つた新しい葉は門の側に住む小使の家の屋根を掩ふばかりに成つて居た。捨吉は初めて金釦《きんボタン》のついた学校の制服を着てその辺を歩き廻つた時の自分の心持を想ひ起すことが出来た。あの爵位の高い、美しい未亡人に知られて、一躍政治の舞台に上つた貧しいヂスレイリの生涯なぞが彼の空想を刺戟した頃は、この桜の若木もまだそれほど延びて居なかつたことを想ひ起すことが出来た。四年の月日は親しみのある樹木を変へたばかりでなく、捨吉自身をも変へた。何といふ濃い憂鬱が早くも彼の身にやつて来たらう。そして過去つた日の楽みを果敢なく味気なく思はせたらう。

風が来て桜の枝を揺るやうな日で、見ると門の外の道路には可愛らしい実が、そこゝに落ちて居た。

「ホ、こんなところにも落ちてる。」

と捨吉は独りで言つて見て、一つ二つ拾ひ上げた。その昔、郷里の山村の方で榎木の実を拾つたり橿鳥《かしどり》の落した羽を集めたりした日のことが彼の胸に来た。思はず彼は拾ひ上げた桜の実を嗅いで見て、お伽話の情調を味つた。それは若い日の幸福のしるしといふ風に想像して見た。

捨吉に言はせると、自分等の前にはおほよそ二つの道がある。その一つはあらかじめ定められた手本があり、踏んで行けば可い先の人の足跡といふものがある。今一つにはそれが無い。なんでも独力で開拓しなければ成らない。彼が自分勝手に歩き出さうとして居るのは、その後の方の道だ。言ひがたい恐怖を感ずるのも、それ故だ。心の闘ひの結果は、覿面《てきめん》に卒業の成績にも酬いて来た。学校に入《う》つて二年ばかりの間は級の首席を占め、多くの教授の愛を身に集め、しかも同級の中《うち》での最も年少なもの、一人であつた彼も、卒業する時は極《ご》くの不首尾に終つた。ビリから三番目ぐらゐの成績で学校を出て行くことに成つた。しかし彼はそんなことは頓着しなくなつた。他の学校に比べると割合に好い図書館が有り、自分の行く道を思ひ知ることが出来、それからまた菅や足立のやうな友達を見つけることが出来たといふだけでも、この学窓に学んだ甲斐はあつたと思つた。

新しい世界は自分を待つて居る。その遠くて近いやうな翹望《げうばう》をまだ経験の無い胸にもつて、捨吉は半分夢中で洗礼を受けた高輪の通りにある教会堂からも、初めて繁子や玉子に逢つた浅見先生の旧宅からも、其の他種々様々の失敗《しくじり》と後悔と羞かしい思ひとを残した四年の間の記憶の土地からも離れて行つた。

恩人の家の方へ帰つて来て見ると、捨吉は未だ曾てその屋根の下で遭遇《であ》つたことも無いやうな動きの渦の中に立つた。かねて横浜の方のある店を引受けると小父さんから話のあつたことが、いよ〳〵事実となつた。小父さんは横浜を指して出掛けようとして居る。姉さんも小父さんに随いて行かうとして居る。大勝の御店の方から手伝ひに来た真勢さんは日本橋高砂町附近の問屋《とひや》を一廻りして戻つて来て、復た品物を揃へに出て行かうとして居る。

「あの、何を何して、それから何して下さいな。」

支度最中の姉さんが何づくしで話しかけることを、をばさんはまた半分も聞いて居ないで、何を何するために土蔵の階段を上つたり下りたりして居る。この混雑の中で、着物やら行李やら座敷中一ぱいにごちや〳〵置いてある中で、捨吉は持つて帰つた卒業証書を小父さんに見て貰つた程で。

潮でも引いて行つた後のやうな静かさが、この混雑の後に残つた。房州出のよく働く下女までが小父さん達に随いて行つた。留守宅にはお婆さんと、弘と、女中がはりに助《す》けに来た女と、捨吉と、それからポチといふ黒毛の大きな犬とが残つた。

「姉さんも、えらい勢ですね。」

「なにしろお前さん、十年も寝床《とこ》を敷き詰めに敷いてあつた人が、浜の方まで働きに行かうといふ元気だからねえ。」

捨吉はお婆さんと二人で姉さんの噂をして見た。銀座時代からの長い〳〵病床から身を起した姉さんが自分で自分をいたはるやうにして、極く静かにこの家の内を歩いて居た時の姿が、ついまだ昨日か一昨日かのやうに捨吉の眼にあつた。

「彼女《あれ》がまた弱らなけりや可いが、それを思つて心配してやる。あたいの言ふことなんぞ彼女が聞くもんかね。『そんな、おばあさんのやうなことを言つたつて、今はそんな愚図ツかしてる時ぢや有りませんよ』ツて――さう言はれて見ると、それも左様《さう》だよ。」

斯うお婆さんは捨吉に話し聞かせて笑つて、独り静止《じつと》しては居られないかのやうに、起つたり坐つたりした。

捨吉はお婆さんの側《そば》を離れて玄関から茶の間の方へ行つて見た。高輪の方で見て来た初夏らしい草木の色は復たその庭先へも帰つて来て居た。遽《には》かに闃《しん》寂とした家の内の空気は余計に捨吉の心をいら〳〵させた。小父さんから姉さんから下女までも動いて行つて居る中で、黙つてそれを視て居る訳には行かなかつた。考へを纏めるために、彼は茶の間の縁先から庭へ下りた。学校を済まして帰つて来て、復た箒を手にしながら書生としての勤めに服するのも愉快であつた。新しい楓の葉が風に揺れて日にチラ〳〵するのを眺めながら、先づ茶の間の横手あたりから草むしりを始めた。お母さんの上京以後、兎角彼に気まづい思をさせるやうに成つたのは大勝の養子の一件だ。しかし小父さんを第二の親のやうに考へ、長い間の恩人として考へる彼の心に変りはなかつた。自分は自分の力に出来るだけのことをしよう。その考へから、垣根に近い乙女椿の根元へ行つて蹲踞《しやが》んだ。青々とした草の芽は取つても取つても取り尽せさうも無かつた。茶の間の深い廂の下を通つて、青桐の幹の前へ立つた時は小父さん達の後を追つて手伝ひに行かうといふ決心がついた。

「さうだ。浜へ行かう。」

その考へを捨吉はお婆さんに話した。

よくも知らないあの港町を見るといふ楽みが捨吉の心にあつた。一日二日経つて彼は出掛けて行く支度を始めた。横浜へ行つて、もし暇があつたら、その夏は何を読まう。一番先に彼の考へたことは是だ。彼はテインの英文学史を択《えら》ぶことにした。それを風呂敷包の中に潜ませた。それからお婆さんの前へ行つた。

「お婆さん、これから行つてまゐります。」

「あ、さうかい。それは御苦労さまだねえ。」

お婆さんは横浜の店の方にある自分の娘の許へと言つて、着物なぞを捨吉に托した。

「お婆さん、伊勢崎町でしたね。僕はまだ横浜の方をよく知らないんです。」

「なあに、お前さん、店の名前で沢山だよ。浜へ行つて、伊勢崎屋と聞いてごらんなさい。誰だつて知らないものは有りやしないよ。」

お婆さんも大きく出た。

一度か二度山の手の居留地の方へ行く時に通過ぎたことのある横浜の停車場に着いた。捨吉が探した雑貨店はごちやごちやと人通りの多い、商家の旗や提灯なぞの眼につく繁華な町の中にあつた。そこに「いせざきや」と仮名で書いた白い看板が出て居た。入口は二つあつた。捨吉は先づ大勝の御店《おたな》のものに逢つた。長い廊下のやうな店の中には何程の種類の雑貨が客の眼を引くやうに置並べてあると言ふことも出来なかつた。そこゝには立つて買つて居る客もあつた。その廊下の突当りにある帳場のところで捨吉はまた見知つた顔に逢つた。須永《すなが》さんと言つて、小父さんと同郷の頭の禿げた人だ。

「オ、、捨吉か。」

小父さんは奥の方から出て来て、あだかも彼を待受けて居たかのやうに、悦ばしさうに彼の顔を見た。

「米《よね》、捨吉が来たよ。」

と小父さんは奥の方に居る姉さんをも呼んだ。

斯うした変つた場所に、新規な生活の中に、小父さんや姉さんを見つけることは捨吉に取つてもめづらしく嬉しかつた。姉さんもなか〳〵の元気で、東京の方で見るよりは顔の色艶も好かつた。

「捨吉、貴様はまだ昼食前《ひるまへ》だらう、まあ飯でもやれ。今皆済ましたところだ。」と小父さんが言つた。

「捨さんもお腹が空いたらう。すこし待つとくれ。今仕度させる。」と姉さんも言つた。

「斯う多勢の人ぢや、なか〳〵一度にや片付かないよ。」

その時、奥の方から昼飯を済ましたらしい店の連中がどかどかと押してやつて来た。皆捨吉に挨拶して帳場の側を通つた。新どん、吉どん、寅どんのやうな見知つた顔触の外に、二三の初めて逢ふ顔も混つて居る。その時捨吉は大勝の御店《おたな》の方の若手が揃つてこゝへ手伝ひに来て居ることを知つた。年少《としわか》な善どんまでが働きに来て居た。それを見ても、あの大勝の大将が小父さんの陰に居て、どれほど斯の伊勢崎屋の経営に力を入れて居るかといふことも想はれた。

「岸本さん、お仕度が出来ました。どうぞ召上つて下さい。」

と告げに来る房州出の下女の顔までが何となく改まつて見えた。

食後に、捨吉は二階建になつた奥の住居《すまひ》を見て廻つた。裏口の方へも出て見た。

「捨さん、来て御覧。」

といふ姉さんの後に随いて行つて見ると、帳場の後手から自由に隣家《となり》の方へ通ふことが出来て、そこにはまた芝居の楽屋のやうな暗さが閉めきつた土蔵造の建築物《たてもの》の内部《なか》を占領して居た。

「どうだ、なか〳〵広からう。」

と小父さんもそこへ来て言つて、住居と店との間にある硝子張の天井の下を捨吉と一緒に歩いて見た。

「以前《まへ》の伊勢崎屋といふものは、隣家の方と是方《こつち》と二軒続いた店になつて居たんだね。これが大勝へ抵当に入つた。『どうだ、田辺、一つやつて見ないか』としきりに大将が乗気に成つたもんだから、到頭俺も引受けちやつた。どうして、お前、新規に店を始めて、これだけの客が呼べるもんぢやない……隣家の方はまあ、彼様《あゝ》して置いて、そのうちに仕切つて貸すんだね。」

こんな風に小父さんは大体の説明を捨吉にして聞かせた。この小父さんの足が帳場の側で止つた時は、小父さんは何か思出したやうな砕けた調子で、

「なにしろ一銭、二銭から取揚げるんだからねえ。」

と言つて笑つた。

捨吉は自分の身の置きどころから見つけて掛らねば成らなかつた。彼は周囲を見廻した。そして実に勝手の違つたところへやつて来たやうな気がした。店の入口の方へ行つて見ると、丁度須永さんの居る高い帳場と対ひ合つた位置に、壁によせて細長い腰掛が造りつけてある。そこには大勝の方から来た中での一番年嵩な、背の高い、若い番頭が他の連中を監督顔に腰掛けて居る。捨吉はまだその番頭の名前も知らなかつ

た。新参者らしくその側へ行つて腰掛けて見た。

「捨さん。」

とある日、呼ぶ声が起つた。

港の方へ着いた船でもあるかして、男と女の旅らしい外国人が何か土産物でも尋ね顔に、店の小僧達に取りまかれて居た。捨吉は夕飯を済ましかけたところであつたが、呼ばれてその外国人の側へ行つた。

「What sort of articles do you wish to have ?」

覚束ない英語で斯う尋ねて見た。

「I am looking for ……」

とばかりで発音のむづかしいその外国人の言ふことは半分も捨吉には聞き取れなかつた。

男の外国人は側に居る善どんに指さしして、蒔絵のある硯蓋を幾枚となく棚から卸させて見た。しまひに捨吉に向つて値段を聞いた。

「Two yen ――」と捨吉は正札を見て言つて、「at fixed price.」と附け添《た》した。

「Too much.」

とか何とか女の外国人が連に私語《さゝや》くらしい。

「Have you not a similar article at a lower price ?」

と今度は女の外国人の方が捨吉に向つて尋ねたが、結局この人達はほんとに買ふ気も無いらしかつた。

「Oh, We are offering it at the lowest possible price.」

こんな風に捨吉は言つて見た。さん〲素見《ひやか》した揚句、二人の外国人はそこを離れて行つた。

「捨さん、何を欲しいと言ふんです。」と須永さんが帳場から言つた。

「いえ、硯蓋を出して見せろなんて言つて、買ふんだか買はないんだか解りません。」

「捨さんは好いなあ、英語が解るから。」と小僧の一人が言つた。

「斯ういふ時は、捨さんでなくちや間に合はない。」

と新どんが持前の愛嬌のある歯を見せて笑つた。

学校の方で習ひ覚えたことが飛んだところで役に立つた。尤も、捨吉のは、読むだけで、斯うした日常の会話に成るとまごついてしまふといふ不思議な英語であつたが。

捨吉が伊勢崎屋へ来て何かの役に立つと自分でも感じたのは、しかし斯様な場合に過ぎなかつた。その店に並べた品物は皆な正札附で、勧め、売り、代を受取り、その受取つた金を帳場の方へと運ぶといふだけなら、誰にでも出来た。それを一歩《ひとあし》でも立ち入つて、何か込み入つた商法《あきなひ》のことに成ると、新どんや吉どんのやうな多年大勝の御店の方で腕を鍛へて来たパリ／＼の若手は言ふ迄もなく、馳出しの小僧にすら遠く彼は及ばなかつた。彼はそれを自分の上に感じたばかりでなく、帳場に坐つて居る須永さんの上にも感じた。あの旧士族上りで、小父さんの同郷で、年若な下女なぞに色目を呉れるやうなことは機敏でも商法一つしたことの無い須永さんは、東京の問屋から着く荷物と送り状との引合せにすら面喰つてしまひ、その度に訳もなく小僧等を叱り付けたり、尊大に構へたりして、禿げた額と眼鏡との間から熱い汗を流して居ることを知つて来た。次第に捨吉は大勝の連中をも、それらのさま／″＼な性質の青年をも知るやうに成つて行つた。若い番頭は名を周《しう》どんと言つて、店の入口の腰掛に落合ふところから、いろ／＼と捨吉に話しかけ、背の高いことや歯並の白く揃つたことをよく自慢にして、浮々と楽しい気分を誘ふやうな青年ではあつたが、それだけ他の年少の連中からは思はれても居ないことを知るやうに成つて行つた。この周どんの毎朝髪を香《にほ》はせる油は、あれはこの店から盗んだものだといふやうなことまで、日頃番頭と仲の悪い新どん吉どんの告げ口によつて知るやうに成つて行つた。

しかし捨吉は小父さんの手伝ひに来た。商法を覚える気はなくても、書生として何かの役に立ちたいと思つた。その心から復た彼は店の入口の方へ行つて、周どんの側に腰掛けた。斯うした雑貨店では客の種類もいろ／＼だ。白の股引に白足袋、尻端折のいそがしい横浜風の風俗の客や、異人の旦那を連れた洋妾風《らしやめんふう》の女の客なぞが入つて来る度に、捨吉は自分の腰掛を離れて、店のもの丶口吻《くちぶり》を真似た。

「いらつしやい――」

と力を籠めて呼んで見る捨吉は、店頭《みせさき》に並べてある売物の鏡の中に自分の姿を見た。皆角帯、前垂掛で、お店者らしく客を迎へて居る中で、全くの書生の風俗が、巻きつけた兵児帯が、その玻璃《ガラス》に映つて居た。実に、成つて居なかつた。

須永さんが行き、周どんが行き、入れ替りに真勢さんが来た。須永さんも、周どんも、それ〴〵挿話を残して行つた。須永さんは、一時手伝ひに来て居た色白でまる〳〵と肥つた女と。周どんは、房州出の下女と。

真勢さんのやうな大勝の帳場を預かる人が、あの東京の御店の方を置いて来たといふことは、すこし捨吉を驚かした。この雑然紛然とした空気の中で、伊勢崎屋へ来て就く奥のチヤブ台の前で、十年一日のやうな信仰に生きて来た真勢さんがそれとなく捧げる食前の祈禱に、人知れず安息日を守つて居るといふことは、更に捨吉を驚かした。

真勢さんは小父さんと交代に帳場に坐つて須永さんの役を勤めることもあり、入口の腰掛のところに陣取つて周どんの役を勤めることもあつたが、この人の来た頃から開業してまだ日の浅い雑貨店も漸く店らしくなつて行つた。それだけ捨吉は手伝ひのしやうが無いやうな気がした。鉄物類《かなものるゐ》の並べてある方へ行つて見る。そこには吉どんが巌張《がんば》つて居る。唐物類《たうぶつるゐ》の方へ行つて見る。そこには新どんが居る。塗物類の方へ行つて見る。そこにはまた寅どんが居る。皆自分々々の縄張内だと言はぬばかりに控へたり、時にはその棚の前を往つたり来たりして、手をつけさせない。捨吉は年少な善どんの居る方へ行つて、せめて箸箱の類を売ることを手伝はうとして見た。何処へ行つても、結局手の出しやうがないやうに思つた。

やがて蒸々とする恐ろしい夏の熱《あつさ》がやつてきた。伊勢崎屋の入口に近い壁を背にして、頭を後方《うしろ》の冷たい壁土に押宛てながら、捨吉は死んだやうに腰掛けた。しばらくもう東京の方の菅や足立のことを思出す暇さへもなしに暮した。暑い午後の日ざかりで、繁昌する店の内にも客足の絶える時がある。許しが出て、隣家《となり》の空いた土蔵の方へ僅かな昼寝の時を貪りに行くものがある。小父さんも肥つた身体を休めて居るかして、帳場の方には見えない。そのとき、捨吉は学校に居る時分に暗誦しかけた短い文句を胸に浮べた。オフェリヤの歌の最初の一節だ。それを誰にも知れないやうに口吟んで見た。

“How should I your true love know
From another one ?

By his cockle hat and staff,
And his sandal shoon."

熱い草の中で息をする虫のやうに、そつと低い声で繰返して見たのは、この一節だけであつた。彼はまだあの歌の全部を覚えては居なかつた。

「さあ――退《ど》いた、退いた。」

と呼ぶ善どんを先触にして、二三人の若い手合が大きな薦包《こもづゝみ》の荷を店の入口から持込んだ。大勝の店の連中のなかでは一番腕力のある吉どんが中心となつて、太い縄を摑《つか》みながら威勢よく持込んで来た。居眠りする小僧でもその辺に腰掛けて居ようものなら、突飛ばされさうな勢だ。角張《かどば》つた大きな荷物は、どうかすると雑貨を置並べた店の棚とすれ〳〵に、帳場の後手にある硝子張の天井の下へと運ばれて行つた。

「静岡から塗物の荷が来たナ。」

と小父さんは高い帳場の上に居て言つた。

「庖丁、庖丁。」

と奥の勝手口の方を指して呼ぶものもあつた。

姉さんや下女までそこへ顔を見せた。捨吉は帳場の側へ行つて立つて、皆の激しく働くさまを眺めた。尖つた出刃を手にして最初の縄を切る吉どんの手つきを。皆《みん》なで寄つて群《たか》つて幾条かの縄を解く腰つきを。開かれる薦包を。

斯うした場合にも真勢さんは強ひて自分が先に立つて皆の差図をしようとしなかつた。大抵のことは若いもの、為るままに任せて居るらしかつた。そして荷物の送状《おくり》を調べる方なぞに廻つて居た。日頃一風変つて居るところから「哲学者」の綽名で呼ばれて居る斯の大勝の帳場に接近して見て、捨吉は真勢さんといふ人にいろ〳〵なものが不思議と混り合つて居るやうな性質を感じて来た。勤勉と無精と、淡泊と片意地と。捨吉はまた真勢さんが商法上のことについて、新どんや吉どんが有つやうな熱心をも興味をも有つて居ないことを発見した。

しかし真勢さんは何となく捨吉の好きな人だ。東京の田辺の家の方に出入する多くの人達の中では捨吉は一番この真勢さんを好いた。一緒に店の入口の方へ行つて、細長い腰掛を半分づゝ分けることを楽しく思つた。

夕飯が済むか済まないに、もう納涼《すゞみ》がてらの客がどか〳〵入込んで来る。一しきり客の出さかる頃は、廻廊のやうに造られた伊勢崎屋の店の内が熱い人の息で満たされる。明るくかゞやかした燈火、ぞろ〳〵と踏んで通る下駄穿の音、その雑踏の中を分けて、何か品物が売れる度に捨吉は入口と帳場の間を往来した。

「ア、真勢さんも売つてるナ。」

と左様《さう》捨吉は言つて見た。

一日のうちの最もいそがしい時は毎晩三時間程づゝ続いた。帳場の正面に掛つて居る時計が九時を打つ頃になると、余程店が透いて来る。奥の方からは下女が茶を汲んだ湯呑みを盆に載せて、それを真勢さんや捨吉のところへも配りに来た。

真勢さんは簡単に自分の過去を語つた。この人は小学校の教員をしたこともある。教会堂の番人をしたこともある。道具屋を始めたこともある。靴屋となり、針製造人となり、それから朝鮮の方までも渡つた。ある石蠟の会社にも雇はれた。電池製造の技師ともなつた。古着商ともなり、蝙蝠傘屋《かうもりがさや》ともなつた。其他自分で数へようとしても数へ切ることの出来ないやうな種々様々の世渡りをして来たことが引き継ぎ引き継ぎ真勢さんの口から出て来た。

「さう〳〵、まだその外に煮染屋《にしめや》となつたこともある。」

と真勢さんは思出したやうに言つて、左様した長い長い経験と、現に伊勢崎屋の店先へ来て腰掛けて居ること、、その間には何等のかゝはりも無いかのやうな無造作な口調でもつて話し聞かせた。

この人の傍に、まだ捨吉は若々しい眼付をしながら腰掛けてた。彼が学校に居る時分に、一度この人の住居《すまひ》を訪ねて見た時のことが胸に浮んだ。この人の蔵書が、古びた新約全書と、日本外史と、玉篇とであつたことなぞをも思出した。

「さう言へば、僕は真勢さんに靴を造つて貰つたことも有りましたね。」

「さう〳〵築地の方に居る時分に。」

それは真勢さんが築地の方にある橋の畔《たもと》に小さな靴屋を開業して居た頃のことだ。捨吉はまだ学校の制服を着始める頃であつた。あの可成無器用な感じのする編上げを一足造つて貰つた頃から、捨吉は真勢さんといふ人を知り始めたのだ。尤も、真勢さんが基督信徒の一人《いちにん》だといふことを知つたのはそれからずつと後のことであつたが。

周囲《あたり》は何時の間にかひつそりとして来た。一日の暑さに疲れて、そこ〻の棚の前にはしきりと船を漕いで居るものがある。帳場の側のところには出入の職人のかみさんが子供を背負《おぶ》つて遅くやつて来て、出来た丈の箸箱でも金に替へて行かうとするのがある。新どんは唐物類の棚を片付け、その辺に腰掛けて居眠りして居る善どんの鼻をつまんで置いて、扇子をパチ〳〵言はせながら捨吉の方へ来た。

「捨さん、いかゞです。」と新どんが若い気の利いたお店者《たなもの》らしい調子で言つた。

「そろ〳〵店を仕舞ふかな。」と真勢さんも立つて帳場の方を眺めた。

「寅どんがね、脚気《かくけ》の気味だつて弱つてますよ。」と言つて新どんは真勢さんを見た。

「寅どんが？　そいつは不可《いかん》ナ。」と真勢さんも言つた。

入口に立つた三人の眼は腫れた脚を気にしながら俯向勝ちに棚の前に腰掛けて居る

やうな寅どんの方へ注がれた。

「なにしろ斯う暑くつちや、全くやりきれない。」

と言つて扇子で懐へ風を入れて居る新どんに誘はれながら、捨吉も一寸店の外まで息抜きに出た。

明るい伊勢崎屋の入口から射した光が、早や人通りも少い往来の上に流れて居た。捨吉は町の真中まで出て、胸一ぱいに大地の吐息を吸つた。向ふの暗い方から馳出して来て、見て居る前で戯れ合つて、急に復た暗い方へ馳出して行く犬の群もあつた。やがて三四時間もしたら白々と明けかゝつて来さうな短い夏の夜の空がそこにあつた。


小父さんも多忙《いそが》しかつた。商法の用事で横浜と東京の間をよく往来した。八月に入つて、小父さんは東京の方の問屋廻りを兼ね、脚気の気味だといふ寅どんを大勝の御店の方へ連れて行つた。その帰りに、子息《むすこ》の弘を留守宅の方から連れて来た。弘と一緒に、小父さんは飼犬のポチをも連れて来た。人懐《ひとなつ》こい弘が伊勢崎屋の小僧達の中に混つて働いて居る捨吉を見つけた時は、

「兄さん。」

と言つて、いきなり彼に齧《かじ》りついた。

心の糧にも、しばらく捨吉は有付かなかつた。身体のいそがしい小父さんに帳場を譲られてから、彼は真勢さんと交代で売揚を記入する役廻りに当つたが、あの品物を幾干《いくら》で仕入れて幾干に売れば幾干儲かるといふやうなことに、ほと〳〵興味を有てなかつた。帳場は櫓のやうに造られて、四本の柱の間にある小高い位置から店の入口の方まで見渡すことが出来た。生存の不思議さよ。あの学窓を離れて来る頃に、斯うした帳場の前が彼を待受けようとは奈何《どう》して予期し得られたらう。広々とした斯の世の中へ出て行かうとする彼の心は、勢こんだ芽のやうなものであつたが、一歩《ひとあし》踏出すか踏出さないに、まるで日に打たれた若葉のやうに萎れた。仮令《たとへ》僅かの暇でも、彼はそれを自分のものとして何か蘇生《いきかへ》るやうな思をさせる時を欲しかつた。

偶然にも、ある機会が来た。丁度小父さんは留守だつた。小父さんはお婆さんも独りで淋しからうと言つて、四五日横浜で遊ばせた弘を復た東京の方へ連れて戻つた。ポチだけを残した。あの弘が黒い犬を随へながら、伊勢崎屋の店の内を、めづらしがる小僧達の間を、往つたり来たりする子供らしい姿はもう見られなかつた。ふと、ある考へが捨吉の胸に来た。彼は内証で自分の風呂敷を解いた。そして姉さんにも誰にも知れないやうに、折があつたら読むつもりで東京から持つて来たテインの英文学史を帳場の机の下に潜ませた。

「へえ、十六銭の箸箱が一つ。」

帳場の側へ来て銭を置いて行く小僧がある。よし来たとばかりに捨吉はそれを帳面につけて置いて、やがてこツそりと机の下の書籍《ほん》を取出して見た。

しばらく好きな書籍の顔も見ずに暮して居た捨吉の饑ゑた心は、まるで水を吸ふ乾いた瓶《かめ》のやうにその書籍の中へ浸みて行つた。何といふ美しい知識が、何といふ豊富な観察が、何といふ驚くべき「生《せい》の批評」がそこにあつたらう。捨吉はマアシュウ、アーノルドの『生の批評』と題した本を読んだことを思出して、その言葉を特にテインの文章に当嵌めて見たかつた。その英訳の文学史は前にも一度ざつと眼を通して、その時の感心した心持は菅にも話して聞かせたことがあつた。捨吉は日頃心を引かれる英吉利の詩人等がテインのやうな名高い仏蘭西人によつて批評され、解剖され、叙述されることに殊の外の興味を覚えた。「人」といふものに、それから環境といふものに重きを置いた文学史を読むことも彼に取つては初めてと言つて可い位だ。ある時代を、ある詩人によつて代表させるやうな批評の方法にも酷く感心した。例へば、詩人バイロンに可成な行数を費して、それによつて十九世紀の中にある時代を代表させてあるごとき。

何時の間にか捨吉は小父さんの店へ手伝ひに来た心を忘れた。一度読み出すと、なか〳〵途中では止められなかつた。英訳ではあるが、バイロンの章の終のところで、捨吉は会心の文字に遭遇《であ》つた。

「彼は詩を捨てた。詩も亦彼を捨てた。彼は以太利《イタリー》の方へ出掛けて行つた、そして死んだ。」

と繰返して見た。

商法上の用事で横浜へ来たといふ捨吉の兄は夕方近く伊勢崎屋へ顔を見せた。兄は横浜へ来る度に、必ず寄つた。小父さんの留守と聞いて、その日は店の手伝ひをしたり、棚の飾りつけを見て廻つたりした。捨吉はこの兄にまで帳場の机の下を睨まれるほど、それほど我を忘れても居なかつた。

いそがしい伊勢崎屋の夜がまたやつて来た。ホッと思出したやうに蘇生るやうな溜息を吐いて置いて、捨吉は帳場の右からも左からも集つて来る店の売代《うりしろ》を受取つた。その金高と品物の名前とを一々帳面に書きとめた。兄は帳場の周囲を廻りに廻つて、遅くまで留つて居た。そろ〳〵皆が店を仕舞ひかける頃になつても、まだ残つて居た。

一日の売場の勘定が始まる頃には、真勢さんをはじめ、新どん、吉どんなどの主な若手が各自《めい〳〵》算盤を手にして帳場の左右に集つた。めづらしく兄もその仲間に入つて、手伝ひ顔に燈火のかげに立つた。

読み役の捨吉は自分で記《つ》けた帳面をひろげて、競うやうな算盤の珠の音を聞きながら、その日の分を読み始めた。不慣れな彼も、「七」の数を「なゝ」と発音し、「四」の数を「よん」と撥るぐらゐのことは疾《とつ》くに心得て居た。

「揚げましては――金三十三銭也。七十五銭也。八十銭也。一円と飛んで五銭也。二円也。七銭也。五銭也。四十銭也。六十銭也。五十銭也。五十銭也。同じく五十銭也。猶五十銭也。金一円也……」

「何だ、その読み方は。」

と兄は急に弟の読むのを遮つた。捨吉はめつたに見たことのない兄の怒を見た。

「そんな読み方があるもんか。ふざけないで読め。」とまた兄が言つた。

捨吉は自分の方へ圧倒して来るやうな、ある畏ろしい見えない力を感じた。真勢さんや新どん達の前で、自分に加へられた侮辱にも等しい忠告を感じた。

「僕は、ふざけてやしません。」と言つて、弟は兄の顔を見た。

「もつと、しつかり読め。」と言ふ兄の声は震へた。

少時間《しばらく》の沈黙の後で、復た捨吉は読みつゞけた。彼は目上の人に対してと言ふよりも、むしろ益のない自分の骨折に向つて憤りと悲みとを寄せるやうな心で。

「〆て。」とやがて真勢さんが言出した。「私から読むか。九十五円二十一銭。」

「九十三円二十銭。」と新どんがそれを訂正するやうに言つた。

「私のも。」と吉どんが加せた算盤を見せる《よ》やうにして。

「あ、その方が本当だ。何処で私は間違へたか。」と言つて真勢さんは頭を掻いて、

「捨さん、それぢやお願ひ。総計九十三円二十銭。今日はまあ中位の出来だ。」

「や、皆さん、どうも御苦労さま。」

斯う兄が言出すと、真勢さんも新どんも吉どんも同じやうに言ひ合つた。夏の夜も更けた。

その晩、捨吉は何とも言つて見やうのないやうな心持で、寝床の方へ行つた。自分に不似合な奉公から離れて、何とかして延びて行くことを考へねば成らないと思つた。

九

薄暗い、天井の高い、伊勢崎屋の隣家《となり》の空いた土蔵の内《なか》で、捨吉は昼寝から覚めた。店の方に客足の絶える暑い午後の時を見計つて交代で寝に来ることを許される小僧達と一緒に、捨吉もそこへ自分の疲れた身体を投出したことは覚えて居るが、どのくらゐ眠つたかは知らなかつた。

朝起きるから夜寝るまで殆んど自分等の時といふものを有たない店の人達はその許された昼寝の時を僅かに自分等のものとして、半分物置のやうにしてあつた土蔵の内に日中の夢を貪つて居た。捨吉は眼を覚まして半ば身を起した。周囲《あたり》を見廻した。

「吉どん。御新造さんがもうお起きなさいツて。」

裏口づたひに寝て居る人を揺り起しに来る房州出の下女もあつた。

堪へがたい熱に蒸されて皆な死んだやうにごろ〳〵して居る。魚のやうに口を開《あ》いて眠つて居るものがある。そこは伊勢崎屋と同じやうな雑貨店が以前営まれたと見え、塵埃《ほこり》の溜つた隅の方には帳場の跡らしいものも残つて居る。雑貨の飾られた棚の跡らしいものもある。閉めきつた表口の戸のところには古い造作の立てかけたものもある。芝居の楽屋でも見るやうに薄暗い床の上には荷造りに使ふ莚《むしろ》を敷いて、その上で皆昼寝した。真勢さんまでも来て捨吉の側であふのけさまに倒れて居た。

呼起された吉どんは黙つて土蔵を出て行つた。続いて捨吉も出て行かうとした。もう九月らしい空気がその空屋の内まで通《かよ》つて来て居た。捨吉は裏口の方から僅かに射し入る熱い日の光を眺めて、兎も角もその一夏の間、皆なと一緒に手伝ひして暮したことを思つた。行きがけに、捨吉は真勢さんの方を振返つて見た。「哲学者」と綽名のある斯の人は莚の上に高鼾《たかいびき》だ。若いものよりも反つて斯の人の方がよく眠つて居るらしかつた。

「さあ、今度は誰の番だ。善どんが寝る番だ。」

「善どんはもう先刻《さつき》寝ましたよ。憚りさま、今度は私の番ですよ。」

店の若いものは土蔵の裏口の黒い壁の側で、昼寝の順番を言ひ争つて居る。その間を通りぬけて、捨吉は勝手の方へ顔を洗ひに行かうとすると、長い尖つた舌を出しながら体軀《からだ》全体で熱苦しい呼吸《いき》をして居るやうな飼犬のマルの通過ぎるのにも逢つた。斯うした周囲《まはり》の空気の中で、捨吉は待侘びた手紙の返事を受取つた。先輩の吉本さんから寄して呉れた返事だ。嬉しさのあまり、彼は伊勢崎屋の帳場の机の上で何度となくその手紙を繰返し読んで見た。不似合な奉公から、益のない骨折から、慣れない雑貨店の帳場から、暗い空虚な土蔵の内の昼寝から、僅かに出て行かれる一筋の細道がその手紙の中にあつた。

幾度か捨吉は小父さんの前に、吉本さんからの手紙を持出さうとした。さうしては躊躇した。例のやうに捨吉が帳場の台の上に座つてポツ〳〵売場をつけて居ると、小父さんは団扇づかひで奥の方から帳場の側へ肥つた体軀を運んで来た。小父さんも機嫌の好い時だつた。第一、姉さんが素晴しい元気で、長煩ひの後の人とも思はれないといふことは、小父さんがよくこぼし〳〵した、「米《よね》の病気は十年の不作」を取返し得る時代に向いて来たかのやうであつた。おまけに店の評判はます〳〵好い方だし、どうやら隣家の土蔵にも好い買手がついたと言ふし、静岡からの新荷は景気よく着いたばかりの時だ。小父さんの笑声は一層快活に聞えた。

「小父さん、僕は御願ひがあります。」

と捨吉は帳場の台の上から恩人の顔を見て言つて、其時吉本さんからの手紙の意味を切出した。横浜を去つて、自分の小さな生涯を始めて見たいと言出した。さしあたり翻訳の手伝ひでもして見たいと言出した。それにはあの先輩の経営する雑誌社から月々九円ほどの報酬を出さうと言つて来て居るとも附添《つけた》して小父さんに話した。

「俺はまた、行く〳〵この伊勢崎屋の店を貴様に任せるつもりで居たのに――」

と小父さんはさも失望したらしい表情を見せて言つた。

しかし書生を愛する心の深いこの小父さんは一概に若いもの丶願ひを退けようとはしなかつた。何等の報酬を得ようでもなしに、唯小父さんの手伝ひをするつもりで、その一夏の間働いた捨吉の心をも汲んで呉れた。同時に、小父さんが手を替へ品を替へしてその日まで教へて見せたことも、到底若い捨吉の心を引留めるには足りないことを悲しむやうであつた。

「へえ、捨吉にも九円取れるか。」

と終《しまひ》には小父さんも笑つて、彼の願ひを許して呉れた。

恩人夫婦をはじめ、真勢さん、新どん、吉どん、其他馴染を重ねた店の人達に別れを告げて、捨吉が横浜を去らうとする頃は、大勝から手伝ひに来た連中もそろ〳〵東京の空が恋しく成つたと言つて居た。捨吉はしばらく逢はなかつた菅や足立を見る楽みをもつて東京の方へ帰つて行つた。捨吉の上京を促した吉本さんは名高い雑誌の主筆で、同時に高輪の浅見先生の先《せん》の奥さんが基礎を遺した麹町の方の学校をも経営して居た。吉本さんは曾て浅見先生の家塾に身を寄せて居たこともあるといふ。捨吉に取つてのこの二先輩はそれほど深い縁故を有つて居た。捨吉が初めて吉本さんに紹介されたのも、浅見先生の旧宅で、その頃の彼はまだ金釦《きんボタン》のついた新調の制服を着て居た程の少年であつた。

麹町に住む吉本さんの家を指して、捨吉は田辺の留守宅の方から歩いて行つた。自分で自分の小さな生涯を開拓するために初めての仕事を宛行《あてが》はれに訪ねて行く捨吉の身に取つては、涯しも無く広々とした世の中の方へ出て行かうとするその最初の日のやうでもあつた。彼は久松橋の下を流れる掘割について神田川の見えるところへ出、あの古着の店の並んだ河岸を小川町へと取り、今川小路を折れ曲つた町の中へ入つて行つた。京橋日本橋から芝の一区域へかけては眼をつぶつても歩かれるほど町々を暗記《そらん》じて居た彼にも、もう神田へ入ると稀《たま》にしか歩いて見ない東京があつた。九月下旬の日あたりは行く先の入組んだ町々を奥深くして見せて居た。今川小路と九段坂の下との間を流れる澱み濁つた水も彼の眼についた。

その日は麹町の住居に吉本さん訪ねて見る初めての時でもあつた。吉本さんは事務室用の大きなテエブルを閑静な日本間に置いて、椅子に腰掛けながら捨吉に逢つて呉れた。翻訳の仕事も出して呉れた。

「嘉代《かよ》さん。」

と主人が細君を呼ぶにも友達のやうに親しげなのは、基督教徒風の家庭の内部の光景《さま》らしい。細君は束ねた髪に紅い薔薇の蕾を挿して居るやうな人で、茶盆を持つてテエブルの側へ来た。其時吉本さんの紹介で、捨吉はこのバアネット女史の作物の訳者として世に知られた婦人をも初めて知つた。

「恋愛は人生の秘鑰《ひやく》なり、恋愛ありて後、人世《じんせい》あり。恋愛を抽《ぬ》き去りたらむには人生何の色味《しきみ》かあらむ。然るに最も多く人世を観じ、最も多く人世の秘奥《ひあう》を究むるといふ詩人なる怪物の最も多く恋愛に罪業を作るは抑《そもそ》も如何なる理ぞ。」

これは捨吉が毎月《まいげつ》匿名で翻訳を寄せて居る吉本さんの雑誌の中に見つけた文章の最初の文句だ。捨吉は最初の数行を読んで見たばかりで、もうその寄稿者が奈何《どう》いふ人であるかを想像し始めずには居られなかつた。彼は薄い桃色の表紙のついたその雑誌の中を辿つて見た。

「思想と恋愛とは仇讐《あだ》なるか。安《いづく》んぞ知らむ恋愛は思想を高潔ならしむる慈母なるを。エマルソン言へることあり、最も冷淡なる哲学者といへども恋愛の猛勢に駆られて逍遥徘徊せし少壮なりし時の霊魂が負ふたる債を済す能はずと。恋愛は各人の胸裡に一墨痕を印して外には見る可《べか》らざるも、終生抹すること能はざる者となすの奇蹟なり。然れども恋愛は一見して卑陋暗黒なるが如くに、其実性の卑陋暗黒なる者にあらず。恋愛を有せざる者は春来ぬ間の樹立の如く、何となく物寂しき位置に立つ者なり。而して各人各個の人生の奥義の一端に入るを得るは恋愛の時期を通過しての後なるべし。

夫れ恋愛は透明にして美の真を貫ぬく。恋愛あらざる内は、社会は一個の他人なるが如くに頓着あらず。恋愛ある後は物のあはれ、風物の光景、何となく仮を去つて実に就き、隣家より吾家に移るが如く覚ゆるなれ。」

　これほど大胆に物を言つた青年《わかもの》がその日までにあらうか。すくなくも自分等の言はうとして、まだ言ひ得ないで居ることを、これほど大胆に言つた人があらうか。捨吉は先づこの文章に籠る強い力に心を引かれた。彼の癖として電気にでも触れるやうな深い幽かな身震ひが彼の身内を通過ぎた。

「合歓綢繆《がふくわんちうびう》を全ふせざるもの詩家の常ながら、特に厭世詩家に多きを見て思ふところなり。抑も人間の生涯に思想なる者の発芽し来るより、善美を希うて醜悪を忌むは自然の理なり。而して世に熟せず世の奥に貫かぬ心には、人世の不調子、不都合を見初める時に、初理想の甚だ齟齬《そご》せるを感じ、想世界の風物何となく人を惨憺たらしむ。知識と経験とが相敵視し、妄想と実想とが相争闘する少年の頃に、浮世を怪訝《くわいが》し厭嫌《えんけん》するの情起り易きは至当の者なりと言ふべし。人生れながらにして義務を知る者ならず、人生れながらに徳義を知る者ならず、義務も徳義も双対的のものにして、社会を透視したる後『己れ』を明見したる後に始めて知り得べきものにして、義務徳義を弁ぜざる純樸なる少年の思想が始めて複雑解し難き社会の秘奥に接したる時に、誰か能く厭世思想を胎生せざるを得んや。誠信を以て厭世思想に勝つことを得べし。然れども誠信なるものは真に難事にして、ポオロの如き大聖すら嗚呼《ああ》われ罪人なるかなと嘆じたることある程なれば、厭世の真相を知りたる人にして之を勝つ程の誠信あらん人は凡俗ならざるべし。」

読んで行くうちに、捨吉はこの文章を書いた人の精神上の経験が病的とも言ひたいほど神経質に言葉と言葉の間に織り込まれてあるのを感じて来た。まだ初心な捨吉には何程の心の戦ひから、これほどの文章が産れて来たかと言ふことも出来なかつた。

「菅君は奈何だらう。もう斯の雑誌を読んで見たらうか。」

と捨吉は自分で自分に言つて見て、あの友達がまだ読まずであつたら是非とも勧めたい。そして一緒に斯ういふ文章を読んだ後の歓喜《よろこび》を分ちたいとさへ思つた。

「婚姻と死とは僅かに邦語を談ずるを得るの稚児《ちじ》より、墳墓に近づく迄、人間の常に口にする所なりとは、エマルソンの至言なり。読本を懐にして校堂に上るの小児が他の少女に対して互ひに面《かほ》を赧《あか》ふすることも、仮名を便りに草紙読む幼な心に既に恋愛の何物なるかを想像することも、皆な是れ人生の順序にして、正当に恋愛するは正当に世を辞し去ると同一の大法なるべけれ。恋愛によりて人は理想の聚合《しゆうがふ》を得、婚姻によりて想界より実界に擒《きん》せられ、死によりて実界と物質界とを脱離す。抑も恋愛の始めは自らの意匠を愛するものにして、対手なる女性は仮物《かぶつ》なれば、好しや其愛情ます〱発達するとも、遂には狂愛より静愛に移るの時期あるべし。この静愛なるものは厭世詩家に取りて一の重荷なるが如くになりて、合歓の情あるひは中折するに至るは豈《あ》に惜しむ可きあまりならずや。バイロンが英国を去る時の詠歌の中に『誰か情婦又は正妻のかこちごとや空涙を真事《まこと》として受くる愚を学ばむ』と言出でけむも、実に厭世家の心事を暴露せるものなるべし。同じ作家の『婦人に寄語す』と題する一篇を読まば、英国の如き両性の間柄厳格なる国に於いてすら、斯くの如き放言を吐きし詩家の胸奥を覗ふに足るべきなり。嗚呼不幸なるは女性かな。厭世詩家の前に優美高尚を代表すると同時に、醜穢《しうあい》なる俗界の通弁となりて其嘲罵するところとなり、其冷遇するところとなり、終生涙を飲んで寝ての夢覚めての夢に郎を思ひ郎を恨んで、遂にその愁殺するところとなるぞうたてけれ。恋人の破綻して相別れたるは双方に永久の冬夜を賦与したるが如しとバイロンは自白せり。」

読めば読むほど若い捨吉は青木が書いたものゝ中に籠る稀有な情熱に動かされた。田辺の留守宅では、捨吉は今迄のやうな玄関番としても取扱はれないやうに成つた。仮令《たとひ》僅かでも食費を入れ始めた為に、留守を預るおばあさんから玄関の次の茶の間を貸し与へられた。その四畳半で彼はこの文章を読んだ。雑誌の主筆なる吉本さんに頼んで何時かはこの文章を書いた青木といふ人に逢ひたいと思つた。その人を見たいと思つた。そしてその人の容貌や年齢や経歴を書いたものによつていろ〳〵さま〴〵に想像して見た。

十

延びよう〳〵としてもまだ延びられない、自分の内部《なか》から芽ぐんでくるもの、ために胸を圧《お》されるやうな心持で、捨吉はよく吉本さんの家の方へ翻訳の仕事を分けて貰ひに通つて行つた。その日まで彼が心に待受け、また待受けつゝあるものと、現に一歩《あし》踏出して見たこの世の中とは、何程の隔りのものとも測り知ることが出来なかつた。何時来るとも知れないやうな遠い先の方にある春。唯それを翹望《げうばう》する心から、せつせと怠らず仕度しつゝあつた彼のやうな青年に取つては、ほんたうに自分の生命の延びて行かれる日が待遠しかつた。

その心から、捨吉は自分の関係し始めた雑誌の中に青木といふ人を見つけた。その心から、捨吉は堅い地べたを破つて出て来た青木の若々しさを尊いものに思つた。青木のやうに早い春を実現し得たものはすくなくも捨吉の眼には見当らなかつた。

逢つて見た青木は、思つたよりも書生流儀な心易い調子で、初対面の捨吉を捉まへて、いきなりその時代の事を言ひ出すやうな人であつた。麹町の吉本さんの家で、例の応接間の大きなテエブルの前で、捨吉は自分の前に腰掛けながら話す四つか五つばかりも年長《としうへ》な青木を見た。男らしい眉の間に大人びた神経質の溢れて居るのを眺めたばかりでも、早くからいろいろなところを通越して来たらしいその閲歴の複雑さが思はれる。捨吉の心を引いたものは殊に青木の眼だ。その深い瞳の底には何が燃えて居るかと思はせるやうな光のある眼だ。何よりも先づ捨吉はその眼に心を傾けた。

青木と捨吉との交際はその日から始まつた。好いものでありさへすれば仮令《たとへ》いかなる人の有つて居るものでも、それを受納れるに躊躇しなかつたほど、それほど心の渇いて居た捨吉は、斯の新しい交りが展げて見せて呉れる世界の方へぐんぐん入つて行つた。曾て彼が銀座の田辺の家《うち》の方から通つて行つた数寄屋橋側の赤煉瓦の小学校の建築物《たてもの》は、青木も矢張少年時代を送つたといふその同じ校舎であることが分つて来た。姓の違ふ青木の弟といふ人と、彼とは、その学窓での遊び友達であつたことが分つて来た。あの幼い日からの記憶のある弥左衛門町の角の煙草屋が青木の母親の住む家であることも分つて来た。バイロンの『マンフレッド』に胚胎したといふ青木が処女作の劇詩は、その煙草屋の二階で書いたものであることも分つて来た。

それればかりでは無い。捨吉は自分の二人の友達にまで斯の新しい知人を見つけた喜悦《よろこび》を分けずに居られなかつた。とりあへず菅に青木を引合せた。青木と菅と捨吉との三人は、斯うして互ひに往来するやうに成つて行つた。

築地に菅を見るために、捨吉は田辺の留守宅を出た。あの友達の家へ訪ねて行くと、きまりで女の児が玄関へ顔を出す。そして捨吉を見覚えて居て、

「時ちやんのお友達。」

と呼ぶ。この女の児の呼声がもう菅の家らしかつた。

「君、祖母さんに逢つて呉れたまへ。」

と菅が言つて、それから捨吉を茶の間の横手にある部屋の方へ誘つて行つた。捨吉が友達と対ひ合つて座つて居るところから、眉の長い年とつた祖母さんを中心にしたやうな家庭の内の光景《さま》がよく見える。菅の伯母さんとか従姉妹とかいふやうな人達が、かはる〴〵茶の間を出たり入つたりして居る。さういふ多勢の女の親戚の中《うち》で、菅が皆から力と頼まる、唯一人の男性《をとこ》であるといふこともよく想像せられた。

捨吉は菅を誘つて青木の家を訪ねるつもりであつた。その時菅は高輪の学校を卒業する頃に撮つた写真を取出して、捨吉と一緒にあの学窓を偲《しの》ばうとした。四年も暮した学窓は何と言つても二人に懐かしかつた。その写真の中には、菅、足立、捨吉の外に、もう一人の学友がいづれも単衣ものに兵児帯《へこおび》を巻きつけ、書生然とした容子に撮れて居た。

菅は、膝の上に手を置き腰掛けながら写つて居る足立の姿を捨吉と一緒に見て、

「僕の家に下宿してる朝鮮の名士が、この中で一番足立君を褒めたつけ。この人は出世しさうだ、左様言つたつけ。見給へ、この写真には僕も随分面白く撮れてるぢやないか――まるで僕の容子は山賊だね。」と濃い眉を動かして笑つた。

菅が自から評して「山賊」と言つたのは、捨吉自身の写真姿の方に一層よく当嵌《あてはま》る

やうに思はれた。捨吉は友達の言葉をそのまゝ自分の上に移して、「まるでこの髪は百日鬘《ひやくにちかづら》だ」とも言ひたかつた。我ながら憂鬱な髪。じつと物を見つめて居るやうな狂《きち》人じみた眼《がひ》。長いこと沈黙に沈黙を重ねて来た自分の懊悩《あうなう》が自然とその写真にまで上《のぼ》つたかと思ふと、捨吉は自分で自分の苦んだ映像を見るさへ厭はしかつた。

菅の家へ来て見る度に、捨吉には自分とこの学友との間の家庭の空気の相違が眼についた。下町風な生活のかはりに、こゝに女の手ばかりで支へらるゝ家族的な下宿がある。アーメン嫌ひな人達のかはりに、こゝには挙《こぞ》つて基督教に帰依する一家族がある。菅の話の中には、ある女学校の舎監を勤めるといふ一人の叔母さんの噂もよく出て来る。菅の多くの従姉妹の中には東京や横浜のミッション、スクウルを既に卒業したものもあり、まだ寄宿舎の方で学んで居るものもある。菅の周囲には、これほど女が多かつた。又た基督教に縁故が深かつた。こゝでは聖書を隠して置くやうな必要が無い。ここでは人知れずさゝげる祈禱でなくて、叔母さんから子供まで一緒にする感謝である。クリスチャンとしての菅の信仰が何となく自然なのも謂《いは》れのあることだ、と捨吉は思つた。捨吉はまた、厳格な田辺のおばあさん達の許で育てられた自分と、可成大きくなるまで従姉妹と一緒に平気で寝たといふ友達との相違を思つて見た。

友達を誘つて、捨吉は一緒にその築地の家を出ようとした。

「時ちゃん、お出掛け？」

従姉妹の一人が玄関のところへ来て声を掛けた。

「あ、、青木君のところまで。」

と、菅は出掛けに答へた。多勢居る女の児はかはる〴〵玄関まで覗きに来た。高輪東禅寺の境内にある青木の寓居を指して、捨吉は菅と連立つて出掛けた。

「青木君なんかですら、西洋人の手伝ひでもしなけりや、やつて行かれないのかねえ。」

と、途中で友達に言つて見た。菅も並んで町を歩きながら、

「何だか青木君もいろ〳〵なことをやつてるやうだね。普連土《フレンド》教会で出す雑誌の編輯《へんしふ》なぞまでやつてるやうだね。」

斯ういふ友達と一緒に、捨吉は薄暗い世界を辿る気がした。若いものを恵むやうな温暖《あたゝか》い光はまだ何処からも射して来て居なかつた。ほんとに、皆な揃つて進んで行かれるやうな日は何時のことか、とさへ思はれた。

二人揃つて旧《もと》の学窓から遠くない高輪の方面へ青木を訪ねて行くといふことを楽みながら、捨吉はあの年長《としうへ》な新しい友達の複雑な閲歴なぞを想像して歩いて行つた。青木はもう世帯持だ。あの男は何もかも早い。結婚までも早い。それにしても青木等の早い結婚は、奈何な風にして結ばれたのであらう。斯く想像すると、捨吉は自分の若い心に、あの男の書いたものに発見する恋愛観——おそらく稀に見るほどの激情に富

んだ恋愛観とその早い結婚とを結びつけて考へずには居られなかつた。東禅寺の境内に入つて、いくつかある古い僧坊の一つを訪ねると、そこが青木の仕切つて借りて居る寓居だ。何となくひつそりとした部屋の内で、青木が出て来て、「僕のところでも子供が生れた。」といふところへ捨吉等は行き合せた。

「操《みさを》。」

と、青木が他の部屋の方へ細君を見に行くらしい声がする。「嘉代《かよ》さん、嘉代さん」と細君のことを親しげに呼ぶ吉本さんの家庭を見た眼で斯の青木の寓居を見ると、左様した気質に反抗するやうなものがこゝにはあつて、それがまたいぢらしく捨吉の眼に映つた。こゝでは細君も呼捨てだ、青木の細君は客のあることを聞いて、赤児と共に籠つて居た部屋の方で、いろ〳〵と気を揉むらしい気色《けはひ》がした。

「女の児が生れた――僕も初めて父親《おやぢ》と成つて見た――鶴《つる》といふ名を命《つ》けたが、奈何だらう。」

話好きな青木は菅や捨吉を前に置いて、書生流儀にいろいろなことを話し始めた。側にある刻煙草の袋を引寄せ、それを鉈豆《なたまめ》の煙管《きせる》につめて喫み〳〵話した。菅も捨吉もまだ煙草を喫まなかつた。

「菅君は好い。」

と青木が言出した。話したいと思ふことの前には、時も場合も無いかのやうに、それを言出した。

斯う三人一緒に成つて見ると、もう一人の学友——青木と幾つも年の違ひさうもないあの足立をこゝに加へたならば、と左様捨吉は思つた。平素《ふだん》から静和な感じのする菅がこゝで見ると一層その静和な感じのするばかりでなく、二人で面と対つて話して居る時にはそれほどにも気のつかないやうな人好きのする性質を、捨吉は側に居る菅に見つけ得るやうにも思つた。

「菅君は好い。」と復た青木が自分で自分の激し易く感じ易い性質を傷むかのやうに言つた。「ほんとに、僕なぞは冷汗の出るやうなことばかりやつて来た。」

「全く、菅君は好いよ。」と捨吉も言つて見た。

「何だか僕ばかりが好人物になるやうだね。」と菅が笑つた。

「なにしろ君、僕なぞは十四の年に政治演説をやるやうな少年だつたからね。」と青木は半分自分を嘲るやうに言出した。

斯の青木の話を聞いて居る中に、もう長いこと忘れて居てめつたに思出しもしなかつた捨吉自身の少年の日の記憶が引出されて行つた。曾ては捨吉の周囲にもさかんな政治熱に浮かされた幾多の青年の群があつた。彼は田辺の小父さん自身ですら熱心な改進党員の一人であつたことを思出した。鸎鳴社《あうめいしや》の機関雑誌、其他政治上の思想を喚起し皷吹《こすゐ》するやうな雑誌や小冊子が彼の手の届き易い以前の田辺の家の方にあつたことを思出した。何時の間にか彼もそれらの政治雑誌を愛読し、どうかすると「子供がそんなものを読むものでは無い、」と言つて心配して呉れる年長《としうへ》の人達のある中で、それらの人達に隠れて迄も読み耽つて、あの当事の論争が少年としての自分の胸の血潮を波打つやうにさせたことを思出した。そればかりではない、高輪の学窓に身を置いた当座まで、あの貧しいヂスレイリを羨むやうな心が、未来の政治的生涯を夢みるやうな心が自分の上に続いたことを思出した。

「青木君にも左様いふ時代があつたかなあ。」

と、捨吉は自分に言つて見て、今では全く別の道を歩いて居るやうな青木の顔を眺めた。

兎も角も産後の細君は部屋に籠つて居る時でもあり、復た出直してゆつくり来ることにして菅と捨吉の二人はあまり長いこと邪魔すまいとした。その秋鎌倉へ行つたといふ青木の話なぞを聞いて、やがて二人は辞し去らうとした。青木は鎌倉の方で得て来た詩想から、すべての秋の哀みを思つて、何かそれを適当な形に盛つて見たいと言つて居た。

「まあ、いゝぢやないか。もつと話して行つて呉れたまへ。」

と言つて青木は寺の外まで二人に随いて来た。

「狂《きちがひ》になつた女が毎晩この辺をうろ／＼する。なんでも君、貧に迫つて自分の子供を殺したんださうだ。僕はその話を按摩から聞いた……実際住んで見ると、いろ／＼なことが出て来るね……住み憂くない場所といふものは全く少いものだね……」

こんな話をしながら青木は町の角までも随いて来た。

青木に別れた後の捨吉はそのまゝ菅とも別れて直ぐに家の方へ帰りたくなかつた。長い品川の通りを札の辻の方へ歩いて、二人して何か物食ふ場所を探した。長いこと沈鬱な心境を辿り、懊悩と煩悶との月日を送つて来た捨吉には、齷齪《あくせく》とした自分を嘲り笑ひたいやうな心が起つて来た。厳粛な宗教生活を送つた人達の生涯を慕ふ傍から、自分の内部《なか》に萌して来る狂じみたものを、自ら恣にしようとして而もそれが出来ずに苦しんで居るやうなものを奈何《どう》することも出来ないやうな心が起つて来た。何か斯う酒の香気《にほひ》でも嗅いで見たら、といふ心さへ起つて来た。斯の心は捨吉を驚かした。彼はまだ一度も酒といふものを飲んで見たことが無かつたから。

斯うした初心なものゝ食慾を満たすやうな場処は、探すに造作もなかつた。ある蕎麦屋で事が足りた。

「菅君、お酒を一つ誂《あつら》へて見ようかと思ふんだが、賛成しないか。」

腰掛けても座つても飲食することの出来る気楽な部屋の片隅に、捨吉は友達と差向ひに座を占めて言つた。

「お銚子をつけますか。」

と、姉さんがそこへ来て訊いた。

「君、二人で一本なんて、そんなに飲めるかい。」

と言つて菅は笑つた。左様いふ友達はもとより盃なぞを手にしたことも無い人だ。言ひ出した捨吉はまた、何程誂へて可いかといふこともよく分らなかつた。一合の酒でも二人には多過ぎると思はれた。

捨吉は手を揉んで、

「ぢや、まあ、五勺《しやく》にしとかう。」

この捨吉の「五勺にしとかう。」がそこに居る姉さんばかりでなく、帳場の方に居るものまでも笑はせた。

五勺誂へた客は簡単に飲食されるものがそこへ運ばれて来るのを待つた。

「青木君も君、交際《つきあ》つて見るとなか〳〵面白い人だらう。」と捨吉は青木の噂をして、「この前、僕が訪ねて行つた時は女の人も来て居てね、三人であのお寺の裏の方の広い墓地へ行つて話した。その女の人は結婚の話の相談にでも来て居たらしい。断らうか、断るまいか、といふ容子をしてね。古い苔の生えた墓石に腰を掛けて、じつと考へ込んで居たあの女の人の容子が、まだ眼についてるやうだ……一体、青木君には物に関《かま》はないやうなところが有るね。あそこが僕等は面白いと思ふんだけれども……」

「兎に角、変つてるね。」

「あそこが面白いぢやないか。奇人といふ風に世の中から見られるのは可哀さうだ。誰かそんな評をしたと見えて、青木君がしきりに気にして居たつけ――『僕も奇人とは言はれたくない』ツて。」

斯様《こん》な話をして居るところへ、誂へたものが運ばれて来た。捨吉は急にかしこまつて、小さな猪口を友達の前に置いた。ぷんと香気《にほひ》のして来るやうな熱燗を注いで勧めた。一口嘗めて見たばかりの菅はもう顔を渋《しか》めてしまつた。

「生れて初めて飲んで見るか。」

と、捨吉も笑ひながら、苦い〳〵酒を含んで見た。咽喉を流れて行つた熱いやつは腸《はらわた》の底の方まで浸み渡るやうな気がした。

菅は快活に笑つて、

「青木君で僕が感心したのは――僕もあのお寺は初めてぢやないからね――ホラ、若い書生のやうな人があのお寺に居たらう。あの人が僕に話したよ。自分はもうこの世の中に用の無いやうな人間だ、青木君なればこそ自分のやうなヤクザなものを捨てないで斯うして三度の飯を分けて呉れるんだツて――ね。彼様《ああ》いふ人を世話するところが青木君だね。」

斯うした噂が尽きなかつた。

僅か一つか二つ乾した猪口で二人とも紅くなつてしまつた。

「何だか頰辺《ほつぺた》が熱《ほて》つて来たやうな気がする。」

と言つて、やがて友達と一緒に帰りかけた頃は、捨吉の心は余計に沈んでしまつた。

青木はよく引越して歩いた。高輪から麻布へ。麻布から芝の公園へ。その度に捨吉は何かしら味のある言葉を書き添へた葉書を田辺の家の方で受取つた。捨吉が日頃愛読する英吉利の詩人の書いたもの、中から、あるひは抄訳を試みたりあるひは評釈を試みたりして、それを吉本さんの雑誌に寄せる度に、青木からは友愛の情の籠つた手紙や葉書を呉れた。青木が芝の公園内へ引移る頃には短い月日の交際とも思はれないほど、捨吉は斯の年長の友達に親しみを増して行つた。

ある日、捨吉は新しい住居の方に青木を見ようとして出掛けて行つた。その時の彼は吉本さんが彼の為に心配して呉れた新規な仕事に就いて、一小報告をも齎して行つた。

早い春の陽気は復た回《めぐ》つて来て居た。温暖い雨は既に一度か二度通過ぎた後であつた。霜の溶けた跡にあらはれた土を踏んで行つて、捨吉は芝の公園内から飯倉の方へ降りようとする細い坂道のところへ出た。都会としては割合に高燥な土地に、林の中とも言ひたいほど樹木の多いところに、青木の新居を見つけた。岡の傾斜に添ふて一軒の隠れた平屋があつて、まだ枯々とした樹木の枝はどうかすると軒先に届くほど延びて来て居た。

青木は漸く自分の気に入つた家が見つかつたといふ顔付で捨吉を迎へた。狭くはあるが窓の明るい小部屋でも、古くはあるが草庵のやうな静かさを有つた屋根の下でも、皆捨吉に見せたいといふ顔付で。

「今日は君も好いところへ来て呉れた。操の奴が子供を連れて実家《さと》の方へ行つたもんだから、お婆さんと僕とでお留守さ」と青木は捨吉の前に座つて言つた。

親類のお婆さんといふ人はそこへ茶なぞを持運んで来て呉れた。

「子供が居ないと、矢張寂しいね。」

と、復た青木がそこいらを見廻しながら言つた。

心の置けない青年同士の話がそれから始まつた。逢ふ度に青木は自分の有つ世界を捨吉の前に展げて見せた。「僕はこれで真実《ほんと》に弱い人間だ、小さな虫一つ殺しても気になる。」とか、「僕には友達といふものは極く少い、しかし左様《さう》沢山な友達を欲しいとも思はない。」とか、「僕は単なる詩人でありたくない、thinker と呼ばれたい。」とか左様いふ言葉が雑談の間に混つて青木の口から引継ぎ引継ぎ出て来た。沈思そのものとでも言ひたいやうな青木は、まるで考へることを仕事にでもして居る人物のやうに捨吉の眼に映つた。

「時に、僕は吉本さんの学校の方へ、教へに行くことに成つた――ほんのお手伝ひのやうなものだがね。」

と、捨吉が言出した。

「四月から教へに行く。出来るか出来ないか知らないが、まあ僕もやつて見る。」

とも附加《つけた》した。

其時、青木は捨吉に見せたいものが有ると言つて、窓のある小部屋の方からナイトの注釈をしたシエクスピア全集を、幾冊かある大きな本を重さうに持つて来た。欲しい〳〵と思つて漸く横浜の方で探して来たとも言ひ、八円か出して手に入れたとも言ふその古本を捨吉の前に置いた。それを置きながら、

「へえ、君が教へに行くとは面白い。随分若い先生が出来たものだね。」

と、青木は戯れるやうに言つて笑つた。

小半日、青木は捨吉を引留めて、時には芸術や宗教を語り、時には苦しい世帯持の話をしたり、世に時めく人達の噂なぞもして、捨吉をして帰る時を忘れさせた。ある禅僧の語録で古本屋から見つけて来たといふ古本までも青木は取出して来て、それを捨吉に読んで聞かせた。青木は声を揚げて心ゆくばかり読んだ。

堅く閉塞《とぢふさ》がつたやうな心持を胸の底に持つた捨吉は、時には青木に随いて屋《うち》の外へ出て見た。奈何いふ人が住んだ跡か、裏の方には僅かばかりの畠を造つた地所もある。荒れるに任せたその土には早や頭を持上げる草の芽も見られる。

「ホラ、君が来て呉れた高輪の家ねえ。あそこは細君に相談なしに引越しちやつた。――あの時は酷く怒られたつけ。」

「青木君、山羊はどうしたね。麻布の家には山羊が二匹居たね。」

「あの山羊ぢやもうさん〴〵な目に逢つた。山羊は失敗さ。」

話し〳〵二人は家の周囲《まはり》を歩いて見た。

「でも、一頃から見ると温暖に成つたね。」

「もう斯の谷へはさかんに鶯が来る。」

枯々とした樹木の間から見える藪の多い浅い谷底の方はまだ冬の足迹をとゞめて居たが、谷の向ふには、薄青く煙つた空気を通して丘つゞきの地勢を成した麻布の一部が霞むやうに望まれた。藪のかげではしきりに鶯の啼く声もした。春は近づいて来て居た。

耳の遠い、腰の曲つた青木の親戚のお婆さんは夕飯を用意して捨吉を待受けて居て呉れた。味噌汁か何かの簡単な馳走でも、そこで味ふものは楽しかつた。

四月から始める新規な仕事、麹町の方にある吉本さんの学校のことなぞを胸に描きながら、捨吉は斯の青木の住居《すまひ》を出て、田辺の家の方へ戻つて行つた。青木の許《とろ》へ捨吉が齎して行つた一身上の報告は田辺のお婆さんをも悦ばせた。独りで東京の留守宅を引受けるほどのお婆さんは、六畳の茶の間を勉強部屋として捨吉に宛行《あてが》ふほどのお婆さんは、最早捨吉を子供扱ひにはしなかつた。これから捨吉が教へに行かうとする麹町の学校は高輪の浅見先生の先の細君が礎《いしずゑ》を遺して死んだその形見の事業であるといふことなぞを聞取つた後で、一語、お婆さんは捨吉の気に成るやうなことを言つた。

「女の子を教へるといふのが、あたいは少し気に入らない。」

女の子――それは捨吉に取つても長いこと触れることを好まなかつた問題だ。無関心を続けて来た問題だ――無関心はおろか、一種の軽蔑をもつて対つて来た問題だ。深い感動として残つて居た心の壁の画が捨吉の胸に喚起された。再び近づくまいと堅く心に誓つて居た繁子――坂道――日のあたつた草――意外なめぐりあひ――白い肩掛に身を包み無言のまゝ通過ぎて行つた車上の人――一切を捨吉はあり〳〵と自分の胸に喚起すことが出来た。過ぎし日の果敢なさ味気なさをつく〴〵思ひ知るやうに成つたのも、実にあの繁子からであつた。忘れようとして忘れることの出来ない羞恥《はぢ》と苦痛《くるしみ》と疑惑《うたがひ》と悲哀《かなしみ》とは青年男女の交際から起つて来た。何等の心のわだかまりも無しに、奈様《どう》して斯の捨吉がもう一度「女の子」の世界の方へ近づいて行くことが出来よう。

麹町の学校での捨吉の受持は、英語、英文学の初歩なぞであつた。届いた田辺のお婆さんが捨吉のために学校通ひの羽織、袴を用意して呉れる頃は、一度淡い春の雪も来た。小父さんは横浜の店の方から、捨吉の兄は大川端の下宿から、真勢さんはまた東京の方の勤めに戻ることに成つたといふ大勝のお店《たな》から、いづれも問屋廻りや用達の序に稀《たま》に見廻りに来る位のもので、其他はしんかんとした留守宅の庭も、庭の樹木も、一度あの白い綿のやうな雪で埋められたかと思ふと、一晩のうちにそれが溶けて行つて、新しい生命の芽が余計にその後へあらはれて来た。おツつけもうその庭も花と若葉の世界に変らうとして居た時だ。時々屋根の上を通過ぎる温暖《あたゝか》い雨の音を聞きながら、捨吉は四月の来るのを待つた。

十一

四月が来た。しばらく聞かなかつた学校らしい鐘の音が復た捨吉の耳に響いて来た。初めて見る教員室の前から、二階の教室の方へ通ふ階段の下あたりへかけて、長い廊下の間は思ひ〳〵に娘らしい髪を束ね競つて新しい教育を受けようとして居るやうな生徒等の爽かな生気で満たされた。その中には教師としての捨吉と同年配ぐらゐな生徒があるばかりでなく、どうかすると年長《としうへ》に見える生徒すらもあつた。彼は早や右からも左からも集つて来る沢山な若い人達に囲繞《とりま》かれた。

そこが麹町の学校だ。相変らず捨吉は黙し勝ちに、知らない人達の中へ入つて行つた。中庭に面した教員室で、彼は男女の教師仲間に紹介された。すこし癖はあるが長めにした光沢《つや》の好い頭髪《かみ》を関はず掻揚げて居るやうな男の教師の前へも行つて立つた。

「岡見君です。」

と吉本さんが捨吉に紹介した。

この人が青木と並んで、吉本さんの雑誌にさかんに特色のある文章を書いて居る岡見だ。初めて逢つた岡見には、良家《りやうか》に生れた人でなければ見られないやうな慇懃で鷹揚な神経質があつた。岡見は青木よりも更に年長らしいが、でもまだ若々しく、直ぐにも親しめさうな人のやうに捨吉の眼に映つた。

捨吉は田辺の留守宅から牛込の方に見つけた下宿に移つた。麹町の学校へ通ふには、恩人の家からではすこし遠過ぎたので。それに田辺の姉さんは横浜の店の方から激しく働いた身《からだ》を休めに帰つて来て居たし、お婆さんの側には国許から呼び迎へられた田辺の親戚の娘も来て掛つて居たし、留守宅とは言つても可成賑かで、必ずしも捨吉の玄関番を要しなかつたから。

牛込の下宿は坂になつた閑静な町の中途にあつて、吉本さんと親しい交りのあるといふある市会議員の細君の手で経営せられて居た。この細君は吉本さん崇拝と言つても可いほどあの先輩に心服して居る婦人の一人であつた。随つてその下宿にも親切に基いた一種の主義があつて、普通の下宿から見るといくらか窮屈ではあつたが——例へば知らないもの同志互ひに同じ食卓に集るといふごとき——しかし慣れて見れば割合に楽しく暮すことが出来た。そこには庭伝ひに往来することの出来るいくつかの離れた座敷もあつた。貧しくて若い捨吉は、あだかも古巣を離れた小鳥のやうに恩人の家から離れて来て、初めてそこに小さいながらも自分の巣を見つけた。彼が自分を延ばして行くといふことの為には、先ず糊口《くちすぎ》から考へて掛らねば成らなかつた。そのためには僅かな学問を資本《もとで》にして、多くの他の青年がまだ親がゝりで専心に勉強して居るやうな年頃から、田辺のお婆さんの言ふ「女の子」を教へに行くやうな辛い思を忍ばなければ成らなかつた。

しかし沈んだ心の底に燃える学芸の愛慕は捨吉をして斯うした一切のことを忘れさせた。彼は自分の力に出来るだけのことをして、その傍ら独りで学ばうと志した。そのためには年長の生徒でも何でも畏れず臆せず教へようとした。教へる相手の生徒がいづれも若い女であるとは言へ、それが何だ、と彼は思つた。彼は何物にも煩はされることなしに、踏出した一筋の細道を辿り進まうと願つて居た。

牛込の下宿から麹町の学校までは、歩いて通ふに丁度好いほどの距離にあつた。崩壊された見付の跡らしい古い石垣に添ふて、濠の土手の上に登ると、芝草の間に長く続いた小径が見出される。その小径は捨吉の好きな通路であつた。そこには楽しい松の樹蔭が多かつた。小高い位置にある城郭の名残から濠を越して向ふに見える樹木の多い市谷の地勢の眺望は一層その通路を楽しくした。あわただしい春のあゆみは早や花より若葉へと急ぎつゝある時だつた。捨吉は眼前《めのまへ》に望み見る若葉の世界をやがて自分の心の景色として眺めながら歩いて行くことも出来るやうな気がした。そこに青木がある、こゝに菅がある、足立がある、と数へることが出来た。吉本さんに紹介された岡見といふやうな人まで、彼の眼界にあらはれて来た。一日は一日より狭い彼の心が押しひろげられて行くやうにも感じられた。

その土手の上の小径で、捨吉は自分の通つて行く麹町の学校を胸に描いて見ることもあつた。彼は吉本さんの雑誌を通して、略《ほゞ》あの学校を自分の胸に浮べることが出来るやうに思つた。雑誌の中に出て来ることも、いろ〳〵だ。一方にプロテスタントの精神の鼓吹があり、一方に暗い中世紀の武道といふやうなものゝ紹介がある。一方に矯風と慈善の事業が説きすゝめられ、孤児と白痴の教育や救済が叫ばれて居るかと思へば、一方にはまた眼前の事象に相関《あひくわん》しないやうな高踏的な文字が並べられて居る。丁度あの雑誌の中に現はれて居たものは、そのまゝ学校の方にも宛嵌《あては》めて見ることが出来た。斯うした意気込の強い、雑駁な学問の空気の中が、捨吉の胸に浮んで来る麹町の学校だつた。すべてが試みだ。そして、それがまた当時に於ける最も進んだ女の学問する場所の一つであつた。およそ女性の改善と発達とに益があると思はれるやうなことなら、仮令《たとへ》いかなる時代といかなる国との産物とを問はず、それを実際の教育に試みようとして居ることが想像せられた。

麹町の方まで歩いて、ある静かな町の角へ出ると、古い屋敷跡を改築したやうな建築物《たてもの》がある。その建築物の往来に接した部分は幾棟かに仕切られて、雑貨を鬻《ひさ》ぐ店がそこにある。角には酒屋もある。店と店の間に挾まれて硝子戸の嵌つた雑誌社がある。吉本さんの雑誌はそこで発行されて居る。斯うした町つゞきの外郭の建築物は内部に隠れたものを囲繞《とりま》きながら、あだかも全体の設計としての一部を形造つて居るやうに見える。二つある門の一つを潜つて内側の昇降口のところへ行くと、女の小使が来て捨吉に上草履を勧めて呉れる。その屋根の下に、捨吉は新参でしかも最も年少な教師としての自分を見つけたのであつた。

時間の都合で、捨吉は独り教員室に居残るやうな折もあつた。左様いふ折には、彼はあちこちと室内を歩き廻つて見た。硝子窓に近く行くと、静かな中庭が直ぐその窓の外にある。中庭を隔てて平屋造りの寄宿舎の廊下が見える。その廊下に接して、住宅風な一棟の西洋館の窓も見える。硝子越しに映る濃い海老茶色の窓掛も何となく女の人の住む深い窓らしかつた。

吉本さんの蔵書の一部も教員室の内を飾つて居た。捨吉はその書棚の前へも行つて立つて見た。あの先輩の好みでかずかずの著者の名を集めた書籍の中には、古びた紙表紙の五巻ばかりの洋書も並べてあつた。

「ラスキンが出て来た。」

と捨吉は思ひがけないものをその書棚に見つけたやうに言つて見た。種々な経営にいそがしいあの吉本さんにも、斯うした『モダアン、ペインタアス』なぞを繙《ひもと》かうとした静かな時があつたであらうかと想像して見た。

装飾としても好ましい、古く手摺れて反つて雅致のある色彩を集めた書棚の前を往つたり来たりして見る序《ついで》に、捨吉は教員室の入口に近い壁のところへも行つて立つて見た。その壁の上には、丁度立つて眺めるに好いほどの位置に、学年の終ごとに撮つたらしい職員生徒一同の写真の額が並べて掛けてあつた。捨吉が受持の二組ばかりの生徒はその学校の普通科を卒《を》へたものばかりで、いづれも普通科卒業の記念の写真の中に見出すことが出来た。彼はよく壁に掛つた額の前に立つて、若草のやうな人達の面影に眺め入つた。

一学期も終らうとする頃までには捨吉は大分自分の新しい周囲に慣れて来た。ある日曜に、彼は田辺の家の人達を見に行かないで、麹町の方で時を送らうとして居た。

学校から左程遠くない位置にある会堂へ行つて腰掛けた。

曾て空虚《うつろ》のやうに捨吉の眼に映つた天井の下、正面にアーチの形を描いた白壁、十字を彫刻《ほりきざ》んだ木製の説教台、厚い新旧約全書の金縁の光輝《ひかり》、それらのものがもう一度彼の眼にあつた。復た彼は会堂の空気に親まうとして、教会員としての籍を高輪から麹町に移したが、しかし吉本さんの家族や雑誌社の連中を除いてはその教会での馴染も極く薄かつた。彼は会堂風な高い窓に近い席の一つを択んで後の方に黙然と腰掛けた。いくつとなく眼前《めのまへ》に置並べてある長い腰掛の並行した線は過去つた高輪教会時代の記憶を、あの牧師としての浅見先生の前に立つて信徒として守るべく箇条を読み聞かせられた受洗の日の記憶を、彼の胸に喚起した。

二つある扉《とびら》の入口から男女の信徒等が詰掛けて来た。その中に混つて三四人の女学生が連立つて入つて来た。見ると捨吉が教へて居る生徒だ。名高い牧師の説教に後れまいとして急いで来たらしいその容子や、向ふの腰掛と腰掛の間を人に会釈しつゝ、婦人席の方へ通らうとする改つたやうなその顔付は、捨吉の居るところからよく見えた。数ある若い人の中でも、語学の稽古を受けに来た最初の日からがつしりとした体格と力のある額つきの眼についた磯子《いそこ》といふ生徒が歩いて行つた。その後から、あだかも姉に添ふ妹のやうにして静かに歩いて行つたのが勝子といふ生徒だ。

勝子は二つある組の下級の生徒で、磯子よりは年少らしいが、でも捨吉と同じくらゐの年頃に見えた。処女のさかりを思はせるやうなその束ねた髪と、柔かでしかも豊かな肩のあたりの後姿とは、言ひあらはしがたい女らしさを彼女に与へた。一学期の間の成績から押して見ると、いかなる学課も人に劣るまいとするやうな気象の勝つた生徒ではないらしかつた。どちらかと言へば学問は出来ない方だ。女としての末頼母しさと、無器用とが、彼女には殆んど同時にあつた。

　斯の生徒等は会堂にある風琴の近くに席を占めて、思ひ思ひに短い黙禱をさゝげて居た。やがて聖書翻訳の大事業に与つて力があると言はれて居るその教会の牧師が説教台のところへ進んで来た。訳した人によつて、訳された聖書が読まれる頃は、会堂の内は聴衆で一ぱいに成つた。勝子等はもう捨吉の居る所から見えなかつた。あの旧《もと》の高輪の学窓のチャペルで、夏期学校で、あるひは其他の説教の会で、捨吉には既に親しみのある半分吃《ども》つたやうな声がポツリ〳〵と牧師の口から泄《も》れて来た。

　しばらく捨吉は一切を忘れて窓際に腰掛けて居た。蠅の比喩《たとへ》なぞが牧師によつて説出された。薄暗い夕暮時の窓の光をめがけては飛びかふ小さな虫の想像。無限に対する人生の帰趣。説教は次第に高調に達して行つた。それを聞いて居ると、捨吉の心は捉《つかま》へどころの無いやうな牧師の言葉の方へ行つたり、自分の想像する世界の方へ行つたりした。捨吉に言はせると、彼自身の若い信仰は詩と宗教の幼稚な心持の混じ合つたやうなもので、大人の徹した信仰の境地からは遠いものだつた。彼の基督はあまりに詩的な人格の幻影で、そこが彼自身にも物足りなかつた。

丁度その日曜は聖餐の日に当つて居た。骨の折れた説教の後で、葡萄酒を盛つた銀のコップ、食麵麭《しよくパン》の片《きれ》を容れた皿が、信徒等の間にあちこちと持廻られた、葡萄酒はやがて基督の血、麵麭はやがて基督の肉だ。食堂の内でのこの小さな食事は楽しかつた。捨吉は執事らしい人から銀のコップを受取つて、一口飲んだやつを隣の人に渡すと、隣の人はゴク〳〵と音をさせて、さも甘《うま》さうにそのコップから飲んだ。

斯うした静かな天井の下で、極りのやうな集金の声を聞くほど夢を破られる心持を起させるものは無かつた。集りの終る頃には、捨吉は人よりも先に会堂の前の石段を下りた。十字架を高く置いた屋根の見える町の外へ出て、日に〳〵濃くなつて行く青葉の息を呼吸した。

「岸本さん、お寄りになりませんか。」

と言つて声を掛けた人があつた。会堂から出て来た吉本さんの雑誌社の連中の一人だ。説教を聴き聖餐を共にした男女の信徒は思ひ〳〵に町を帰つて行く時だつた。捨吉を誘つた人は榊《さかき》と言つて、一二度田辺の家の方へ手紙を寄して呉れたこともあつた。牛込の下宿を経営する市会議員夫婦と言ひ、この榊と言ひ、吉本さん贔顧《びいき》の人達がいろいろな方面に多いことは捨吉にも想像がついた。榊はまた子分が親分に対するやうな濃厚な心をもつてあの先輩に信頼して居た。連立つて話し〳〵雑誌社まで歩いて行くうちにも、捨吉は全く自分と生立ちを異にして居るやうなこの榊から吉本さんの周囲にあるいろ〳〵な人のことを聞知ることが出来た。岡見が伝馬町の自宅の方から雑誌社の隣家に来て寝泊りするほど熱心に今では麴町の学校の事業《しごと》を助けて居ること、その岡見が別に小さな雑誌をも出して居ること、岡見に好い弟があり妹があること、岡見の弟の友達に市川といふ青年のあること、それらの人達の噂が榊の口から出て来た。

「岸本さんや市川さんのことを思ふと、ほんとに貴方がたの延びて被入《いら》つしやるのが眼に見えるやうです。」

など、榊は言つて居た。

雑誌社も日曜でひつそりとして居た。そこに身を寄せて貧しさを友として居るやうな榊は社内のある一室へ捨吉を案内した。岡見が別に出して居るといふ小さな雑誌なぞをも取出して見せた。その中に捨吉は市川の書いたものを見つけて、延びよう延びようとする新しい心の芽がそんなところにも頭を持上げて居ることを知つた。

雑誌社の二階から隣家へかけては、吉本さんに縁故のある、あるひは学校に関係のある、種々《いろ〳〵》な人が住むらしかつた。ゴトゴト梯子段を降りて来る音をさせて、二階から榊の部屋へ日曜らしい話を持寄る一人の学生もあつた。岡見が学校で受持つ武道科の噂につゞいて、薙刀《なぎなた》の稽古にまで熱心な性質をあらはすといふ磯子の噂が榊とその学生との間に出た。塀一つ隔てた学校の内部《なか》の方のことは手に取るやうに斯の雑誌社まで伝つて来て居た。それに斯の人達は学校の食堂で賄つて貰つて、三度々々食事のために通つて居たから、教師としての捨吉が知らないやうなことをも知つて居た。

「お磯さんといふ人は確かに将に将たる器でせうね。」

人物評の好きな連中はそこまで話を持つて行かなければ承知しないらしかつた。捨吉は黙つて自分の教へる若い人達の噂を聞いて居た。そのうちに勝子の名が出て来た。

「安井お勝さん——あの人も好い生徒ださうですね。」

とその学生が榊に言つた。それを聞いた時は、思はず捨吉は紅くなつた。

不思議な変化が捨吉の内部に起つて来た。その年の暑中休暇を捨吉は主に鎌倉の方で暮したが、未だ曾て経験したことも無いほどの寂しい思をした。その一夏の間、僅かに彼の心を慰めたものは、鎌倉でしば〳〵岡見を見たことだ。鎌倉にある岡見の隠《かく》れ栖《が》は小さな別荘といふよりも寧ろ瀟洒《せうしや》な草庵の感じに近かつた。そこへ岡見は妹の涼子を連れて来て居た。捨吉は言ひあらはし難い自分の心持を制《おさ》へようとして、さかんな蛙《かはづ》の声が聞えて来るやうな鎌倉のある農家の一間で、岡見が編輯する小さな雑誌の秋季附録のために一つの文章をも書いた。

柔々《よわ〳〵》しくはあるが、それだけまた賢さうな眼付をした、好い妹を有つ岡見を羨みながら、捨吉は牛込の下宿の方へ帰つて行つた。自分に妹の一人もあつたら。斯の考へは捨吉を驚かした。五人ある姉弟の中での一番末の弟に生れた彼は、つひぞ妹を欲しいといふやうなことを胸に浮べた例《ためし》も無かつたから。

丁度捨吉が下宿の前あたりまで帰つて行くと、静かな坂道の上の方から急ぎ足に降りて来る一人の若い婦人に逢つた。麹町の学校の卒業生の一人だ。吉本さんの住居や学校の方で二三度捨吉も見かけたことのある、稀《まれ》な眸の清しさと成熟したすがたに釣合つた高い身長《みのたけ》とを有つた婦人だ。斯の婦人も捨吉と同じ下宿をさして急いで来た。一目見たばかりで、捨吉は斯の若い立派な婦人が何を急いで居るかを知つた。婚約のある情人を訪れようとして息をはずませながら、しかも優婉《しとやか》さを失はずにやつて来たやうな斯の婦人を見たことは何を見たにも勝つて、沈んだ思を捨吉に与へた。

堪へがたい寂しさは下宿の離れ座敷へも襲つて来た。しかし捨吉は左様した心持から紛れるやうな方法を見つけようともしなかつた。独りでその寂しさを耐《こら》へようとした。四月以来起きたり臥たりした自分の小座敷をあちこちと歩いて見ると、あの可憐なオフェリアの歌なぞが胸に浮んで来る。内部《なか》から内部からと渦巻き溢れて来るやうな力は左様した歌の文句にでも自分の情緒を寄せずには居られなかつた。長いこと最初の一節しか覚えられなかつたあの歌の全部を、捨吉は一息に覚えてしまつた。

"How should I your true love know
    From another one ?
By his cockle hat and staff,
    And his sandal shoon.

He is dead and gone, lady,
    He is dead and gone ;
At his head a green grass turf,
    And his heels a stone.

White his shroud as the mountain snow,
    Larded with sweet flowers ;
Which bewept to the grave did go,
    With true love showers."

右訳歌

「いづれを君が恋人と
わきて知るべきすべやある。
貝の冠《かむり》と、つく杖と、
はける靴とぞしるしなる。

かれは死にけり、我ひめよ、
かれはよみぢへ立ちにけり、
かしらの方の苔を見よ、
あしの方には石立てり。

柩《ひつぎ》をおほふきぬの色は
高ねの花と見まがひぬ。
涙やどせる花の環は
ぬれたるまゝに葬りぬ。」

(『面影』の訳より)

捨吉が口唇を衝いて出て来るものは、朝晩の心やりとしてよく口吟《くちずさ》んで見た聖い讃美歌でなくて斯うした可憐な娘の歌に変つて来た。

鎌倉の方で聞いて来たさかんな蛙の声はまだ耳の底にあつた。あの終宵《よつぴて》伴侶《つれ》を呼ぶやうな、耳についた声は、怪しく胸騒ぎのするまで捨吉の心を憂鬱にした。

ある日、捨吉は麴町の学校から下宿へ戻つて来た。彼は自分の部屋の畳へ額を押宛てるやうにして、独りで神の前に跪《ひざまづ》いた。

捨吉が幼い心の底にある神とは、多くの牧師や伝道者によつて説かるゝ父と子と精霊の三位を一体としたやうなものでは無かつた。神は知らざるところなく、能《あた》はざるところなく、宇宙を創造し摂理を左右して余りあるほどの大きな力の発現であるとは言へ、左様した神の本質は先入主となつた極く幼稚な知識から言へるのみで、捨吉の心の底にあつた信仰の対象は必ずしも基督の身に実際に体現せられ、基督の人格に合致したやうなものではなかつた。有体に言へば、エホバの神とはあの三十代で十字架にかゝつたといふ基督よりももつと老年で、年の頃およそ五十ぐらゐで、親しい先生のやうでもあれば可畏《こは》いお父さんのやうでもある肉体を具へた神であつた。半分は人で、そして半分は神であるやうな斯の心像《しんざう》に、捨吉は旧約的な人物に想像せらるゝやうな風貌を賦与《つけくは》へて居た。例へば、アブラハムの素朴、モオゼの厳粛。斯のエホバの神が長いこと捨吉の心の底に住んで居たと聞いたら、笑ふ人もあるだらうか。実際、他界《あのよ》のことにかけては、捨吉は少年時代からの先入主となつた単純な物の考へ方に支配されて居て、まるで子供のやうにその日まで暮して来たのであつた。隠れたところをも見るといふ斯の神の前に捨吉は跪いた。おごそかなエホバの神のかはりに、自分の生徒の姿が瞑《つぶ》つた眼前にあらはれて来た。若々しい血潮のさして来て居るその頰。かゞやいたその眸《ひとみ》。白い、処女らしいその手。

「主よ、こゝにあなたの小さな僕《しもべ》が居ります。」

祈らうとしても、妙に祈れなかつた。

涙ぐましい夕方が来た。捨吉は独りで自分の部屋を歩いて、勝子の名を呼んで見た。彼は自分の内部《なか》に眼をさましたやうな怪しい情熱が何処へ自分を連れて行くのかと思つた。言ひあらはし難い恐怖をさへ感じて来た。浮いた心からとも自分ながら思はれなかつた。

例の牛込見付から市ケ谷の方へ土手の上の長い小径を通つて麴町の学校まで歩いて行つて見ると、寄宿舎から講堂の方へ通ふ廊下のところで、ノオト、ブックを手にした二三の生徒の行過ぎるのが眼についた。その一人は勝子と同姓だつた。何処か容貌にも似通つたところがあつた。勝子に見られない紅い林檎のやうな頰がその人にあつて、どうかするとその頰から受ける感じは粗野に近いほどのものであつたが、それだけ地方から出て来た生地のまゝの特色を多分に有つて居た。その生徒と勝子とは縁つゞきででもあるのか、それとも地方によくある同姓の家族からでも来て居るのか、と捨吉は想像した。勝子に縁故のあることは、奈様《どん》なことでも捨吉の注意を引かずには居なかつた。

黙つて秘密を胸の底に隠さうとし、誰にもそれを見あらはされまいとし、仮令《たとへ》幾晩となく眠られない夜が続きに続いて彼の小さな魂を揺するやうにしても、頑な捨吉は独りで耐へられるだけ耐へようとした。その心で、彼は自分の教場へも出て行つた。下上の組の生徒の中でも、殊に磯子が彼の注意を引いた。それはあの生徒が熱心で、下読でも何でもよくして来て、多勢の中でも好く出来るといふばかりでなく、日頃勝子の親しい友達であるからであつた。

下の組の生徒の中には語学の稽古の後で、思ひ〳〵に作つた文章を捨吉のところへ持つて来るものも有つた。さすがに若い人達は自分等の書いたものを羞ぢるやうにして、躊躇がちにそれを取出した。

「先生。」

と呼び掛ける声がした。丁度捨吉は教場を出て二歩《ふたあし》三歩《みあし》階下《した》の方へ行きかけたところであつた。其時捨吉は、近く来た勝子から彼女の用意した文章をも受取つて、黙つて階段を降りた。彼女は何事《なんに》も知らなかつた。

「岸本君――君に宛てゝ書く斯の手紙を牛込の宿で受取つて呉れたまへ。声のない哀みを湛へた君の此頃に心を引かれないものが有らうか。君の周囲にあるものは何事《なんに》も知らないものばかりだと君は思ふか。すくなくも左様した君の心持に対して涙をそゝぐものが今斯の短い手紙を送る。」

斯ういふ意味の手紙を捨吉が受取つたのは、新しい学期の始まつてから二月《ふたつき》近い心の戦ひを続けた後《のち》であつた。その手紙を岡見が伝馬町の自宅の方から書いて寄して呉れた。捨吉はそれを見てびつくりした。誰にも打開けたことの無い自分の悩ましい心持が、神より外に誰も知るもの、無いと思つた自分の胸の底の底に住み初めた秘密が、岡見の手紙の中に明かに書いてある。

「こひすてふ
わが名はまだき
立ちにけり、
人知れずこそ
思ひそめしか。」

古い死んだ歌の言葉が其時捨吉の胸に活きて来た。あの時を経て無意味になるほど磨滅《すりへら》されたやうな言葉の陰に、それを歌つた昔の人の隠された多くの心持がしみ〴〵と忍ばれて来た。あの歌は必ずしも彼の場合に宛嵌るとは思はれなかつたが、すくなくも幼い心に於いて一致して居た。彼はそこに自分の姿を見た。その姿は早や人目につくほど包み切れないものと成つたかとさへ思はれた。

しかし同情の籠つた岡見の手紙は、一旦は捨吉をびつくりさせたが、それを寄して呉れた岡見の心情を考へさせた。何故岡見がその一夏の間鎌倉の禅堂に通ふほどの思をし、何故あれほど身を苦しめ、何故あれほど涙の多い文章を書き、何故また自分のところへ斯うした慰めの言葉を送つて呉れたか。勝子に向つて開《ひら》けた捨吉の眼は、岡見の為ることを読むやうに成つた。それればかりではない。捨吉はその眼を青木にも向けた。何といふ矛盾だらう、世に盲目と言はれて居るものが、あべこべに捨吉の眼を開けて呉れたとは。そして今迄見ることの出来なかつたやうな隠れた物の奥を見せて呉れるとは。

暗いところにある愛のたましひはしきりに物を探しはじめた。彼は自分の身の周囲にある年長の友達や先輩ばかりでなく、ずつと遠い昔に歌集や随筆を遺して行つた徳の高い僧侶《ばうさん》の生涯なぞを考へ、誰でも一度は通過《とほりこ》さねば成らないやうな女性に対する情熱をそれらの人達の若い時に結び着けて想像し、あの文覚上人《もんがくしやうにん》のやうな男性的な性格の人の胸に懸けられたといふ婦人の画像を想像し、それからまた閑寂を一生の友としたあの芭蕉のやうな詩人の書き遺したものにも隠れた情熱の香気のあることを想像し、どうかするとその想像を香油《にほひあぶら》で基督の足を洗つたといふ新約全書の中の婦人にまで持つて行つた。

岡見を見ようとして捨吉は牛込の下宿から出掛けて行つた。岡見から寄して呉れた手紙の返事を書くかはりに、直接に訪ねて行かうと思つたので。この訪問は捨吉に特別な心持を有たせた。岡見の訪ねにくいのは、あの手紙の返事の書きにくいのと変らなかつた。

黒い土蔵造りの問屋の並んだ日本橋伝馬町辺の町中に、岡見のやうな人の生れた家を探すことは捨吉にめづらしく思はれた。大勝の御店《おたな》により、石町《こくちやう》の御隠居の本店《ほんだな》により、其他大勝一族《いちまき》の軒を並べた店々により、あの辺の町の空気は捨吉に親しいものであつた。ある町の角まで行くと、そこに岡見とした紺の暖簾を見つけた。奥深い店の入口から土蔵の方へ鰹節の荷を運ぶ男なぞが眼につく。その横手に別に木戸がある。捨吉はその木戸の前に立つて鈴《ベル》を押した。

麹町の学校や鎌倉の別荘に岡見を見た眼で、その時女中に案内された茶の間や数寄を凝した狭い庭先を見ると、何となく捨吉は岡見の全景を見たやうな気がした。そこには伝馬町あたりの町中とも思はれないほどの静かさがある。その静かさの中に、遽《には》かに親しみを加へたやうな岡見の笑顔を見つけた。

「妹も鎌倉から帰つて来て居ます。よく君のお噂が出ます。」

左様《さう》いふ調子からして江戸ツ子らしかつた。岡見はもう何もかも呑込んで居るといふ顔付で、時々高い声を出して快活に笑つたが、でも顔の色は蒼ざめて見えた。

奥の座敷の方から涼子が復習《さら》ふらしく聞えて来る琴の音《ね》は余計にその茶の間を静かにした。吉本さんの噂が出た。あの先輩の周囲にあるものが必ずしも雑誌社の連中のやうな崇拝家ばかりで無いことが、岡見の口吻《くちぶり》で察せられた。のみならず、下手な吉本さん贔屓の多いことが、心あるものに一種の反感をさへ引起させた。斯ういふことを岡見は眼中に置かない訳にはいかなかつたらしい。何と言つても吉本さんは時代の寵児の一人《いちにん》で、それに岡見は接近し過ぎるほどあの先輩に接近して居たから。もと〳〵あの先輩に岡見を近づけたのも、任侠を重んずる江戸ツ子の熱い血からであつたらうが。

斯うした複雑な、蔭日向のある、人と人との戦ひの多い、大人の世界の方へ何時の間にか捨吉も出て来たやうな気がした。麹町の学校の方の噂につれて岡見の話は捨吉が待受けて行つたやうな人の噂に触れて行つた。

「お勝さんか。」と岡見が言つた。「なか〳〵性質《たち》の好い人ですよ。ふつくりと出来たやうな人ですが、あれでなか〳〵しつかりとしたところがあります。」

其時、年長《としうへ》の岡見が正面《まとも》に捨吉を見た眼には心の顔を合せたやうなマブしさがあつた。捨吉は何とも答へやうが無かつた。

「駄目です、あんな気の弱い人は。」

とかなんとか言ひ紛らはさうとしたが、思はず若い時の血潮が自分の頬に上つて来るのを感じた。それぎり岡見は勝子のことも言出さなかつた。しかし雑談の間に混つて出て来たその短い噂だけで捨吉には沢山だつた。捨吉はまだ誰にも話さずにあることを斯の岡見に引出された。親しい学友同志の間にすら感じられないやうな深い交渉が、一息にそこから始まつて来たやうな気もした。鎌倉以来二人の間の話題に上るやうに成つた市川の噂が、その日も出た。捨吉はまだ市川を知らなかつた。岡見が出して居る小さな雑誌の秋季附録で一緒に書いたものを並べたに過ぎなかつた。

「市川君といふ人には是非一度逢つて見たい。」

「なんなら、私の方から御紹介しませう。ついこの近くです。本船町《ほんふなちやう》に居ます。こいつがまた、なか〳〵常道を踏まない奴なんです。」

市川の話になると、岡見は我を忘れて膝を乗出すやうなところがあつた。それほど岡見はあの人を贔顧にして居た。

「でも、本船町あたりに面白い人が出来たものですね。」と捨吉が言つた。

「市川君のラヴの話といふのが実に変つてる。面白いことを言出すからね。『僕のラヴァはもう死んで、この世には居ない、』なんて。左様かと思ふと、何時の間にかそいつがまだ生きて居る――私はよく弟にさう言ふんです。市川といふ男は、あれは点火《つけび》をして歩く奴だ。どうも彼《あ》の男は諸方《ほうぐ》へ火を点けて歩いて困る。」

斯う話し聞かせる岡見は、人の心に火を点けて歩くといふ若者の様子を手真似にまでして見せて、笑つた。

捨吉がまだ市川を知らないやうに、岡見はまだ青木を知らなかつた。捨吉は岡見に青木を紹介することを約した。「そのうち弟にも逢つてやつて下さい、」と岡見が言つた。岡見には清之助といふ弟があつて、市川と同じやうに斯の下町から高等学校へ通つて居るとのことであつた。

岡見の家を出て、少年の時からの記憶の多い下町の空気の中を牛込の方へ帰つて行く頃には、いろ〳〵捨吉の胸に思当ることがあつた。岡見の話のはじで、あの涼子こそ、捨吉には未知の友ではあるが鎌倉以来よく噂の出る市川の意中の人であると分つて来た。静かな茶の間で聞いて来た琴の音はまだ捨吉の耳について居た。あの音が涼子を語つた。涼子は何処か大勝の娘に共通したところのある細腰で繊柔《きやしや》な下町風の娘で、岡見のやうな兄の心持もよく解るほどの敏感な性質を見せて居た。それに涼子は一頃麹町の学校へも通つたことがあるとかで、磯子とは親しく、勝子をもよく知つて居るといふことが、他人で無いやうな懐かしみを捨吉に有たせた。捨吉は市川を知る前に、先づ涼子の方を知つた。その意味から言つても、あの怜悧な娘が択んだ未知の青年に逢ひたかつた。

下宿へ戻つて見ると、岡見に逢つて話して来たことが一層勝子に対する捨吉の恋の意識を深くさせた。勝子はもう捨吉の内にも外にも居るやうに成つた。どうかすると、彼女の大きく見開いたやうな女らしい眼が彼の身に近く来る。時には姉さんらしい温みのある表情で。時にあまえる妹のやうな娘らしさで。

しかし捨吉は教師だ。そして勝子は生徒だ。それを思ふと苦しかつた。岡見の口吻で見ると、磯子の組の生徒の中には教師としての捨吉を見つめて居るやうな可成冷い鋭い眼が光つて居る。その眼が先づ捨吉の秘密を看破つたとある。そればかりではない、学校の職員の中には教員室である年若な生徒の手を握つたとかいふものがあつて、それが年頃の生徒仲間に可成な評判として伝はつて居る。捨吉は人を教へるといふ勤めの辛さを味つた。どうかして自分の熱い切ない情《こゝろ》を勝子に伝へたいとは思つても、それを伝へようと思へば思ふほど、余計に自分を制《おさ》へてしまつた。

彼は勝子の生立ちに就き、彼女の親達に就き、兄弟に就き、知りたいと思ふかず／＼のことを有つて居た。彼女が麹町の学校の近くから通つて来ることを伝へ聞いたのみで、まだ彼は勝子の住む家をすら突留める事が出来なかつた。手がかりとても少なかつた。稀《たま》に左様した機会を捉へ得るやうなことがあつても、幼い心の彼はそれを摑まない前に最早《もう》自分の顔を紅めた。

眠りがたい夜が続いた。どうかすると二晩も三晩も全く眠らなかつた。例の小座敷に置いた机の上には、生徒から預つた作文が載せてあつた。その中には最近に勝子の書いた文章も入つて居た。読んで見ると面白くもをかしくもない文章が何事《なんに》も知らない鳩のやうな胸から唯やすらかに流れて来て居る。捨吉はその作文が真赤になるほど朱で直して見て、独りで黙つて居る心を耐《こら》へた。

俄《には》かに友達同志の交遊が拡がつて来た。青木からの葉書で、岡見を紹介された喜びを述べて、同君を待受けるのは近頃愉快な事の一つだと、捨吉のところへ言つて寄した。岡見が芝の公園に青木を訪ねる頃には、それと相前後して捨吉は本船町に市川を訪ねて行つた。

荒布橋《あらめばし》から江戸橋へかけて、隅田川に通ずる掘割の水があだかも荷船の碇泊処の趣を成して居る一区画。そこは捨吉が高輪の学校時代の記憶から引離して考へられないほど旧い馴染の場処だ。よく捨吉《きつ》は田辺の小父さんの家から旧《もと》の学窓の方へ歩いて帰らうとして、そこまで来ると必と足を休めたものだ。何時眺めて通つても飽きることを知らなかつたあのごちやごちやと入組んだ一区画から程遠からぬ町の中に、市川の家があつた。

「市川君は斯様なところに住んでるのか。」

それを思つたばかりでも、下町育ちの捨吉には特別の懐しみがあつた。

「仙ちやんのお客さま。」

といふ声が店先でして、やがて捨吉を案内して呉れる小僧がある。薬種《やくしゆ》を並べた店の横手から細い路地について奥の方へ入つて行くと、母屋の奥座敷から勝手口までが見える。捨吉はその路地のところで市川の姉さんらしい人の挨拶するのに逢つた。母屋から離れた路地の突当りの裏二階に市川の勉強部屋があつた。

岡見を通し、書いたものを通し、既に相識《しりあひ》の間柄のやうな市川は極く打解けた調子で捨吉を迎へて呉れた。この人は捨吉の周囲にある友達の誰よりも若かつた。町のひゞきも聞えないほど奥まつた二階の部屋で、広い額の何より先づ眼につく市川の前に座つて見た時は、捨吉は初めて逢ふ人のやうな気もしなかつた。

「仙ちやん、お茶を進《あ》げて下さい。」

と声がして、梯子段のところへ茶道具を運んで来る家の人がある。市川はそれを受取りに行つて、やがて机の側で捨吉に茶を勧めて呉れた。壁には黒い釦《ボタン》のついた高等学校の制服も懸けてあつた。すべてが捨吉に取つて気が置けなかつた。

若いものの同志は何時の間にか互ひに話したいと思ふやうな話頭に触れて行つた。捨吉は既に涼子のことを知つて居たし、市川も岡見を通して勝子の話を聞いて居た。点頭《うなづ》き合つた一日の友は、十年か、つても話せない人のあるやうなことを唯笑ひ方一つで互ひの胸に通はせることが出来た。

「伝馬町は兄さんによく似てますね。」

と捨吉が言ひ出した。

ふと捨吉は伝馬町といふ言葉を思ひついて、自分ながら話すに話しい、と思つて来た。竈河岸《へつつひがし》、浜町《はまちやう》、それで田辺の家の方では樽屋のをばさんや大川端の兄を呼んで居た。それを捨吉は涼子に応用した。

「伝馬町はよかつた。」

と市川も笑出した。さすがに涼子のことになると、市川も頬を染めた。

「岡見君は一体奈何《どう》なんですか。」

捨吉は自分の胸に疑問として残つて居ることを市川の前に持出した。あれほど市川に同情を寄せ捨吉に手紙を呉れた岡見も、まだ自分から熱い涙の源を語らなかつた。

「お磯さんといふ生徒がありませう。」

「左様《さう》ですか――あの人ですか――大方そんなことだらうと思つてました。」

斯の二階へ来て見て、初めて捨吉は岡見の心情を確めた。市川の口から磯子の名を聞いたばかりで、かねての捨吉の想像が皆なその一点に集つて来た。

「ところがです。」と市川は捨吉の方へ膝を寄せながら、「お磯さんといふ人は、君も知つてる通りな強い人でせう。吉本さんを通して岡見君の心持をあの人まで話して貰つたところが、その返事が、どうしてもお磯さんです。先生としては何処までも尊敬する。しかし、その人を自分のラヴアとして考へることは奈様しても出来ないと言ふんださうです。左様なつて来ると岡見君の方でも余計に心持が激して来て……教場なぞへ出ても、実に厳然として生徒に臨むといふ風ださうです……」

斯う話し聞かせる市川の広い額は蒼白く光つて来た。市川はまたずつと以前の岡見をも知つて居てあの軽い趣味に満足して居た人が今日のやうな涙の多い文章を書く岡見に変つて来たことを捨吉に話した。左様いふ話をする調子の中にも、市川は若者とは思はれないほどの思慮を示した。子供と大人が斯の人の蒼白い額や特色のある隆《たか》い鼻には同時に棲んで居た。やがて市川は岡見と一緒に編輯したといふ例の小さな雑誌の秋季附録を捨吉の前に取出した。二人とも好きな詩文の話がそれから尽きなかつた。

再会を約して捨吉は市川の許を離れた。彼の胸は青木や、岡見兄弟や、市川や、それから菅、足立のことなぞで満たされた。同時に、磯子、涼子、勝子、もしくは青木の細君のことなぞが一緒になつて浮んで来た。何となく若いものだけの世界がそこへ出来かけて来た。芝公園、日本橋伝馬町、本船町、そこにも、こゝにも、点いた燈火が捨吉に見えて来た。

十二

「月日は百代の過客にして、行きかふ年もまた旅人なり。船の上に生涯をうかべ、馬の口をとらへて老をむかふるものは日々旅にして、旅をすみかとす。古人も多く旅に死せるあり。予もいづれの年よりか片雲の風にさそはれて漂泊のおもひやまず。海浜にさすらひ、去年の秋江上の破屋に蜘蛛の古巣をはらひて、やゝ年も暮れ春立つる霞の空に白川の関こえんと、そゞろ神のものにつきて心をくるはせ、道祖神のまねきにあひて取るもの手につかず、股引《もゝひき》の破れをつゞり、笠の緒《ひも》付けかへて、三里に灸すゆるより松島の月先づ心にかゝりて、住める方は人に譲り杉風《さんぷう》が別墅《べっしょ》にうつる。

草の戸も
　住替る代ぞ
　　雛の家。

面《おもて》八句を庵の柱に懸置き、弥生も末の七日、明ぼのゝ空朧々として、月は有明にて、光をさまれるものから、不二の峰かすかに見えて、上野谷中の花の梢またいつかはと心細し。むつまじきかぎりは宵よりつどひて、船に乗りて送る。千住といふところにて船をあがれば前途三千里の思ひ胸にふさがりて、幻の巷に離別の泪をそゝぐ。

行春や
　鳥は啼き魚の
　　目は泪。
是を矢立の初めとして行道なほすゝまず。人々は途中に立ちならびて、後かげの見ゆる迄はと見送るなるべし、今年元禄二とせにや、奥羽長途の行脚《あんぎや》只かりそめに思ひ立ちて呉天《ごてん》に白髪のうらみを重ぬといへども、耳にふれてまだ目に見ぬさかひ、もし生きて帰らば、と定めなき頼みの末をかけ、その日漸く早加といふ宿にたどり着きにけり。痩骨の肩にかゝれるもの先づ苦しむ。只、身すがらにと出立ち侍るを、紙子《かみこ》一《ひと》衣《へ》は夜の防ぎ、浴かた、雨具、墨、筆のたぐひ、あるはさりがたきはなむけなどしたるは、さすがに打捨てがたく、路次の煩ひとなるこそわりなけれ。」

『奥の細道』

牛込の下宿で捨吉はこの芭蕉の文章を開けた。昔の人の書き遺したものを読んで見て自分の若い心を励まさうとした。

声を出して読みつゞけた。読めば読むほど、捨吉は精神《こゝろ》の勇気をそゝぎ入れらるゝやうに感じた。彼は波のやうに踴《をど》り騒ぐ自分の胸を押へて、勝子を見るにも堪へられなくなつて来た。それほどまで彼が沈黙を守りつゞけたのも、愛することを粗末にしたくないと考へたからで。のみならず、黙つて行き黙つて帰る教師としての勤めを一層苦しく不安にしたものは、どうやら彼が学問の資本《もとで》の尽きさうに成つて来たことであつた。不慣な彼は、あまりに熱心に生徒を教へ過ぎて、一年足らずの間に僅かな学問を皆な出しきつてしまつた。それ以上、教へる資本が無いかのやうに自分ながら危ぶまれて来た。有付いた職業も、それを投出すより外に仕方がないほど、教師としても行塞《いきづま》つた。

捨吉の二十一といふ歳も二週間ばかりのうちに尽きようとする頃であつた。麹町の学校でも第二学期を終りかけて居た。彼はある悲しい決心を掴んだ。

「古人も多く旅に死せるあり。」

とその『奥の細道』の中にある文句を繰返した。

丁度、岡見兄弟と市川とは、それまで出して居た小さな雑誌を大きくしようといふ計画を立て、居た。青春の血潮は互ひに性質の異なつた青年を結び着けて、共同の仕事のもとに集まらせようとして居た。青木も、捨吉も、その仲間に加はらうとして居た。年若ながらに兄等の仕事に同情のある涼子をはじめ、磯子、勝子、それから麹町の学校の卒業生で岡見や涼子等の間によく噂の出る西京《さいきやう》の峰子などの人達を背景に有つことが、一層この勢を促した。丁度来る年の正月には同人の新しい雑誌も出来ようといふところであつた。その中で、遽《には》かに捨吉は旅を思立つた。捨吉は田辺の小父さんをはじめ、お婆さん、姉さん等の恩人のことも忘れ、大川端の兄のことも忘れ、遠く郷里の方に彼のために朝夕の無事を祈つて居るお母さんのことも忘れてしまつた。彼は一切を破つて出て行く気になつた。

麴町の学校の方の仕事は妻子のある青木のために残して行かう。青木も骨が折れさうだ。左様思つて捨吉は芝の公園へ訪ねて行つた。この捨吉のこゝろざしを青木は快く受けいれたばかりでなく、自分にもし妻子が無かつたら一緒に旅に上つたであらう。飄遊《へういう》はわが天性であるといふほどの語気で捨吉を慰めて呉れた。行く〳〵は青木のやうな友達の教へ子として、勝子のことを考へるのも、せめてもの捨吉の心やりであつた。

青木を訪ねたついでに捨吉は築地の菅の家へそれとなく別離《わかれ》を告げに寄つた。相変らず菅は静かな、平な心持で、ある西洋人の仕事の手伝ひなぞをしながら、独りでコツ〳〵勉強を続けて居た。検定試験に及第して伊予の方のある私立学校の教師として赴任して行つた足立の噂も出た。

「菅君、しばらく僕は旅をして来るかも知れない。」

と捨吉は何気なく言つて、この旧友にも青木等と一緒に同人の雑誌の仲間入をすることを勧めた。何等の嬉しいも悲しいもまだ知らず顔な旧友の話は、酷く捨吉には物足らなかつた。

麴町の学校へも捨吉は最終の授業の日を送りに行つた。彼は平素とすこしも変つた容子の無い勝子を同じ組の他の生徒の間に見た。十二月の末らしい日の光は、二階の教場の窓硝子を通して、黒板の上まで射して来て居た。彼は新しい白墨の一つを取り、その黒板に心覚えの詩の句を書きつけ、それに寄せて生徒に別離を告げた。若くて貧しい捨吉は何一つ自分の思慕のしるしとして勝子に残して行くやうな物をも有たなかつた。僅かに、その年齢《とし》まで護りつゞけて来た幼い「童貞」を除いては。

涙一滴流れなかつた。それほど捨吉は張りつめた心で勝子から離れて来た。牛込の下宿に帰ると彼は麴町の教会の執事に宛て、退会の届を認めた。

御《おん》届《とゞけ》

私儀感ずるところ有之、今回教会員としての籍を退きたく、何卒御除名下されたく候。

と書いた。切ない恋のためには彼は教会をさへ捨てゝ出て行く気に成つた。

ぶらりと捨吉は恩人の家の方へ帰つて行つた。麴町の学校を辞すると間もなく、牛込の下宿も畳んで、冬休みらしい顔付で僅かの荷物と書籍とを田辺の門の内へ運んだ。自分の為たこと、考へることに就いては、何事も目上の人達に明さうとはしなかつた。

「兄さん。」

と大きくなつた弘が捨吉を見つけて飛んで来た。何時見ても人懐《ひとなつ》こいのは弘だつた。捨吉は何とも言つて見やうのないやうな心持で、すがりつく弘の身を堅く抱締めた。

もう一度捨吉は小父さんの家の玄関に、よく取次に出ては御辞儀をして奥の方へ客の名前を通したりその人の下駄を直したりした玄関に、片隅に本箱を並べて置いてそこを自分の小さな天地とした玄関に、悄然《しよんぼり》と帰つて来た自分を見つけた。果敢ない少年の夢が破れて行つた日から、この世の中は彼に取つて全く暗く味気なくなつてしまひ、あの田辺の小父さんが沈んだ彼の心を引立たせようとして面白さうな芝居に誘つて呉れようと、あの姉さんが彼の好きさうな縞柄を見立てて奈様《どん》な着物を造つて呉れようと、何一つ楽しいと思つたこともなく、寂しい〳〵月日を独りでこつ〳〵辿つて来たやうな彼も、今こそ若い日の幸福を――長い間、自分の心に求めて居たものを見つけたやうに思つて来た。その寂《よろこび》しい月日が長かつただけ、心を苦めることが多かつただけ、それだけ胸に満ちる歓喜も大きなものゝやうに思つて来た。

しかし、捨吉がその歓喜を感じ得る頃は、やがて何等の目的《めあて》もない旅に上らうとして居る時であつた。青木も心配して、菅と連立つて、田辺の家に捨吉を見に来た。

間もなく新しい正月が来た。町々を飾る青い竹の葉が風に萎《しな》びてガサ〳〵音のするやうな日の午後に、捨吉は勝手口の横手にある井戸の側を廻つて物置から草箒と塵取とを持つて来た。表門のくゞり戸を開けて、田辺とした表札の横に、海老、橙、裏白、ゆづり葉などで飾つた大きな輪飾りの見える門の前を先づ掃き清めた。楽しさうな追《おひ》羽子《はご》の音は右からも左からも聞えて来て居た。捨吉は門の内にある格子戸の前の敷石の上を掃いた。それから庭の方へ通ふ木戸を開けて、手にした箒を茶の間の横の乙女椿の側へも持つて行き、築山風な楓の樹の間へも持つて行き、すつかり葉が落ちて幹肌のあらはな梧桐《あをぎり》の根元のところへも持つて行つた。横浜の店の繁昌と共に、東京の方で留守居するお婆さんや姉さんの許《とこ》へは楽しさうな正月が来て居た。捨吉はそのお婆さん達の居る奥座敷の前から、飛石に添ふて古い小さな井戸のある方までも掃いて行つた。冷たい冷たい汗が彼の額を流れて来た。

本二冊、それに僅かな着更への衣類を風呂敷包にして、捨吉は夕方の燈火の点く頃に黙つて恩人の家を出た。

夕闇にまぎれて捨吉は久松橋を渡つた。人形町の通りを伝馬町まで歩いて行つて、岡見の店の横手にある木戸の前へ行つて立つた。

清之助――岡見の弟は、庭下駄を穿いて出て来て自分で木戸を開けて呉れた。清之助は例の茶の間で捨吉を待つて居て呉れた。

「兄は鎌倉の方で君をお待ちすると言つて、今日出掛けて行きました。妹も一緒に。」

と清之助は捨吉を迎へ入れて言つた。

茶の間の中央にある四角な炉の周囲《まはり》は、連中《れんちゆう》が――左様だ、最早連中と呼んでも可いほど親しくなつた若いもの同志が互ひに集《つど》つては詩文を語る中心の場所のやうに成つて居た。そこでは同人の雑誌も編輯された。その炉辺で、差向ひに火を眺めて、互ひに掌をあぶりながら語り合ふほど、捨吉は清之助の静かな性質を知るやうに成つた。

「清さん、お客さまに進《あ》げて下さいな。」

と障子越しに来て呼ぶ清之助のお母さんの優しい声がした。お母さんは障子の陰で、いろ〳〵と女中の差図をして行くらしかつた。やがてポツ〳〵食べながら話しの出来るやうな馳走が出た。

「何と言つても、自分等の雑誌は可愛い。」

清之助は捨吉を前に置いて、実にゆつくり〳〵食べながら話した。寂しい霙《みぞれ》の降出す音がして来た。伝馬町あたりの町の中とも思はれないほど静かな茶の間で、捨吉はしと〳〵庭の外へ来る霙の音を聞きながら、別離の晩らしい時を送つた。十二時打ち、一時打つても、まだ話が尽きなかつた。

その晩は捨吉は伝馬町に泊つた。急激に転下して行くやうな彼の若い生涯は、仮令《たとへ》十年の友にも勝るほどの親しみはあつても何と言つてもまだ交りの日の浅い清之助と枕を並べて、この茶の間の天井の下に一緒に寝ることを不思議にさへ感じさせた。床に就いてからも、清之助は直ぐ捨吉を眠らせなかつた。

「今夜は是非、君に聞いて置きたい……そりや、まあ言はなくたつて解つてるやうなものだがね、まだ君の口から意中の人を指して話して貰はない。是非、それを聞かせて貰ひたい……その人の名前を今夜確めて置きたい……もし又、後になつて人が違つてた、なんてことに成ると困るからね……」

こんなことを言つて、清之助は夜の二時過ぎまでも捨吉を唸《うな》らせた。

眼に見ることの出来ない大きな力にでも押出されるやうにして、捨吉は東京から離れて行つた。伝馬町に泊つた翌日は新橋から汽車で、車窓の硝子に映る芝浜の裏手、東禅寺の上の方から一帯に続く高台、思出の多い高輪の地勢が品川の方へ落ちて居るあの大都会の一角を一番しまひに眺めて通つて行つた。

捨吉は鎌倉にある岡見の別荘まで動いた。そこは八幡宮に近い町の裏手にあたつて、平坦《たひら》な耕地に囲繞《とりま》かれたやうな位置にある。あの正宗屋敷といふ方にあつた農家から、捨吉はよく田圃の道づたひに岡見を見に来た一夏の間を思出すことが出来た。あの稲の葉の茂つた田圃の間から起る蛙《かはづ》の声を思出すことが出来た。あの青い瓢箪の生り下つた隠者の住居のやうな門を叩くと、岡見がよく蒼ざめた顔付をして自分を迎へて呉れたことを思出すことが出来た。すべては捨吉にとつてまだ昨日のことのやうな気がして居た。

丁度岡見も学校の休暇の時で、その「隠れ家」に捨吉の来るのを待受けて居て呉れた。東京から見るといくらか暖い部屋の空気の中で、捨吉は岡見や涼子と一緒に成ることが出来た。

「お涼さん、あのお預りしたものを岸本さんに進《あ》げたら可いでせう。」

と岡見に云はれて、涼子はそこへ仕立卸しの綿入羽織を持つて来た。

「これは高等科の生徒一同から君への御餞別ださうです。『岸本先生の熱心は、一同の感謝するところでございます』と言つて、丁寧な言葉まで添へてありました。これは東京の方で君に進げるよりか、旅にお出掛になる時に進げたいなんて、妹がわざ〳〵鎌倉までお預りして来ました。」

と岡見が言つた。

思ひがけない麹町の学校の生徒からの贈物を鎌倉で受取ることは、旅に出掛ける矢先だけに余計に捨吉を悦ばせた。岡見は捨吉のために、さしあたりの路用の金を用意して置いて呉れたばかりでなく、西京には涼子等が姉のやうに頼む峰子が居る。旅のついでに訪ねて行け、不自由なことがあつたら頼め、と言つて西京宛の手紙までも用意して置いて呉れた。知己のなさけは捨吉の身にしみた。彼はそれを痛切に感じ始めたほど、身は既に漂泊のさかひにあることを感じた。

「お峰さんの許《とこ》へは私からも手紙を出して置きませう。」

と涼子が兄さんの方を見て優しく言葉を添へた。

「お峰さんか。まあ、お逢ひになれば解りますが、こいつが又たなか〳〵の拗《す》ね者なんです。」

斯の岡見の調子は捨吉を微笑ませた。いくらか物を大袈裟に言ふのが岡見の癖であつたから。

「お涼さん、お前さんのお餞別も序にこゝへ出しちやつたら可いでせう。」と岡見は兄さんらしく言つて、やがて捨吉の方を見て、「岸本さんに進げたいと言つて、妹は袋を一つ縫ひました。」

岡見の側で見るにふさはしい涼子は、清之助よりも寧ろこの年長の兄さんの方に合ふらしかつた。彼女は捨吉のために見立てた茶色の切地で縫つたといふ旅行用の袋を取出して来て、それを岡見の前に置いた。時々岡見の爆発するやうな笑声が起ると、彼女はそれを楽しさうにして聞くばかりでなく、岡見と捨吉の間に出る同人の雑誌の話、連中の噂なぞにも熱心に耳を傾けた。磯子に対する岡見の遣瀬ない心持にも姉妹《きやうだい》中で一番同情を寄せて居るのは彼女らしかつた。

「青木君の結婚の話が好いぢやないか。先生はあの細君を担ぎ出しちやつたと言ふんだから。」

「青木君のは自由結婚ださうですね。」

岡見と捨吉とが語り合ふ側で、涼子はかすかな深い微笑を見せて居た。

二汽車ばかり後れて清之助も東京から捨吉の後を追つて来た。高等学校の制服でやつて来た清之助を加へたので、狭い別荘の内は一層賑かになつた。

「一寸失敬します。そこいらへ行つて草鞋《わらぢ》を見つけて来ます。」と、捨吉が言出した。

「今、婆やに取りにやりますよ。」と涼子は立つて来て言つた。

「兎に角、今夜はこゝへお泊りなさい。弟もその積りで来たんですからね。草鞋は明日の朝までに買はして置きませう。」と岡見も捨吉をいたはるやうな調子で。

「あんまり御世話になつて、御気の毒だ。」と捨吉が言つた。

「なあに、そんなこと有りやしない。まあ、今夜は大いに話すさ。しばらくもう御別れだ。」

夕飯には涼子の手料理で、心づくしの馳走があつた。捨吉はこれから先の旅の話をして、西京へ行つたら未だ逢つたことない峰子をも訪ねようし、ことによつたら伊予の方へも旅して、そこに教鞭《むち》を執つて居る足立をも訪ねよう、兎に角これから東海道を下つて行つて見るつもりだと話した。涼子もそこへ来て、夜の燈影に映る二人の兄さん達の顔と旅に行く捨吉の顔とを見比べて居た。

そこいらがシーンとして来た頃、岡見は先づ畳の上に跪いて、

「岸本君のために祈りませう。」

と言出した。清之助も、涼子も、捨吉も、皆なそこへ跪いた。激情に富んだ岡見は熱い別離の祈りを神にさゝげた。

「主よ。すべてをしろし召す主よ。大《だい》なる幸福に先だつて大なる艱難と苦痛とを与へたまふ主よ。われ〳〵が今送らうとして居る一人の若い友達の前途は、唯あなたがあつてそれを知るのみでございます。」

こんな風に祈つた。清之助もまた静粛な調子で、捨吉のために前途の無事を祈つて呉れた。

翌朝早くから捨吉は旅の仕度を始めた。田辺の家を出る時に着て来た羽織を脱いで、麹町の学校の生徒が贈つて呉れたといふ綿入羽織に着替へた。脛《すね》には用意して来た脚絆《きや はん》を宛てた。脱いだ羽織、僅かの着替へ、本二冊、紙、筆なぞは、涼子から贈られた袋と共に一纏めにして、肩に掛けても持つて行かれるほどの風呂敷包とした。岡見兄弟と一緒の朝茶も、着物の下に脚絆を宛てたまゝで飲んだ。

前途の不安は年の若い捨吉の胸に迫つて来た。「お前は気でも狂《ちが》つたのか」と他《ひと》に言はれても彼はそれを拒むことの出来ないやうな気がして居た。その心から、岡見にたづねて見た。

「僕の足は浮ついて居るやうに見えませうか。」

「どうして、そんな風には少しも見えない。奈何なる場合でも君は静かだ。極く静かに君はこの世の中を歩いて行くやうな人だ。」

この岡見の言葉に、捨吉はいくらか心を安んじた。

礼を述べ、別れを告げ、やがて捨吉は東京から穿いて来た下駄を脱ぎ捨て丶、上《あが》り框《がまち》のところで草鞋穿きに成つた。

「いよ〳〵お出掛でございますか。」

と婆やもそこへ来て言つた。

自分ながら何となく旅人らしい心持が捨吉の胸に浮んで来た。草鞋で砂まじりの土を踏んで、岡見の別荘を離れようとした。その時、岡見は捨吉に随いて一緒に木戸の外へ出た。

「ぢや、まあ御機嫌よう。お勝さんの方へは妹から君のことを通じさせることにして置きました。」

と岡見が言つた。

この餞別の言葉は捨吉に取つて、奈何なる物を贈られるよりも嬉しかつた。実に、一切を捨て丶来て、初めて捨吉はそんな嬉しい言葉を聞く事が出来た。それを聞けば、もう沢山だ、とさへ思つた。

清之助も、涼子も、岡見と一緒に、朝日のあたつた道に添ふて捨吉の後を追つて来た。途中で捨吉が振返つて見た時は、まだ兄妹《きやうだい》は枯々とした田圃側に立つて見送つて居て呉れた。

裏道づたひに捨吉は平坦な街道へ出た。そこはもう東海道だ。旅はこれからだ。左《さ》様《う》思つて、彼は雀躍《こをどり》して出掛けた。

一里ばかり半分夢中で歩いて行つた。そのうちに、黙つて出て来た恩人の家の方のことが激しく捨吉の胸中を往来し始めた。狂人《きちがひ》じみた自分の行為《おこなひ》は奈何《いか》に田辺の小父さんや、姉さんや、それからあのお婆さんを驚かし、且つ怒らせたであらうと想像した。大川端の兄の驚きと怒りと悲みとをも想像した。その考へから、捨吉は言ひあはしがたい恐怖にすら襲はれた。彼は日頃愛蔵する書籍から、衣類、器物まで、貧しい身に貯へた一切のものを恩人の家に残して置いて来た。どうかして斯の自分の家出が、単なる忘恩の行為でなしに、父母から背き去り墨染の衣に身をやつしても一向《ひたすら》道を急ぐあの憐むべき発心者のやうに見られたいと願つた。

海に近いことを思はせるやうな古い街道の松並木が行く先にあつた。捨吉は路傍《みちばた》にある石の一つに腰掛けて休んだ。そして周囲を見廻した。眼前《めのまへ》には、唯一筋の道路《みち》と、正月らしく映《あた》つて来て居る日の光とがあるばかりであつた。彼は恩人からも、身内のものからも、友達からも、自分の職業からも離れて来た。その時は全く自分独りの旅ら、彼は石に腰掛け乍《なが》ら、肩から卸した風呂敷包をその石の側《わき》に置いて、熱い涙を流した。

捨吉は東海道を下つて行つた。斯うして始まつた流浪が進んで行つたら終《しまひ》には奈何なるかといふやうなことは全く彼には考へられなかつた。鎌倉から興津あたりまで歩いて行つた。旧暦で正月を迎へようとする村々を通過ぎた時は、途中で復た煤掃《すゝはき》の音を聞いた。一日一日と捨吉は温暖《あたゝか》い東海道の日あたりの中へ出て行つた。どうかするとその日あたりの中に咲く名も知らない花を見つけて、せめて路傍の草花から旅人と呼ばるゝことを楽んだ。

誰か後方《うしろ》から追ひかけて来るものがある。逃れ行く自分を捉へに来るものがある。この恐怖、東京の方の空を振返る度に襲つて来るこの恐怖は、余計に捨吉の足を急がせた。小高い眺望《ながめ》の好い位置にある寺院の境内が、遠く光る青い海が、石垣の下に見える街道風の人家の屋根が、彼の眼に映つた。興津の清見寺《せいけんじ》だ。そこには古い本堂の横手に、丁度人体をこころもち小さくした程の大きさを見せた青苔の蒸した五百羅漢の石像があつた。起つたり坐つたりして居る人の形は生きて物言ふごとくにも見える。誰かしら知つた人に逢へるといふその無数な彫刻の相貌を見て行くと、あそこに青木が居た、岡見が居た、清之助が居た、こゝに市川が居た、菅も居た、と数へることが出来た。連中はすつかりその石像の中に居た。捨吉は立ち去りがたい思をして、旅の風呂敷包の中から紙と鉛筆とを取出し、頭の骨が高く尖つて口を開いて哄笑して居るやうなもの、広い額と隆い鼻とを見せながらこの世の中を睨んで居るやうなもの、頭のかたちは円く眼は瞑《つぶ》り口唇は堅く嚙みしめて歯を喰ひしばつて居るやうなもの、都合五つの心像を写し取つた。五百もある古い羅漢の中には、女性の相貌を偲《しの》ばせるやうなものもあつた。磯子、涼子、それから勝子の面影をすら見つけた。斯うして作つた簡単な見取図は旅での手紙と一緒にして伝馬町宛に送らうとも考へた。毎日毎日動いて居る彼は東京の友達からの消息に接することも出来なかつた。

復た捨吉は旅を続けた。ところ〴〵汽車にも乗つて、熱田の町まで行つた。熱田から便船で四日市へ渡り、亀山といふ所にも一晩泊り、それから深い寂しい山路を歩いて伊賀近江の国境《くにざかひ》を越した。

黒ずんだ琵琶湖の水が捨吉の眼前《めのまへ》に展けて来た。大津の町に入つた時は、寺々の勤行《つとめ》の鐘が湖水に響き伝はつて来るやうな夕方であつた。風の持つて来る溶けやすい雪は、彼の頰にも、彼の足許にも、荷物を掛けた彼の肩にも来た。そこまで行くと、西京も最早《もう》遠くはないといふ気がした。何等かの東京の方の消息も聞けるかと、それを楽みにして、岡見から紹介された峰子といふ人を西京に訪ねて見ようと思つて居た。

「まだ自分は踏出したばかりだ。」

と彼は自分に言つて見て、白い綿のやうなやつがしきりに降つて来る中を、あちこちと宿屋を探し廻つた。足袋も、草鞋も濡れた。まだ若いさかりの彼の足は踏んで行く春の雪のために燃えた。

前世紀を探求する心

一

フランスの旅にあるころ、私はパリイの客舎の方に身を置いて遠く自分の国を振りかへつて見るやうな静かな時を見つけることがよくあつた。わが国における十九世紀といふものに興味を持ちはじめたのも、あの旅であつた。曾て私はその心持ちを故国宛の旅のたよりの中に、次のやうに書きつけて見たこともある。

「もしわが国における十九世紀研究ともいふべきものを書いて呉れる人があつたら、いかに自分はそれを読むのを楽むだらう。明治年代とか、徳川時代とかの区画はよくされるが、過ぎ去つた一世紀を纏めて考へて見ると、そこに別様の趣きが生じて来る。まづ本居宣長の死あたりからその時代の研究を読みたい。万葉の研究、古代詩歌の精神の復活、国語に対する愛情と尊重の念、それらのものがいかばかり当時に目ざめて来た国民的意識の基礎となつたかを読みたい。一方にはあの時代の初めにおいて、喜多川歌麿も歿し、皆川淇園《きえん》も歿し、上田秋成も歿し、十八世紀風の特殊な芸術が次第に式亭三馬とか十返舎一九とか為永春水とか、あるひは歌川派の画家の群とかの写実的傾向に変つて行つたことを読みたい。一方には聖堂を学問の中心として、文芸、趣味、道徳の上に支那への憧憬があるかと思へば、一方には蘭学の研究なぞが非常な勢ひで起こつてゐる。十九世紀の初期を考へると、旧いものと新しいものとが雑然同棲してゐる。それを委しく読んで見たい。組織的な西洋の文物を受け納れようとしてからまだ漸く四五十年だ、兎も角もその短期の間に今日の新しい日本を仕上げた、斯ういふ人もあるが、それは余り卑下した考へ方と思ふ。すくなくも百年以前の前半期を殆どその準備の時代であつたと見ねばなるまい。前野良沢とか桂川甫粲《ほさん》とか杉田玄白とか大槻玄幹とか、その他足立左内、高橋作左衛門、伊藤圭助、足立長雋《ちようしゆん》、ああいふ人達が来たるべき時代のために地ならしをしていつた跡を委しく読んで見たい。頼山陽といふ人もあの時代には見のがせない代表的の人物であつたらう。あの人の書いたものは随分混りけの多いものとしても、一代の人心をチャアムしたことはあらそはれまい。けれども山陽にはまだ余程十八世紀風の残つたところがある。渡辺崋山、高野長英、吉田松陰等になつてくると、何となくそこに武士的新人の型を見る。その情熱においてはより熱烈であり、その思想においてはより実行的であり、その学問においてもより新しいものとなつて来てゐる。反抗、憤怒、悲壮な犠牲的精神、あの人たちの性格を考へると、どうしても十九世紀でなければ見られないやうな激しい動揺と、神経質と、新時代の色彩を帯びたものがある。そんなことなぞが詳しく書いてあつて、それを読むことが出来たらばと思ふ。わが国の十九世紀は旧いものが次第にすたれていつて新しいものがまだ真実に生れなかつたやうな時だ。すべての物が統一を欲して叫びをあげてゐたやうな時だ。そのうちで『士族』といふ一大階級が滅落していつた。幾何《いくばく》の悲劇がそこに醸されたらう。それを読んで見たい。長谷川二葉亭、山田美妙斎などのはじめた言文一致の仕事を国語の統一といふ上から論じたのも読みたい。新しい詩歌が僅に頭を持ちあげたのも漸く十九世紀の末のことである。」

二

異郷の旅に萌した私の心持は帰国後も長く変らずにあつた。前世紀とは言つても、あの時代に起つて来てゐることは皆私達に直接関係の深いものばかりである。ある意味からいへば、私達はそこから出発してゐる。あの暗い時代をもつと探つて見るといふは今日の私達に取つても興味の深いことではなからうか。

ゴンクウルには日本の浮世絵に関した名高い著述がある。ああいふ著述が単なる異国趣味でなしに十八世紀の芸術に寄せた深い興味から作られたといふは面白い事だと思ふ。もし吾国の十八世紀研究ともいふべきものを書いてくれる人があるなら、過ぐる二つの世紀の間の芸術の比較だけでも、もつと私達の目をあけてくれることが多からうと思ふ。あの歌麿なぞがあれほどデカダンの傾向のあつた人にもかかはらず、あの画にあらはれて居る線や色彩から私達の受取る感じは、あの熟し切つたやうな男女の形態や髪や口唇なぞから私達の受取る感じは、十八世紀でなければ見られないものといふ気もする。十九世紀の芸術となると、もつと神経質なものがあるやうな気がする。さういふ比較を読んで見たい。私達が北斎の画に見つけるグロテスクの美とも言ひたいものは、一茶の俳句や南北の脚本に見つけるものと何処か共通したやうな性質のものであるか、奈何《どう》か。さういふことも読んで見たい。過去の芸術が静的な物の表現であるといふことはよく私達の教へられるところである。さういふ判断に従へば北斎の画にあらはれて居るやうな動きを、あのムーヴマンをどう見たらいいのだらう。江戸時代の芸術家が概して淡泊であり洒脱であるといふこともよく私達の教へられるところである。その見方に従へば、小説作者としての馬琴、画家としての北斎、戯曲家としての南北、詩人としての一茶、あの人達に見るやうな執拗と濃情とをどう考へたらいいだらう。さういふことも精しく読んで見たい。

文学の上から考へて見ても、私達は三馬や一九などの書いたものを一概に軽く見る先入主な考へ方に捉へられて、はつきりした特色もつかめない。或ひは前世紀の初期の特色は南北の戯曲などの方に色濃くあらはれてゐるやうにも思へる。詩人としての一茶は確かに十九世紀初期の人で、その自我を高調したといふ点から見ても、人間の煩悩を憚らずに歌ひ出したといふ点から見ても、あの蕪村などに比べて遥に近代的であるとは言へよう。私達は前世紀のはじめの詩歌を見渡して、桂園派の諸歌人の歌よりも千蔭の流れを汲む人達のそれよりも、一茶の俳句の方により多く時代の特色を見得るやうな気もする。しかしかういふことは今にはかに言つてしまへるものでもない。景樹の歌の中にも、かなり私達の心持に近いものはある。さういふことが精しく書いてあつてそれを読むことが出来たらばと思ふ。

もしさういふ研究を書いて呉れる人があるなら、写生に関したことも読みたい。文学の上に写生の唱へられたのは明治になつてからのことのやうであるが、それは洋画の方法から刺戟された写生論の組織立てられたまでであつて、写生そのものは私達の根深い伝統の一つと言つてもいゝほど、かなり古くからあつたことを読みたい。応挙をめぐつて流れて来た四条派の画風を挙げるまでもなく、絵画以外の小説にも戯曲にも俳句にも前世紀のはじめの芸術の多くが写生の方法を取入れてゐることを読みたい。

三

好かれ悪しかれ私達は父をよく知らねばならない。その時代をよく知らねばならない。もし私の読みたいと思ふやうな研究を書いて呉れる人があるなら何程の題目をそこに見出し得るか知れないやうな気もする。それは当時の人の心を結晶したやうな文学や美術の作品の比較にのみ止まるまい。あの諧謔と諷刺とに満たされて居るやうな三馬、一九、その他の作者の戯作の中に、当時の平民の道徳と虚無的な傾向とを探らうと試みたものは北村透谷であつた。ああいふことも精しく読んで見たい。意気とか粋とかの美の観念が当時の民衆の間から生れて来て居ることも注目にあたひする。武士の階級が次第に堕落して侠客なぞの輩出するやうになつた時、何程当時の一般の人の心が経済的にも道徳的にもまた精神的にも解放を求めて行つたか、それがまた滑稽文字ともなり戯作ともなつて奈何に当時の文学の上にあらはれて来て居るか、さういふことも読みたい。

契沖、真淵、宣長、その他先覚者の大きな功績は、古語の研究によつて、幾世紀に亘る支那の模倣的な風潮から自国の言葉を救つたところにあらう。一大反抗の精神の喚起したところにあらう。あの人達の遺した仕事の大きかつたことに気づいたのも、矢張私はフランスの旅にあつて自分の国をふり返つて見た時であつた。前世紀のはじめには既に宣長も没して居ることを思ふと、おそらく当時はその使徒達の時代であつたらう。その中での代表とも見るべき平田篤胤は国学を神道にまで持つて行つたやうな人で、あの人の歩いた道は宣長あたりよりずつと窮屈なものといふ気がするが、当時の人の心に刺戟を与へたことは争はれまい。私は前世紀のはじめに起つて来た保守的な精神を単に頑固なものとばかり見ずに、もつと別な方面から研究されたものを読みたい。それがさかんな愛国運動となつて行つた跡を読みたい。この保守的な精神は、吉田松陰等によつて代表さるるやうな世界の探求の精神と全く腹ちがひのものであつたらうか。何と言つても前世紀での大きな出来事の一つは明治の維新であらうが、旧制度の打破、民族の独立、外国勢力への対抗といふことにかけて、前世紀のはじめから流れて来たこの二つの精神が相交叉し、相刺戟した跡を読みたい。大正の今日、私達の眼前に展開しつつあるやうな世界主義と、その反動の大勢とは、早くも前世紀に産声を揚げた双生児であることを読みたい。

私は少年時代を振返つて見て、自分の物心づく頃から明治二十年頃までの間はかなり暗かつた時代のやうに思ふ。おそらく西南戦争以前の十年間はもつと暗かつたらう。

私達は明治維新と共に開けて来た新時代の輝いた方面のみを見るに慣らされて、その惨憺たる光景には兎角眼を塞ぎがちであつた。さういふ真相をも読みたい。私達が唯、結果に於いて知り得るやうな父の時代をもつとよく読みたい。明治のはじめに生れて来たものは文学でも美術でも徳川時代の末にすら比較しがたいほど見劣りのする粗末なものばかりだ。明治維新の齎《もたら》したものは、その一面に於いてこんな深刻な影響のあることを想ひ見ねばならない。封建時代の遺物といふ名の下に、あらゆる文化が蹂みにじられはしなかつたらうか。僅に黙阿弥の脚本があつて前世紀の中程を飾るのみで、詩も隠れ、絵画も潜み、あらゆる芸術は一時姿を晦ましたかに見える。さういふ破壊の動いて行つた跡が正しく判断されてあるものを読みたい。

実際、私達は斯ういふ時代から出発して来てゐる。一概に過去を黄金時代のやうに考へ、今日を頽廃堕落の極と見るやうなことは、私は取らない。今日の青年の激しい精神の動揺を思ふものは、もつとその由来するところを自分等の内部にたづねて見ねばなるまい。

海について　（総題「夏の山水大観」）

　私は海に就て唯漠然たる考へ方をしてゐた。然るに一昨年山陰地方に旅行して、日本海を眺めて海に対する感興を大いに呼び起し、海に就て研究をする様になり、従つて私の海に対する考へも大分違つて来たのである。

　明治初期を中心に我国の文学に現れた海の感じも段々と異つて来て居る様である。即ち明治初期に遡るに従つて、文学や音楽の中に、海に関するものが多く出てゐるが、明治、大正、昭和と時代の変遷に伴つて、海に関する文献が少い様である。私は歴史を遡つて少しく海について考察して見たいと思ふ。

　海に対する創作は多く伝説の中に美しく画き出されてゐる。古事記、万葉集の中にも海に関した創作が豊富である。万葉集に現はれた海は非常に朗かに、すぐ自分の傍にあるかの如く感ぜしめられるやう、巧妙に表現されてゐる。そして海の雄大な姿が目に映じ、とう〳〵と寄せては返す波の音が聞えるかの如く感ぜしめられる。

然るに紀貫之以来、海に関する創作がだんだん異り、殊に在原業平以後は甚だしく違つて来て居る。万葉時代には海は近くに感ぜしめられたが、時代の変遷に随つて、海を遠方に眺めて居るかの如く変つて来た。伝説の中には姿を変へたなりにも海が現はれてゐるが、謡曲になると、海に関するものは殆んど無い、当時は文学や学問等は寺院の奥に於て学ばれ、其処から美しい文学が生れてゐたのである。其の時代に西安と云ふ歌人が佐渡へ流島になつた時、海路を詠じた創作は甚だよく表現されてゐる。

近松になつてからは人と海とを対象して書かれる様になつた。芭蕉は非常な海の愛好者で、其の句の中にも多く海を詠じて居る。然るに一茶になると、海に関しては一つも歌つて居ないのは、面白い対照であると思ふ。畢竟するに徳川時代を遡るに従つて、海は盛んに詠ぜられたが、其以後は海の現はし方が薄くなつて来てゐる。

古代、我国と支那、朝鮮との交通は専ら帆船によるの外なく、危険なる海路を犯さなければならぬので、非常なる困難が伴なつたのである。従つて、使節——遣唐使——等は対馬に寄港し、朝鮮を経由して支那に渡つたものである。朝鮮、支那との交通に依り、海を渡つて我国の文化も開発され、異常な発展を齎らして居る。

特に奈良朝時代には遣唐使の往来が頻繁になつたけれ共、海路の危険は除かれ様筈も無く、遣唐使のある者は安南、カンボヂヤへ流れた事もあり、随つて海路の危険を詩歌に詠じたものもある。古文学の中には、かうした関係から海に関するものが多い。

平安朝時代は、仏教が隆盛になり、支那へ渡る僧侶も多くなり、猛烈に渡支を競争したものである。僧侶の渡支隊は、九隻を以て一隊となして、相助け合つて航海を続けたのである。然るに二隻の間隔が四浬《カイリ》も離れることも珍らしく無く、篝火を以て目印となし、万難を排し、早くて十七日を要して支那に着く有様であつた。しかも其の中には或は難破し、或は漂流して無事に支那に着くものは四隻位に過ぎなかつた。如何に当時の航海が困難であつたかを窺ひ知る事が出来るのである。

宇多天皇の時、遣唐使が廃止され、為めに大陸との交通も杜絶した。従つて文学の上にも海の創作が現れなくなつた事は偶然でない。

平氏時代には支那の宋と交通が頻繁であつた。元も足利時代に我が九州に攻寄せたのであつた。元寇の役後は支那との貿易も開かれ、航海も比較的容易に行はれる様になつた。この頃の謡曲の中には、海に関するものが多く作られた。足利末期から所謂倭寇なるものが、朝鮮、支那沿岸を盛んに荒したのである。其の頃より和蘭船も来航し、之と同時に天主教も伝来した。

天主教が漸く勢を得るに及んで、幕府はあらゆる手段を尽して之を圧迫した。之が為めにあの悲惨を極めた天草の乱を起すに至つたのである。天主教排撃の一手段として外国船入港を禁じ、又我国では御朱印船以外の船舶の外国航海を禁止するに至つた。

当時の航海は全く、之が為めに沿岸航行のみに限られ、其当時大阪は商業の中心地となつた。

東部に於ては下田港が殷盛を極めたのであるが、其の繁栄の理由は、海軍の要港であつた事と、今一つは江戸へ入る貨物は悉く下田に陸揚げされ、陸路に依つて、江戸へ移入された結果に依るものである。奥州からの来船も下田に入港したのである。当時船中では多く民謡が歌はれ、舟子に取つて民謡は海上生活に於ける非常な慰安であつた。詩の内容及び海に関する変遷は、かかる事情からして偶然ではなかつたのである。

私は木曾の山中に生れて、半生の間海を知らなかつたのであるが、東京へ来てから始めて海を見山陰に旅行をし、又欧洲に遊んでから、海に対する愛着が深くなり興味を以て研究もするやうになつたのである。

前に述べた如く、昨年山陰地方へ旅行する前迄は海に対して漠然たる考へ方をしてゐたが、特色に富める日本海と、割に平凡な太平洋を比較して眺めた時に其処に大なる差違ある事を発見するのである。日本海沿岸は仙台あたりの荒浜とは全く正反対である。丁度日本海の断崖絶壁はアジア大陸に対して一種の城壁を成して居るが如き観がある。日本海は夏は平穏であるが、冬は荒れ狂ふのである。海辺には美しい海の動物があり、其等にまつはる多くの興味ある伝説もある。更に眼を大海の彼方に向け、大陸あるを思へば、すぐにでも渡つて行ける感が起つたのであつた。そしてこの感じこそ万葉集に現れた海の感じそのものであると自ら叫んだ事である。

総て万物に対して特別の心を寄せることは大いに趣味があるのである。海に対しても、特別の愛情を寄せてゐる人々がある。イブセンも其の一人であつて其著『水の上』の中に於て感覚的な海を描写してゐる。私も海に対して特別の興味を昨年以来持つやうになつたのでそれ以来あらゆる文献をあさつて研究を続けてゐるのである。

歴史と伝説と実相

歴史と伝説とは曾てごく雑然とわたしの内に同棲してゐたやうなものであつた。この二つの区別に気づくと気づかないとでは、いろ〳〵な過去の物語を読んで見る上にも、文学製作の方法の上にも、あるひは文学以外の芸術を識別する上にも、格段な差があるのに、長いことわたしはそんな区別を考へて見ようともしなかつた。

しかし、一度そこへ気づいて見ると、これまで遠山の花でも望むやうにごく漠然としか看てゐなかつたあの『雨月物語』や『春雨物語』の作者が日本の文学史上にある位置なぞもはつきりして来たし、『白峯』、『浅茅が宿』、『蛇性の淫』、乃至『目一つの神』なぞに見るやうな特殊な文体の生れたこともわかつて来たし、伝説を伝説として取り扱つた上田秋成には元禄の作者にもない別の高さのあることもはつきりして来た。前に新井白石のやうな人があり、同時代には本居宣長のやうな人のある徳川天明期に、あゝいふ特色のある物語の作られたのも偶然ではないことをも知つて来た。

これを旧い歌舞伎の世界に思ひくらべても、謡曲から来たものが多く伝説を取り扱ひ、浄瑠璃から来たもの、一面が歴史を取り扱つてあるといふ風に考へて見ることは、やがて歌舞伎の中幕物と一番目物との本質を知る上に解を得ることが多い。そして中幕物と一番目物とは種々の技法を異にするばかりでなく、それを助くる音曲までを異にし、前者が舞台の上で用ゐらるゝのは常盤津、清元、長唄の曲であるのに引きかへ、後者では義太夫の曲であるやうな、さういふ相違のあることもはつきりして来る。伝説を伝説として好く取り扱つたものは、歌舞伎の世界にして見ても動かせないやうな気がする。『羽衣』、『茨木』の類は、今見てもそれ〴〵おもしろいばかりでなく、おそらく後世の人の眼をもよろこばすであらう。『鳴神』、『鏡獅子』、それから『道成寺』なぞもさうだ。『勧進帳』を直ちに伝説とは言へないまでも、すくなくもそこにあらはれて来るのは多分に伝説化された人物である。『暫』となるとやゝ趣を異にして、その勢力は当時の京都を凌がうとする江戸人の笑をあらはした漫画に近いやうな気もするが、あれとても舞台の上の表現は多分に伝説的だ。ともかくも、それらに共通な誇張や、グロテスクな隈取りや、濃厚な色彩なぞは、伝説を取り扱ふ上にのみ許されてゐるやうなもので、そこに歌舞伎の一面の味がある。歴史を取り扱つたものは、さうは行かない。それほどの誇張と濃い色彩とは歴史には許されない。ところが伝説と歴史とは兎角混同され易いために、どつちつかずのやうな時代物もある訳で、時を経るにしたがつて色も褪せ、種々な物足らなさも起つて来てゐると思ふ。歴史には歴史の取り扱ひ方があつてい〻筈だ。今になつて想像すると、故人九代目団十郎はそこに気がついた人であつたかして、所謂活歴なるものを創始しようと試みた。その趣意は活きた歴史を舞台の上に取り扱はうとするところにあつたらしいが、作者にその人を得なかつたためか、折角のおもしろい試みも目的を達しないで世人の嘲笑の裡に葬られたやうである。いかに故実をよくしらべ、考証の行き届いたやり方でも、たゞそれだけでは歴史は活き返つて来なかつたとも言はれよう。それにしても失敗を恐れなかつたところにあの故人の面目は躍如としてゐた。

こんなことをこゝに書きつけて見るのも他ではない。わたしは『夜明け前』のやうなものを書いて見てゐる間に、だんだん作の意図を深めて行くにつれて、歴史と伝説と実相とはどうしてもその取扱ひの方法を異にしなければならないことを感じて来たからであつた。

ことしの正月、わたしは長い仕事をすました後の軽々とした心地で、久しぶりに改造社版フロオベル全集の訳本をあけて見た。フロオベル晩年の『三つの小さな物語』がそこにある。『ジュリアン聖人伝』は鈴木信太郎氏の訳、『エロディヤス』は辰野隆氏の訳、『純な心』はまた吉江喬松君の訳である。第一の物語は伝説、第二の物語は歴史、第三の物語は実相で、この三つの区別をフロオベルは三通りの様式に書き分けてゐる。『ボヴリイ夫人』のやうな作品を書き、更に『サランボオ』のやうな作品で過去を掘り起して見た作者なればこそ、その境地にも到り得たかと考へられる。殊に伝説を取り扱つたものは、その一節一句が殆んど宝石の光を放つとも言ひたいもので、よく読んで見ればそれは随分思ひ切った誇張や濃い色彩が精しい観察に結びついて来てゐることも分る。さすがに歴史を取り扱つたもの丶方にはそんな筆づかひはしてないが、さうかと言つて実相を書いたもの丶やうにこまかくは入つてゐないし、会話もすくない。日頃自分の考へてゐたことを明かに三種の文体に書き分けて見せて呉れたフロオベルのやうな先人もあつたと想ひ見た時はうれしかつた。尤もこれは物語の技法と文章文体の上の話で、それを充たして行く作者の内の生命のことではない。そんなら、歴史と伝説とはどうしたら活き返つて来るかといふことになると、それはまた別問題だ。単なる過去は歴史でも伝説でもないからである。

回顧（父を追想して書いた国学上の私見）

古い支那人の筆になるもので、深い雪の窓に書を読んでゐる人の図を見たことがある。自分は今、そんな画中の人にも似たやうな心持で、いさゝかの感想をこゝに書きつけて見ようとしてゐる。曾《かつ》て改造社から日本文学講座十七巻が出版された折、自分もまた求められて回顧一篇を同講座のために草したことがあつた。こゝに書きつける寝言はその続稿といふでもないが、順序もなく胸に浮ぶことを記して見ることにする。

過去こそ真実であるとは、多少なりとも今日を反省するたよりとしようと思ふものに取つて意味ある言葉となる。しかしながら、いかにして過去を探り求むべきか。過去が死物でないかぎり、この事は容易でない。わたし達が父の時代を考へて見る上にも、やはり同じやうなことが言へると思ふ。さういふ自分なぞ学問の家に生れたものでもないが、それでも祖父は学問を好み、父は平田篤胤《あつたね》没後の門人の一人であつたところから、自分もまた幼少の頃から国学といふもの、あることを知り、国学者の教養に就いて親しく見たり聞いたりしたことも少くはなかつた。それに自分の郷里は平田派の学徒が苗床ともいふべき信州伊那の谷に近く、馬島靖庵のやうな国学者を生んだ東美濃の地方にも接近した位置にあつた。こんなことがわたしに働きかけて、どんなに自分の好き勝手な道を歩いてゐる時でも、父等の学問に全く無関心でゐることは出来なかつた。尤も、父等の言つたこと為したこと考へたことは、あまりに身に近すぎて、客観的な見地から十分な吟味は自分には成し得ない。ちやうど自分等の友達のことが身に近すぎて反つて言へないのと同じやうなものである。たゞたゞわたしは長い年月の間、父等の仕事を見まもりつゞけて来たといふに過ぎなかつた。

従来、本居宣長没後に於ける弟子達の動静に就いては、文学史上にもあまり注意はされなかつた。何と言つても国学者の大きな手柄は古代の新しい発見にあるであらうが、さういふ復古の精神をいかに近代に活かし得るかといふことになると、幾多の困難に突き当つて行つたやうに見える。

平田篤胤が江戸に起つた当時、その周囲にはすでにいろいろな流派があつて、わが国の学問も一様ではなかつた。古神道を第一とするもの、歌学を主とするもの、伊勢や源氏の物語研究に重きを置くもの、律令の学に拠るもの、歴史の学を称へて御代々の事を穿鑿するもの、又は古実諸礼の学によつて立つものがあり、神道を唱へる中にも諸流があつて、歌学といふものがまた二つも三つもの流派に分れた。当時、有職故実の学で聞えた人に伊勢の貞丈がある。この人が物の見方から篤胤は大に得るところがあつたらしい。古の眼、今の眼といふことがそれである。今の眼を以て古代の事を見る時は、古代の事も今の風儀の如くに見えて明かでない。それにはどうしても古の眼を見開かねばならないといふのである。篤胤はそんなところから出発して、今の世の低さ新しさも、古代の高さに立つて一層明かにされると考へた人らしい。篤胤は当時の多くの学者が古人や外国人の言葉に拘泥するのを笑ひ、また近代の人の言葉に善説ありと気付きながらも兎角先入主に囚はれてその好いものを好いと思はない学者のすくなくないことを慨き、これらは目を卑めて耳を尊ぶのたぐひとなし、学びの道はもつと別にあるとなし、真の道は歌文の末にあるでもなく儒者の教訓にあるのでもなくして、古記の真実を明かにするにありとした。篤胤が畢生の大きな著述とも言ふべき『古史伝』はその探求の結果とも見られる。

文政六年は本居宣長二十三回忌の年に当る。江戸にあつた平田篤胤は京都への用事を兼ねて故大人の墓参を思ひ立ち、そのついでに宣長の後継者なる本居大平（藤垣内《ふぢのかきつ》の翁）を和歌山に訪ねようとした。大平と篤胤、この二人の会見は、それの行はれない前から京阪地方にある学者等が注意の的となつた。といふのは、本居春庭の住む伊勢から和歌山へかけて京阪地方には本居派に属するものが多く、その学風を継承するものは日頃篤胤の擡頭を心よからず思ひ、平田派の学問が必ずしも故大人の発展でないとして、篤胤攻撃の声は外部よりもむしろ兄弟の間柄のごとき本居派より起つて来たからであつた。尤も、京都には箕田水月その他の篤胤渇仰者を生じたが、一方には殿村安守、一柳春門等のごとき大平春庭両翁の擁護者が出て、両派対立の勢ひを誘致し、互ひに古学の統伝を争ふに至つたのである。時に篤胤四十八歳。京都での篤胤の用向は、富小路卿の手を通して自著の『古史成文』、『古史徴』の二著を禁裏御所及び仙洞御所へ奉呈するにあつたが、雑然紛然たる周囲の声の中に進み行かうとしたその意気込みはすでに京阪地方の反対者を圧してゐた。篤胤贔屓《びいき》の箕田水月は和歌山の大平とも日頃懇意にするところから両者の間を斡旋し、折角の篤胤の来遊も大平の拒絶するところとなりはしないかと憂慮して、あらかじめ手紙で大平の意向をたづねた。

さすがに大平は先輩らしい態度を示して江戸の国学者を迎へようと答へたのである。

そこで篤胤は九月に伊吹の屋を立ち、京都での用事を済まし、大阪、山田、松阪、到るところに引きとめられて講演を求められたやうであるが、その講演の様子まで故大人の俤を写し弁舌流るゝごとく博覧の力は耳を驚かしたと評した者もあつた。この篤胤は十月の末あたり和歌山に到着して、大平との会見も至極平穏に行はれ、酒肴のもてなしなぞもあり、篤胤を見ようとして来集した大平の門人も五六名はその席にあつたらしい。その時、大平は記念として、本居家に伝はつた宣長遺愛の笏を篤胤に贈り、別に次のやうな歌八首《か》をも贈つた。

人のつら鬩むばかり物言ひし人けふあひ見ればにくゝしもあらず
鬩むばかりことあげつらひ言ひし人のち悔にきといふはまことか
後《のち》つひにわがをしへごとうべなはゞ同じ学びの兄弟《はらから》といはむ
道のため学びのためにわれたけく言ひは言ふとも何かとがめむ
道のため学びのためにかくばかりいそしむ人はまたもあらめや
神の世のつたへのまにま言ひときてわがわたくしの心な添へそ
まこともて書《ふみ》は読みとけ鈴の屋の大人《うし》の教のこゝろ思はば
世の人の道を教ふる大人ならばかへり見しつゝ道はをしへよ

本居大平

以上に述べて来たやうな同じ道に繋がる兄弟の争ひは、発展途上にあつた国学に何物をも齎さなかつたのみか、反つて多くの人をつまづかせたことをわたしたちに教へる。本居大平と平田篤胤のごとき重立つた人達はさて置き、同党異伐の弊は門人等の末になるほどはなはだしかつたらしい。もともとこの両派の分れるやうになつたのは、宣長が教道の眼目をいづこに置くかにあり、言はゞ統伝の争ひであるが、本居派が歌文をのみ心としたのに対し、平田派はそれを故大人の真意にあらずとして、直ちに神代の古史に行くこそ古学《いにしへまなび》の正統であり、またそれが宣長の遺志であるとしたのに基く。しかし、このことはいつしか本来の清新な性質を失ひ、たゞたゞ統伝の末を固執しようとする互ひの攻撃と化した。気質の相違、思想の相違は、やがて文雅の風をよろこぶ上方の人と、額に箭は立つとも背には箭は立てないと言ふ気性烈しき東国人との隔りでゞもあつた。もとより弁難論争のことにかけては本居派は平田派の敵ではなかつた。春庭聶顧、大平聶顧の人達はそれを口惜しがり、平田は江戸に門人も多く勢ひさかんなる英雄児には相違なからうが、奇説異論に世を惑はすのみで、誰もその僻見を説破する人がない、彼は当時鈴の屋門の猛虎である。大平春庭両翁の手にもあひがたい、才智逞しきところは兎も角も、その学風に於いて両翁の上に立つべき人物では決してないとし、はては山師か何かのやうな腹黒き男であるとまで当り散らした。一方に平田派の流れを汲むものはこんな悪声を放たれて黙つてゐる筈もなく、大平が篤胤に贈つたといふ八首の歌すらそれを侮辱の意味に解し、大平が正論か、篤胤が僻学か、百年とは言はず今より三五十年の後には明かに見定める人もあるであらう、仮りに篤胤を僻学とするも僅かに百に十ばかりの僻見あるに過ぎまい、今の世に篤胤ほど古学のために奮闘して自ら励み人をも励ましめる学者はない、本居一派のごときは遠吠の犬にも似たる腰抜け同然の徒輩であると罵り返した。宣長といふ大きな先輩を失つた後の弟子達が相争つた径路は、あたかも芭蕉没後の門人に意見を異にするものが輩出し、互ひに師伝の正統を継承したものであるとして相争つたのを想ひ起させる。

一体、平田篤胤は初めから宣長の教を受けたでもなく、むしろ独学で始めた人のやうであるが、しかし宣長の学風を慕ひはじめたのは早くその青年時代からであつたらうと想像される。この人が多年の宿望を達し心の師に近づき得た頃、宣長はすでに晩年で、師と呼び弟子と呼ばるゝ日をも有しなかつた。けれども宣長の没後、夢に師を見、その夢の中に初めて弟子として呼ばれ、あたかも後事を托されたかのやうな自信を得たほど景慕の情をさゝげたのも篤胤である。さういふ点で多年の親炙を誇る宣長の弟子達、あるひはその孫弟子にも当る本居派からは正統の師伝を継ぐ仲間とも見做されなかつた。この篤胤が和歌山まで行つて大平を見、宣長遺愛の笏を贈られたことは余程の歓びであつたと見える。江戸に帰つてからの篤胤が大平宛に礼状を送り、寛大な徳を感謝したことも、その辺の消息をよく語つてゐる。

何はともあれ、文政六年京阪地方への旅は篤胤の生涯の中にも一時期を劃し、それからずつと出て行かれたばかりでなく、同時代の学徒に与へた刺激と影響もすくなくなかつたらうと思はれる。

父等が先師と仰いだ篤胤はこんな熱心な学者だ。古代の神々の諸性格を捉へた点なぞはその師宣長の説とも異なるところがあり、ある意味では一歩を進めたと思はる、ふしもないではないが、しかし古の眼で古代を見ることにはその方法に困難を伴ひ、またその眼で近代を見るといふことも篤胤が信じたやうにさう無造作には行はれなかつたのではなからうか。篤胤の探求はかなり広い範囲に亘つて行はれ、古史、支那史の比較から印度仏教に及び、言語、暦運、度制、さては人間生理のことにまで及んだやうであるが、中には所説随分危く、篤胤自身に期待したやうな強い綜合も生まれなかつたやうに見える。実に雄弁に物が言つてあるのも篤胤の講述で、父等はどうして先師の真意を捉へたらうかと思はれるほどだ。この篤胤を好まない人から見たら、たゞたゞ才智の逞ましいところが眼につき、その広汎な智識からも深い学問の愛は得られないとされ、どうかすると今日の言葉でいふジャアナリスチックな言説も多いかに見做され、あの宣長の学者らしい態度とは比較にもならないと思はれたでもあらう。それほど父等の先師は雑駁な学者だ。唯一つ、他にすぐれた「信」の人であつて、恒に報国の志を抱き、一代の人の心に働きかけ、当時の国民運動ともいふべき大波に多くの弟子達を導いて、国民的な自覚を喚び起すことにあづかつて力のあつたその骨折は没すべくもあるまい。

好かれ悪しかれ、わたしたちは父の時代を知らねばならない。さう思ひ立つて、先年、伊那地方にある平田派国学者の事蹟をすこしばかり調べて見たことがあつた。篤胤没後の門人が全国で四千人にも達したと言はるゝ明治元年あたりを平田派全盛時代の頂上とする。あの維新の来る前、越前の方には中根雪江のごとき有力な藩士があり、橘曙覧《あけみ》のごとき歌人もあつて、堂上の公卿衆にすら三十人近い御同門を数へたと言はるゝほどであつた。さういふ中でも、伊那の谷あたりの最も篤胤研究のさかんであつた地方では、維新直後の平田入門者は一年間百二十人の多くに上つたが、明治三年には十九人に減じて、同四年には僅かに四人の入門者を数へるに過ぎなかつた。これほど急激な凋落は何を語るものだらう。もとよりそれは国学そのもの、罪ではない。何故かなら、いかに当時の日本が歴史的な転回をもたねばならなかつたほどの新時代に際会したとは言へ、時代の急潮、乃至はそれの逆潮が及ぼす力の早さに学問の基礎までがさう押し流されるべきものでもなく、国学そのものはもつと広くも、大きくも、また遠くもあるべき筈だからである。

偶然にも、明治十何年頃の撮影かと見える一葉の古い写真が思ひがけないところから出て来た。それには父等が「御門人」と呼んでゐた平田派国学者の中堅ともいふべき人々の面影が、そんな古い写真にはめづらしくよく保存されて残つてゐた。そこには撮影のために集まつたものが最早かなりの高齢者から少壮な人達までを合せて凡そ三十余人、場所は平田家に縁故の深い神田明神境内の社務所前らしく見受けられ、羽織袴に扇子を手にしたいづれもの風俗が当時をしのばしめるに足るものがある。その中にわたしは父を見つけたのであつた。おそらく、平田篤胤没後の門人等は維新当時文教の中心をもつて誇つた位置からも退き、地方にある神社宮司の職を求めつゝ、あるひは加茂へ、あるひは熱田へ、あるひは松尾へと、思ひ〳〵に東都を離れ行かうとした頃の記念の撮影であつたらう。篤胤の後継者なる鉄胤も七十二歳の生涯を一期としてすでに逝き、鉄胤の子で同門の人達から前途に多くの望みを嘱された延胤も四十七歳のさかりに早くこの世を去つてゐた頃であつたかと思ふ。平田一門の人達としては各自の生涯にも特別な時代を迎へながら、それほど内部の改造も行はれず、不幸にも学業半ばにして挫折したものが多かつたやうである。

父等には中世の否定といふことがあつた。もとより中世期に於ける武家幕府の開設に伴ひ王権の陵夷は争ふべからざる事実であつて、尊王の念に厚い平田派の学者達が北条足利二氏の専横を許しがたいものとしたのは当然のことであつた。日本民族の純粋な時代を儒仏の教の未だ渡来しない以前に置いた父等が、ひどく降つた世の姿として中世を考へるやうになつて行つたのも、これまた自然の帰結であつたらう。けれども、日本全国が本来の姿に帰り、徳川氏の大政奉還となり、明治の御代を迎へた日になつてまで、さういふ否定を固執すべきものであつたらうか。もう一度父等が本居派の人達と手を握つて、互ひに荷田、賀茂、本居等諸先人の仕事を回想し、暗くのみ考へられてゐた中世から流れ伝つたものに思を潜めるやうな日は遂に来なかつたであらうか。わたしたちの青春の日が二度とわたしたちに来ないやうに、大和民族青春の時代は再び帰り来らないものとして父等の眼に映じたらうか。好かれ悪しかれ、この国民が中世以来の体験を基礎とすることなしに、何処に父等は第二の春を求め得たらうか。

「従来、本邦の歴史を編述するもの上代に詳密にして、中世以後を叙すること簡略に過ぐるもの多し。その然る所以は、一は国史の撰集ありし時代は、史料の蒐集整理極めて容易なるに、中世以後はかくのごとき根本史料の依憑すべきものなく、従つてその考究頗る困難なるに基因すること明かなりといへども、一は王朝に於いて致せる文物の発達は、武家時代に至りて一旦衰運に向ひたりと考ふるがために して、換言すれば鎌倉時代より足利時代を経て徳川時代の初期に於ける文教復興に至るまでの歴史は、本邦史中に於ける暗黒時代にして多く言を費すを要せざるものなりと思推するに因る。かくのごとき断定は、これ、上代に於ける支那渡来の文物の価値を過大視せるより来れるものにして、その実、当時に於ける輸入の文明は、決して充分に同化、利用せられたるものにあらず。鎌倉時代はこれを平安時代に比して文学のある方面に於いて若干の遜色あるは争ふべからざる事実なるも、単にこの一方面の退歩をもつて国家社会一般の進歩を没すべきにあらず。すなはちこの時代が本邦文明の発達をしてその健全なる発起点に帰着せしめたる点に於いて、皮相的文明を打破してこれをして摯実なる径路によらしめたる点に於いて、日本人が独立の国民たるを自覚せる点に於いて、本邦史上の一大進歩を現はしたる時代なることは疑ふべからざるの事実なりとす。而して、足利氏中世以後の群雄割拠の時代に至りても、王室の陵夷、政綱の弛廃、生民の疾苦、及び文学の衰微等よりしてこれを観察する時は、実に本邦史上無比の暗黒時代なりといへども、そのかくのごときに及べるは多くはこれ前時代に胚胎せるところのもの丶発現せる決果にして、かならずしも深くこの時代のみを咎むべきにあらず、否、吾人は却りて日本国の大体に於いて、この間に顕著なる発達を認め、徳川時代の太平も実にその余恵なることを信ぜんと欲するなり。」

原　勝郎

この声を聞きつけるまでに、明治の世は三十八年の月日を要した。皮相な文明開化潮流の渦の中に立つた父等が、その国学を活かし得る路はこゝにもあつたらうに、明治も十八九年の頃には最早追々この世を去るものがあるやうな時が来て、遂に中世の否定に終つた。

古代の神は多くの場合に民族の神として顕はれ給ふた。しかしこれは人類全体の神として眠り給ふたことを意味しない。反つて国歩の艱難であつた証拠ともなる。このことはひとり吾国の歴史にのみ限らない。それほど人類の長い歴史は生存の苦闘に満ち、戦争と平和との日は古代より繰り返され、またその試煉を乗り越えることなしには、いかなる進歩も革新も来らなかつたと言ふことが出来よう。平田一門としての父等はわたしたちの知らない明治維新前後の時代に際会し、先師を杖と頼み、古史の真実を燈火にかへ、それを高く掲ぐることによつて暗い行路を照らしながら、古代の神が大和民族に告げ置き給ふことを力に、僅かに精神の激しい動揺を支へて行つたかに見える。思へば父等も艱い時を歩いたものである。

こゝに蘭学と国学とを結びつける人が出た。およそ士分と名のついたもので漢籍に親しまなかつたものはなく、殊に徳川時代の医者仲間は本草学の智識を必要とする上からも漢籍の素養が深かつたから、さういふ人達の中から漢学と蘭学とを結びつけるものが徳川時代末期に輩出するやうになつたは不思議もない。しかし、蘭学と国学とを結びつけたのは、佐藤信淵あたりから始まつたことではなからうか。

佐藤信淵は青年の頃から江戸の宇田川槐園に就いた蘭学者で、先輩井上仲、学友木村泰蔵からも天文、地理、暦算、測量等の諸術を伝へ得たといふ。この人が同郷の平田篤胤と相知るやうになつたは文政年度に入つた頃のことらしいが、篤胤の説を聞いて大いに悟るところがあり、それから経済や農政に関した智識をもつて古学の探求に向つた。二人の友情は蘭学と国学とを結びつける媒《なかだ》ちとなつたばかりでなく、互ひに影響を受けるといふことも起つて来たらしい。篤胤の神観が宣長のそれと異なるところのあるのも、一つはそんな風に時代の異なるところから来てゐるらしく、その著述の中にはすでに耶蘇教の神といふ言葉をも見る。医を家業とした篤胤は西洋生理の訳書を渉つて神経といふやうな言葉まで使ふことを知つてゐた当時の新しい人だ。

そんなら父等の先師はどんな風に西洋を考へてゐたらうかといふに、

「もろ〳〵の学問の道、たとひ外国の事にしろ御国人が学ぶからは、そのよきことを撰んで御国の用にせんとのことでござる。さすれば、実は漢土は勿論、阿蘭陀の学問をも、すべて御国学びと言つても違はぬ程のこと、則ちこれが御国人にして外国の事を学ぶ者の心得でござる。」

この考へ方を推し進めて行けば、吾国の人は外国語を習得し外国の学問を修むることは、実は国学の一部門であるといふことになる。篤胤は一概に西洋を排斥しようとするほど決して頑《かたくな》な人ではなく、新井白石の『采覧異言』、山村昌永の『増訳采覧異言』にも触れ、また蘭医ケンペルが『日本志』にも触れて、相応に世界のことに通じ、また吾国の世界に伍する位置をも考へ合せ、かく西洋の書籍なども次ぎ〳〵に渡来して世に弘まり初めたのは、則ち神の大御心であらうとした。たゞ学問は、初めよりその志を高く大きいところに立て、その奥を極め尽さずには止むまいと堅く思ひこむが好いと教へ、そこに国学者の進むべき路を指し示してあるとも言へる。蘭学と国学とを結びつけた佐藤信淵はまた幾多の著述を遺したが、後に大久保利通が明治維新の始め江戸を東京と定むべき建言を思い立つたのも、信淵の遺著から得たことであつたといふ。学問の国家社会に影響するところも大きいと言はねばならない。

しかし、篤胤や信淵のやうな人達が次ぎ〳〵に生れたわけではない。実に急激に国学は衰へて行つた。徳川時代の末から明治年代の初めへかけ、医書、兵書、万国地理、万国公法等の紹介は多く漢学の畠から出た人達の手によつて成された。漢学の素養を主にして世界の智識を吸ひとり新しい学問に進んだ人達に福沢諭吉、中村敬宇の諸家もある。福沢氏のは『文明論』の鼓吹となり、中村氏のは『自助論』の訳述となつた。かれこれを思ひ合せると、わたし達の先人が西洋よりするものを先づ受け入れた力は民族としての長い鍛練や才能によることは言ふまでもないが、就中日本の漢学ともいふべきもの――則ち支那渡来の文化を同化し得たその能力を主なる素養の一つとして数へねばならない。このことは明治年代といふものを考へて見る上に重要な鍵となる。まつたく、わたしたちが少年期から青年期に移る頃に受けた教育の主なる科目といへば、それは漢学と英学と数学とであつて、国学は与からなかつた。主客はその位置を替へてゐた。後の国文学の復活も、国語の比較研究も、言文一致の樹立も、さういふ文学上の進路を見定めることは年も若く経験にも乏しい明治青年の新しい開拓の力に待たねばならなかつた。

兎に角、わが国の同胞は西洋にあるものを物質的とのみ思ひ込み、東洋のそれを精神的と解する傾向があることは争はれない。これは先入主となつた物の見方かも知れないのであつて、蘭学に通じた漢学者の先人が先づさういふことを教へて置いたやうに思へる。かの佐久間象山が「東洋は道徳、西洋は芸術（技術の意）」と言つたのを見よ。しかしそれも理由のないことではない。といふのは、先づこの国で西洋を採り入れたのは、宗教、哲学、文学等の方面にあるのではなくて、さしあたり必要としたもの、技術的な方面、例へば医学、兵学、工学等に関する技術的な方面、あるひは航海術、造船術、測量術、写真術等の方面にあつたからで。あたかもわたしたちの器官が生活の必要な程度に於いて発達すると言はれるやうに、国民生活の上に於いても必要は一切のもの、母であつて、日本の開国に伴ふ急激な国際関係の変化は先づ西洋技術の摂取を急務としたであらう。どうして西洋が物質的で、東洋が精神的といふ風に、さう一概に片付けてしまへるものでもなからう。先入主となつた物の見方はおよそこんなものだ。わたしたちはもつと〳〵自己を判断する力を養はねばならない。

これを書きかけてゐるところへ客が見えて、その人は理学の専門家であるところから、昨今やかましい科学奨励のことがわたしたちの話頭に上つた。この非常時の空気はわたしたちの生活にまで深刻に浸つて来るやうになつて、ラヂオの放送にもしきりに科学奨励の声を聴く。何と言つても現代の急務は自分等を延ばして行くことにあるが、どうしたら自分等の持つて生れたものを延ばし得よう、そんなことがわたしの胸にある時で、過去の日本に科学の生れなかつた理由を客に尋ねた。その時、客は次のやうな説明をした。科学する心は吾国にも早くからあつたのだ、ニュウトンと同時代に吾国にも和算の大家があつて、同じやうな高い数理を発見してゐたことは数学史の証するところである。かの蜜蜂が人を刺す毒素を研究して、瑞西人は神経痛の注射液を発見した。ところが支那や日本の本草学にはずつと早い時代にあつて既に同じ療法を報じてある。そればかりではない、東西十八世紀初めの頃を比較するなら、おそらく我は科学する心に於いて彼より進んでゐたらうと思はれるくらゐだ。例へば西洋に薬品の化合から鼠が生れると書いた学者の書物があつて、多くの人もそれを信じたらしい十八世紀の初めを吾国に当て嵌めて見るなら、思ひ半ばに過ぐるものがあらう。たゞ二百五十年にも亘る徳川時代の泰平がそれほど科学的な発見を焦眉の急としなかつた。その必要に迫られなかつたのだ。だから学問上から見て好い発見があつても、その多くは秘伝とか奥儀とかに隠され、それを実際の生活に応用することに欠けたのであると。

こんな話を客が置いて行つた後で、いろ〳〵なことがわたしの胸にも浮んで来た。一体に吾国の人の気質には物を対立的に考へ易い傾向が眼につく。そのことは前にも述べた西洋を物質的とし東洋を精神的とする意見にも看て取ることが出来る。もつと卑近な例で言つて見るなら在来の劇の舞台の上にもさうした幾多の場合を見出すことが出来よう。善と悪との際立つた対立の類がそれである。所謂雅なるもの果して雅か、俗なるもの果して俗か。うち見たところ一切の事物はさういふ風に片付けられ、すべて対立した位置から考察せらるるやうに見受けられる。これは事物の比較に進み得る階段であり、もしこの気質を適当によく延ばし得てその方向をあやまらないなら、新旧の判別宜しきを得て、まことの革新をこの世に持ち来すこともさう困難ではないだらう。ところが、かうした性急な気質の奥にあるものは、さうでない。すこし注意深い観察者であるなら、むしろ全く正反対の傾向をその奥に見出すであらう。その心境は、たやすく天と人とを結びつけ、物心一如を許し易い。人生を達観するかのやうに見えて、実は中途に安住し、決然として万物の秘密に突き入らうとしないのがさうした心境の行き詰まり易い点ではなからうか。これは科学する心からかなり縁遠いことのやうにも思はれるが、果してどんなものだらう。

わたしは父を追想することからはじめて、思はずこんなことをこゝに書きつけた。それといふも他ではない、父等が学問の開落盛衰の跡を辿つて深い感慨に耽るばかりがわたしたちの能事ではなく、過去の真実も、その生命も、現に今なほわたしたちの内部に生きつゝあるものとして思ひを潜むべきであると考ふるからである。かう書いて来て見ると、わたしの前には今、二つの像がある。苦しい学問上の抗争を続けた兄弟は、二つの道をわたしたちに指し示して見せる。わたしたちはもつと歴史的に物を見ることを学ばねばならない。そして過去より泡立ち流れて来た二つの精神を突きとめねばならない。歌文を心とした本居派の風雅も、復古を心として実行にまで趨いた平田派の直情も、一切を創造の精神の過程に於いて捉へるこそ、後代に生れたものゝつとめであらう。

昭和十六年一月雪の日脱稿

附記。この回顧の終のところ、あるひはすこし言葉が足りないかも知れない。本居派の風雅には国語の純潔を保たうとする上に深い関心を示した点で特色があり、平田派の直情には歴史の精神ともいふべきものを宿してゐる。気づいたまゝに、そのことをこゝに書き添へる。

島崎藤村（しまざき　とうそん）

明治五年、長野県に生れる。木曾街道は馬籠宿の本陣だった旧家の出で、明治学院に学ぶなかでキリスト教の気吹にふれるまま受洗するが、明治二十六年に「文学界」が創刊されるのに北村透谷らと参加、同誌に新体詩を寄せる頃から詩人としての貌を次第に鮮明にし、同三十年に刊行の第一詩集「若菜集」は、新時代の青春を瑞々しい詩情に調べた、近代詩の一達成とする。その後散文も試みるようになると、自然主義の影響下に、いわゆる部落問題を扱った「破戒」を同三十九年に世に問うて小説家としての地位を築き、「春」「家」あるいは「新生」等の自伝的な作品において自己の省察につとめる時期を経て、近代日本の形成を背景にして父祖の多難に満ちた足跡を歴史小説に作る長篇「夜明け前」の構想を筆に移すのは昭和四年で、同十年に業を畢えるまで七年を要したそれは、作者の名を不朽なものとした。続く大作「東方の門」の稿を進める途中の同十八年に歿。

近代浪漫派文庫 11 島崎藤村
二〇〇五年七月十二日 第一刷発行
著者 島崎藤村／発行者 小林忠照／発行所 株式会社新学社 〒六〇七―八五〇一 京都市山科区東野中井ノ上町一一―三九
印刷・製本＝天理時報社／DTP＝昭英社／編集協力＝風日舎
ISBN 4-7868-0069-4
落丁本、乱丁本は左記の小社近代浪漫派文庫係までお送り下さい。送料小社負担でお取り替えいたします。
お問い合わせは、〒二〇六―八六〇二 東京都多摩市唐木田一―一六―二 新学社 東京支社
TEL〇四二―三五六―七七五〇までお願いします。

◉近代浪漫派文庫刊行のことば

文芸の変質と近年の文芸書出版の不振は、出版界のみならず、多くの人たちの夙に認めるところであろう。そうした状況にもかかわらず、先に『保田與重郎文庫』(全三十二冊)を送り出した小社は、日本の文芸に敬意と愛情を懐き、その系譜を信じる確かな読書人の存在を確認することができた。

その結果に励まされて、専ら時代に追従し、徒らに新奇を追うごとき文芸ジャーナリズムから一歩距離をおいた新しい文芸書シリーズの刊行を小社は思い立った。即ち、狭義の文学史や文壇に捉われることなく、浪漫的心性に富んだ近代の文学者・芸術家を選んで四十二冊とし、小説、詩歌、エッセイなど、それぞれの作家精神を窺うにたる作品を文庫本という小宇宙に収めるものである。

以って近代日本が生んだ文芸精神の一系譜を伝え得る、類例のない出版活動と信じる。

新学社

新学社近代浪漫派文庫（全42冊）

❶維新草莽詩文集
❷富岡鉄斎／大田垣蓮月
❸西郷隆盛／乃木希典
④内村鑑三／岡倉天心
⑤徳富蘇峰／黒岩涙香
❻幸田露伴
❼正岡子規／高浜虚子
⑧北村透谷／高山樗牛
⑨宮崎滔天
⑩樋口一葉／一宮操子
⑪島崎藤村
⓬土井晩翠／上田敏
⓭与謝野鉄幹／与謝野晶子
⓮登張竹風／生田長江
⓯蒲原有明／薄田泣菫
⑯柳田国男
⑰伊藤左千夫／佐佐木信綱
⓲山田孝雄／新村出
⓳島木赤彦／斎藤茂吉
⓴北原白秋／吉井勇
㉑萩原朔太郎
㉒前田普羅／原石鼎
㉓大手拓次／佐藤惣之助
㉔折口信夫
㉕宮沢賢治／早川孝太郎
㉖岡本かの子／上村松園
㉗佐藤春夫
㉘河井寛次郎／棟方志功
㉙大木惇夫／蔵原伸二郎
㉚中河与一／横光利一
㉛尾崎士郎／中谷孝雄
[32]川端康成
㉝「日本浪曼派」集
㉞立原道造／津村信夫
㉟蓮田善明／伊東静雄
㊱大東亜戦争詩文集
㊲岡潔／胡蘭成
㊳小林秀雄
㊴前川佐美雄／清水比庵
㊵太宰治／檀一雄
㊶今東光／五味康祐
㊷三島由紀夫

※白ヌキは既刊　四角は次回配本